TITAN +

Collection dirigée par
Marie-Josée Lacharité

De la même auteure chez Québec Amérique Jeunesse

Où sont passés les zippopos?, coll. Bilbo, 2009.

SÉRIE BABETTE
Les Marionnettes de Babette, coll. Mini-Bilbo, 2008.
Les Petites Couettes de Babette, coll. Mini-Bilbo, 2007.
Les Cacahouettes de Babette, coll. Mini-Bilbo, 2006.

SÉRIE PING
Les Impatiences de Ping, coll. Gulliver, 2005.
 • **Prix littéraire Le Droit 2006 dans la catégorie jeunesse.**
Ping-Pong contre Tête-de-Navet, coll. Bilbo, 2003.
 • **Prix littéraire Le Droit 2005 dans la catégorie jeunesse.**

La Disparition du bébé chocolat, coll. Gulliver, 2004.

Catalogage avant publication de Bibliothèque et Archives nationales
du Québec et Bibliothèque et Archives Canada

Poulin, Andrée
Miss Pissenlit
(Titan + ; 88)
Pour les jeunes.
ISBN 978-2-7644-0743-1
I. Titre. II. Collection: Titan + ; 88.
PS8581.O837M57 2010   jC843'.54   C2010-940147-6
PS9581.O837M57 2010

 Conseil des Arts
du Canada   Canada Council
for the Arts

Nous reconnaissons l'aide financière du gouvernement du Canada
par l'entremise du Programme d'aide au développement de l'industrie
de l'édition (PADIÉ) pour nos activités d'édition.

Gouvernement du Québec – Programme de crédit d'impôt pour
l'édition de livres – Gestion SODEC.

Les Éditions Québec Amérique bénéficient du programme de subvention
globale du Conseil des Arts du Canada. Elles tiennent également à
remercier la SODEC pour son appui financier.

L'auteure remercie le Conseil des arts et des lettres du Québec pour son
aide à l'écriture de ce roman.

Québec Amérique
329, rue de la Commune Ouest, 3e étage
Montréal (Québec) H2Y 2E1
Téléphone : 514 499-3000, télécopieur : 514 499-3010

Dépôt légal : 1er trimestre 2010
Bibliothèque nationale du Québec
Bibliothèque nationale du Canada

Révision linguistique : Luc Baranger et Chantale Landry
Mise en pages : André Vallée – Atelier Typo Jane
Conception graphique : Renaud Leclerc Latulippe

Miss Pissenlit

**ANDRÉE
POULIN**

QUÉBEC AMÉRIQUE

À ma sœur Martine,
à qui je dois tant.

Une mauvaise herbe est une plante dont on n'a pas encore découvert les vertus.

Ralph Waldo Emerson

Chapitre 1

Riche et célèbre

Un jour, je serai célèbre. Je donnerai des entrevues à la télévision et j'aurai ma face sur un timbre. Les petites filles diront à leur enseignante : « Quand je serai grande, je veux être comme Manouane Denault. »

Un jour, le pissenlit sera célèbre. Plus apprécié que la rose. Plus admiré que l'orchidée. On le portera à la boutonnière, dans les mariages et les soirées de gala. Le pissenlit se multipliera. On le verra partout : au menu des grands restaurants, en tatouages, en bijoux, en image sur les porte-clés. Il règnera en roi sur les pelouses. De mal-aimé, le pissenlit deviendra bien-aimé.

Un jour, ma Grande Encyclopédie du pissenlit sera publiée. Les gens s'exclameront : « Fascinante cette fleur ! Étonnante cette fille ! » Mon Encyclopédie trônera en tête de la liste des best-sellers. Mon nom fera les manchettes.

Je porterai des verres fumés en tout temps. Les paparazzis me pourchasseront. À l'entrée de Sainte-Cunégonde-du-Cap-Perdu, une énorme pancarte annoncera : VILLAGE NATAL DE MANOUANE DENAULT et le maire Fauchon voudra transformer notre maison en musée.

Mon Encyclopédie sera traduite en trente langues. En mandarin, en italien, même en vietnamien. Vendue à des millions d'exemplaires. Je serai riche. J'habiterai seule et sereine, dans un château en Écosse ou dans un palais planté sur une île exotique. Ma bibliothèque personnelle sera plus grande qu'un terrain de football. Je donnerai une partie de ma fortune aux orphelins africains.

Je sais. Je sais. Je fabule. N'empêche, quand je travaille à ma Grande Encyclopédie du pissenlit, j'oublie tout. La solitude constante. La colère chronique. Même ma plus fidèle ennemie : la honte.

Sac-à-pisse

La rage me ronge. Désir de mordre. De frapper. De fracasser. Je me retiens à deux mains pour ne pas déchiqueter mon oreiller. Pour ne pas lancer mon bol de céréales contre le mur. Pour ne pas planter mon couteau dans la bouteille de ketchup.

Je n'en peux plus de Sainte-Cunégonde-du-Cap-Perdu. De ses habitants hypocrites et crétins.

De ce qu'ils disent ou ne disent pas. De ce qu'ils font ou ne font pas.

Aujourd'hui, c'était au tour de Justine Babin de me tourmenter. J'aurais dû m'y attendre. Son mépris, sa méchanceté, je m'y suis déjà frottée. Alors pourquoi l'ai-je laissée réveiller ma honte ? Attiser ma rage ?

On devrait pourtant se comprendre, Justine et moi. On est abonnées au même club : celui des exclus. On connaît bien les regards qui se détournent, la curiosité morbide, la pitié paternaliste, les moqueries… À force d'avaler cette soupe amère, à force de se faire repousser, Justine a fini par traiter en lépreux tous ceux qui l'entourent. Ce matin, elle m'a choisie pour cible. Et elle ne m'a pas ratée.

Bien sûr, tout ça remonte à ma mère. Chaque attaque, chaque tracasserie qui me tombe dessus est reliée à ma mère. C'est par Clothilde que la honte m'éclabousse. On ne peut s'attendre à rien d'autre avec une mère cinglée-fêlée-toquée.

Il y a quelques jours, Clothilde a eu la brillante idée d'offrir une statue de la <u>Vierge</u> aux Babin. « Il faut lui remonter le moral à cette pauvre fille », a-t-elle dit, avec son habituelle et exaspérante générosité. Ma mère se doutait-elle, sans se l'avouer, que son cadeau risquait d'être mal reçu ? Clothilde gardait-elle un brin de lucidité ? En tout cas, c'est en cachette qu'elle a déposé sa statue sur le perron des Babin.

Le soir même, le père de Justine nous appelait. « Merci, mais, non merci », a-t-il dit à Clothilde. Pouvait-elle venir reprendre sa statue ? Justine n'en voulait pas dans la maison. Ma mère avait promis de passer le lendemain à la première heure.

Mais ce matin, à son réveil, Clothilde s'agitait dans son lit avec 39°C de fièvre. Entre deux <u>quintes</u> de toux, elle m'a suppliée de passer chez les Babin. « Je ne veux pas laisser la Vierge dans une maison où l'on ne veut pas d'elle », a-t-elle déclaré, totalement illogique dans sa logique. Pourquoi l'avait-elle laissée là au départ ?

J'avais envie d'aller chez les Babin autant que de m'aventurer dans une caverne infestée de cobras. Moins je m'approche de Justine Babin, mieux je me porte. Cette fille trop belle et trop cruelle me fait peur. Mais je n'avais pas le choix. Ma mère ne se calmerait pas tant qu'elle n'aurait pas récupéré sa foutue statue.

Il pleuvait. Une pluie d'avril, légère et glacée. Je n'ai pas mis mon imperméable. Exprès. Tant qu'à être misérable, aussi bien l'être jusqu'à l'os. Je me suis traîné les pieds jusqu'au rang voisin, où la maison des Babin se cache derrière une haie de sapins. Une vieille demeure délabrée, avec la peinture qui pèle sur les bardeaux de bois et des volets qui tombent en morceaux. Une maison qui ressemble à ses habitants : morose, tirant vers le tragique.

Une demi-douzaine de ti-culs s'agglutinaient sur le perron des Babin. J'ai reconnu tout de suite la bande à Momo, réputée dans le village pour ses mauvais coups. Je n'ai pas été surprise de les voir là ; ce n'était pas la première fois qu'ils harcelaient Justine. Ce n'est pas parce qu'on est petit qu'on ne peut pas être méchant. Pour y avoir moi-même goûté, je savais à quel point ils avaient l'imagination fertile en matière de cruauté.

Les ti-culs scandaient : « Sac-à-pisse !
Sac-à-pisse ! »

Depuis son accident, Justine Babin urine
dans un sac. Une tempête de décembre, une
plaque de glace... l'auto des Babin s'est
entortillée autour d'un chêne centenaire. La
mère est morte sur le coup. Le père s'en est
tiré avec un bras cassé. Justine, elle, a eu moins
de chance... Elle en est ressortie paralysée
du nombril aux orteils.

Dès qu'elle a ouvert la porte, les petits
baveux se sont dispersés comme des moi-
neaux sous un coup de vent. Torse dressé
dans son fauteuil roulant, Justine leur a lancé
le contenu d'un pichet de je-ne-sais-quoi.
Un jet d'eau brune a éclaboussé ses pieds et
les marches de l'escalier. Momo et sa bande
ont déguerpi sans qu'une goutte ne les touche.
La Babin a claqué violemment la porte.

J'ai eu envie de rebrousser chemin.
Réputée pour sa mauvaise humeur, Justine
serait encore plus intraitable après cet inci-
dent. Mais si je rentrais à la maison sans sa
statue, ma mère n'en finirait plus de pleurer
et mon père m'obligerait à revenir.

J'ai piétiné pendant dix interminables
minutes, le temps que Justine se calme. Délai
inutile, espoir futile : même quand on ne la

provoque pas, la Babin n'est jamais calme. Elle porte la colère au cou, en permanence, tel un bijou précieux qu'on n'enlève jamais.

L'accident n'a pas seulement confiné Justine dans un fauteuil roulant. Il l'a aussi emprisonnée dans la hargne. Elle s'entraîne à la méchanceté comme d'autres s'entraînent pour le marathon. Elle cultive l'art de l'insulte et du mépris, trouve toujours le mot juste pour blesser. Ce qui lui vaut d'ailleurs le titre glorieux d'employée la plus détestée de la cantine du village.

Justine avait mon âge quand elle a perdu ses jambes : quinze ans. Les commères de Sainte-Cunégonde-du-Cap-Perdu ont cancané pendant des mois. Elles ont dit que Bobby Babin avait bu et qu'il méritait la prison ! Les bonnes âmes, elles, s'étaient longuement apitoyées : « Une si belle fille ! Si jeune… Une vie gâchée… »

Cinq ans après l'accident, Justine Babin n'a rien perdu de sa beauté : cheveux dorés, yeux de biche, lèvres pleines, peau de satin, buste parfait (ni trop gros, ni trop plat) et taille fine. C'est après la taille que ça se gâte, avec ces jambes maigres et mortes qu'elle n'essaie même pas de cacher.

Quand j'ai eu les pieds gelés et les cheveux trempés, j'ai pris une grande inspiration et me suis forcée à sortir mes bottes de la boue, où elles s'enfonçaient tranquillement. Je ne pouvais pas passer mon samedi matin à poireauter sous la pluie devant la maison des Babin.

Des restes de café moulu parsemaient les marches du perron. Était-il encore chaud, le café que la Babin avait lancé à la bande à Momo ?

J'ai sonné. La sonnette avait un timbre étouffé, hésitant. On aurait dit qu'elle aussi avait peur de Justine. La chipie a ouvert la porte, un balai posé sur ses jambes atrophiées. La lumière du matin faisait ressortir son teint de rose et le soyeux de ses longs cheveux.

À côté d'elle, j'avais sans doute l'air du vilain petit canard. Pas que je sois hideuse, non. Je ne suis ni laide, ni jolie. Ni trop grosse, ni trop petite. Yeux bruns, cheveux bruns. Aucun trait distinctif. Je suis simplement et pathétiquement… terne.

Elle m'a jeté un regard méprisant :

— Qu'est-ce que tu veux ?

Je voulais parler d'une voix assurée. Surtout ne pas lui laisser sentir ma peur. Ne pas activer sa férocité.

— Je viens récupérer la statue de ma mère.

C'est sorti comme un chuchotement.

Savait-elle que j'avais vu la bande à Momo ? Que j'avais été témoin de son humiliation ?

D'un mouvement dédaigneux du menton, elle a pointé la porte du garage. Puis son ordre, lâché d'un ton autoritaire :

— Attends !

D'un coup de manette, elle a fait pivoter son fauteuil motorisé et m'a claqué la porte au nez. Deux minutes plus tard, la porte du garage s'est ouverte en grinçant. La Babin a roulé vers moi, la statue de Clothilde sur ses genoux.

Quand j'ai tendu les bras pour prendre la Vierge, la Babin a eu un sourire. En fait, pas vraiment un sourire, plutôt une contorsion de la bouche, suprêmement sarcastique. Puis elle a levé la statue à bout de bras. Je savais ce qu'elle allait faire et je savais que j'allais la laisser faire. Je lui ai envié ce courage de laisser sortir sa rage. Et je l'ai détestée d'avance pour l'humiliation qu'elle allait m'infliger.

Un bruit provenant du fond du garage a stoppé net l'élan de Justine. Bobby Babin venait de buter contre une poubelle. Il contemplait sa fille, bouche bée.

— Mais… mais… que… qu'est-ce que tu… tu fais ?

Depuis l'accident, Bobby Babin bégaie. D'après les commères de Sainte-Cunégonde-du-Cap-Perdu, c'est le remords qui l'aurait rendu bègue.

Le père a levé la main – faible tentative d'arrêter sa fille –, mais Justine a secoué la tête d'un air méprisant. Le fracas du plâtre contre l'asphalte m'a fait sursauter. La statue gisait en morceaux sur le sol. La Babin a ricané :

— Tu peux rapporter les morceaux à ta mère. Comme c'est une habituée des miracles, elle n'aura qu'à claquer des doigts pour la remettre à neuf.

Bobby Babin a ramassé un fragment de plâtre. Sa fille a aussitôt jappé :

— Touche pas à ça !

L'homme a remis docilement le morceau par terre. Les épaules courbées, semblable à un vieillard, il fixait le sol en silence, sans oser me regarder. Ils ne sont pas beaux à voir, les gens humiliés.

Moi aussi je suis restée plantée là, muette. Plus passive qu'un poteau de téléphone. J'aurais voulu recracher son venin à la face de Justine. J'aurais voulu hurler à pleins poumons

« Sac-à-pisse ! Sac-à-pisse ! » mais j'en étais incapable. La honte m'avait coupé les cordes vocales.

La <u>bombe</u> sous mon lit

sorte ?

Je cache une bombe sous mon lit. Prête à servir. J'attends. Je laisse mijoter <u>ma rancune</u>. Je laisse gonfler ma haine pour Justine Babin. Quand je sortirai ma bombe, la Babin ne saura pas d'où le coup est venu. Ni de qui. Ni pourquoi.

Dès que mon courage sera moins mou, ma rage plus dense, je sortirai ma bombe. Je ferai disparaître ce goût de bile de ma bouche. Ma salive aura le goût exquis et enivrant de la vengeance.

Quand on a plusieurs noms

J'en ai passé des heures à la bibliothèque municipale, à fouiller dans les vieux dictionnaires, à chercher comment on dit pissenlit dans d'autres langues. De fabuleuses heures d'évasion, qui m'amenaient loin de ce village pourri. Chaque trouvaille ressemblait à une petite victoire et je riais toute seule en faisant rouler ces sons étranges dans ma bouche.

Pour prononcer pissenlit en italien, il faut étirer les lèvres : *dente di leone*. En chinois, le mot pissenlit a une connotation royale : *P'u Kung Ying*. Mon préféré, c'est le terme japonais : *tampopo*. Trop rigolo.

Il faut bien l'avouer, c'est en français que le nom est le plus ridicule, le plus mal choisi. Pissenlit. Pisse-en-lit. Le mot évoque des images de pyjama mouillé au petit matin, de drap jauni, de tache humide et humiliante. D'accord, le pissenlit est reconnu pour ses vertus diurétiques. En manger fait pisser. Il a pourtant d'autres noms plus élégants, plus nobles.

<u>Figuratif</u> : Dent-de-lion. À cause de ses feuilles dentelées qui rappellent les dents du roi de la jungle. Les Britanniques ont tordu le mot et l'ont transformé en *dandelion*. Prononcé à la british, ça donne « danne-de-laï-yonne ». *Charming, my dear !*

<u>Scientifique</u> : *Taraxacum officinale*. Nom botanique du pissenlit. Très latin et très officiel, donc difficile à prononcer et facile à oublier. Confirme la règle que plus les noms sont savants, moins on s'en sert. Vient du latin *taraxis*, qui signifie « maladie des yeux ». Une référence au fait que le pissenlit servait autrefois pour soigner ce type de problème. Quant au mot *officinale*, il rappelle l'époque où le pissenlit était traité avec tout le respect qu'on

lui devait, c'est-à-dire comme plante médicinale plutôt que mauvaise herbe.

Poétique : Vagabond-à-couronne-dorée. Les graines de pissenlits voyagent vite et partout. Les Européens lui ont trouvé ce nom, qui me fait penser à un prince bohème.

Diabolique : Pot au lait du diable. À cause du liquide blanc et amer contenu dans la tige. Voilà le nom que Hans Christian Andersen donne au pissenlit dans ses contes.

Rigolo : Tête-de-moine. Vers la fin de sa vie, le pissenlit perd sa couleur et ses pétales. Il se rabougrit, se transforme en petite boule grise et rasée. Quand je serai ridée et grisonnante, je porterai mes cheveux en tête de moine.

Nutritif : Salade de taupe. La preuve que les taupes ont plus d'intelligence que les humains : elles savent ce qui est bon !

Comme le pissenlit, j'ai plusieurs noms. Officiellement, je suis Manouane, du nom d'une rivière près de laquelle mes parents se sont rencontrés. Pour satisfaire l'obsession de ma mère, le nom de la Vierge Marie figure aussi sur mon certificat de naissance. Mon père, lui, m'appelle Fifille. Pour notre voisin Alex, je suis Manouane-la-Banane. À la polyvalente, dans mon dos, on m'appelle la fille de la folle. Lorsqu'ils se souviennent que j'existe, mes profs ne se souviennent pas de mon nom. Mes amis, eux, ne m'appellent pas. Depuis la Catastrophe, je n'en ai plus.

Le pissenlit est la plante la plus détestée et la plus discréditée en Amérique du Nord. La famille Denault est la famille la plus impopulaire et la plus <u>vilipendée</u> de Sainte-Cunégonde-du-Cap-Perdu.

Si j'étais un pissenlit, la méchanceté des neuf cent quatre-vingt-dix-neuf habitants du village ne me dérangerait pas une miette.

Mauvais choix de tuques

Moi, les tuques, c'est fini ! Même s'il fait 30 degrés sous zéro, je n'en porterai plus. En tout cas, plus jamais à Sainte-Cunégonde.

Ce matin, il faisait si froid que j'ai mis ma tuque pour faire mes corvées à l'étable.

Erreur. Grave erreur.

Au moment de partir pour la polyvalente, je me suis rendu compte que ma tuque sentait le bétail. Sans réfléchir, sans même regarder de près, j'ai emprunté l'une des tuques de Clothilde, accrochées dans l'entrée.

Erreur. Grave Erreur.

À l'aller, il ne s'est rien passé. C'est en fin de journée, dans l'autobus scolaire qui me ramenait de la polyvalente, que les choses ont tourné au vinaigre... Comble de malchance, je n'avais pas pu m'asseoir à ma place habituelle, près du conducteur.

Erreur. Grave erreur.

Sonia Lepage, la plus grande chipie de la province, a remarqué la médaille de la Vierge cousue sur le rebord de la tuque. Elle s'en est emparée et s'est mise à bêler : « Hé ! Vous avez vu ? Manouane Denault se promène avec la Vierge sur la tête ! Peut-être qu'elle va faire pleuvoir des jujubes ? Ou qu'elle va faire pousser des iPods dans les arbres ? »

La Lepage a brandi ma tuque dans les airs en se dandinant à la manière d'une grosse poule stupide : « Hé, Denault ! Tu nous ferais pas un petit miracle ? *Come on.* Juste un. »

L'autobus au grand complet riait. Quand Sonia a balancé ma tuque par la fenêtre, des filles assises devant moi ont applaudi. J'ai réussi à remonter l'allée sans desserrer les dents.

— Laissez-moi descendre ici ! que j'ai crié au conducteur.

— Hein ? a-t-il fait, étonné.

— Mon père vient me chercher ici.

Le conducteur n'a pas trouvé bizarre que mon père m'ait donné rendez-vous là. Sur une route de campagne perdue au milieu de nulle part, à une dizaine de kilomètres de chez moi. Il a haussé les épaules et m'a laissée descendre.

Il m'a fallu deux heures de marche pour rentrer. En arrivant à la maison, j'avais les oreilles gelées, les orteils frigorifiés et le cœur glacé.

Entre deux V majuscules

Ma vie de famille oscille entre deux V majuscules.

Pour mon père, V majuscule veut dire vaches. Ouais. Les vaches. Son gagne-pain, sa fierté, sa passion. Descendant d'une longue lignée de fermiers, Clovis a grandi dans une étable et mourra dans une étable, entouré de ruminants stupides et puants. L'odeur de ses trente-cinq Holstein flotte en permanence autour de lui. Même après sa douche, mon père sent encore le fumier.

Pour ma mère, V majuscule veut dire Vierge. Ouais. La SAINTE Vierge. Celle qui a eu un bébé sans coucher avec son *chum*. L'omniprésente Marie, qui trône dans les églises ou sur les pelouses, qui se balance au rétroviseur des camionneurs et qui se cache en médaille dans le cou plissé des grands-mères pieuses. À toute heure du jour, Clothilde prie et parle à sa Marie. L'odeur des lampions flotte en permanence autour d'elle. Même après son bain, ma mère sent encore la cire de cierge.

Coincée entre les vaches et la Vierge, j'étouffe. Les vaches envahissent mon paysage. Je ne peux pas échapper à leurs champs de trèfle, leur étable, leur merde molle, leurs mugissements mélancoliques. La Vierge envahit mon décor. Des statues, grosses et petites, en plâtre et en plastique poussent partout dans la maison, sur les meubles, les murs, les rebords de fenêtres et jusque dans la salle de bain. Drapée dans son éternel voile bleu poudre, toujours figée dans la même pose résignée, la Vierge me nargue avec ses mains ouvertes, son sourire de martyre et ses yeux larmoyants. Même quand je me brosse les dents, je ne peux y échapper.

Les vaches et la Vierge bouffent tout. Le temps, l'énergie et l'attention de mes parents. Leur argent aussi. Chaque précieux dollar déposé à la banque est déjà engagé pour l'achat d'une nouvelle trayeuse ou d'une énième statue. Je réclame un ordinateur depuis deux ans. Je supplie à genoux… « Pour faire quoi ? » demande Clothilde.

« Trop cher » décrète Clovis. Attardés à l'ère préhistorique, mes parents ont peur de l'ordinateur. Ma mère s'imagine qu'une icône, ça ne se trouve que dans les églises. Mon père, lui, cherche les rongeurs quand je parle de souris.

Autrefois, je rêvais que les V majuscules de mes parents se dégonflaient, se rabougrissaient, que Clovis et Clothilde s'intéressaient à autre chose. À moi, par exemple. Autant souhaiter que la mer s'assèche ou que les mouffettes pissent de l'eau de rose. Pour mes parents, les V majuscules ne passeront jamais aux minuscules.

Tant pis.

Quand ma Grande Encyclopédie du Pissenlit sera publiée, mes parents découvriront que j'ai des idées, une passion, une vie en dehors de leur cercle suffocant. Ils voudront me féliciter, me dire pour une fois leur fierté. Trop tard. D'un haussement d'épaules indifférent, je les renverrai à leurs Vierges et à leurs vaches.

Chapitre 2

Au fumier la pitié

Quand Clothilde a une idée dans la cervelle, elle peut se montrer aussi têtue qu'un marmot de trois ans, aussi <u>butée</u> qu'une mule. Je lui avais pourtant répété plusieurs fois (et en haussant le ton à chaque fois) que la cantine de Coco Popcorn était fermée. Comme d'habitude, elle ne m'a pas écoutée. Elle avait vu le maire Fauchon au comptoir, perché sur son tabouret à la façon d'un coq de basse-cour. Ni les pires menaces, ni les plus séduisantes promesses n'auraient réussi à la faire changer d'idée.

Malgré l'écriteau FERMÉ affiché sur la porte, Coco nous a laissé entrer. Si seulement ce vendeur de poutine respectait ses propres heures d'ouverture, on aurait pu éviter la chamaille. Malheureusement, on ne trouve pas plus <u>bonasse</u> que Coco Popcorn. J'aurais bien voulu qu'il en ait moins de bonté, surtout quand il a ouvert sa porte à ma mère, en sachant pourtant que partout où Clothilde Denault passe, il y a de la casse.

« Bonsoir Monsieur le maire », a dit ma mère de sa voix plaintive. Le maire Fauchon lui a jeté un regard rapide. Sans perdre une syllabe, il a continué à déblatérer. Il parlait à un grand frisé qui épluchait des patates derrière le comptoir. Je n'avais jamais vu ce gars-là avant. Pourtant, dans un petit village comme Sainte-Cunégonde-du-Cap-Perdu, un nouveau venu ne passe pas longtemps inaperçu. Surtout s'il a une magnifique tignasse de boucles noires et un teint couleur Nestlé Quick.

Tout un contraste avec le maire qui, sous les lampes fluorescentes de la cantine, m'a semblé encore plus laid que d'habitude. Avec son crâne dégarni, <u>son teint cireux,</u> son <u>abcès</u> sur le nez et sa bedaine de bière, le maire incarne la mocheté dans ce qu'elle a de plus moche. Pas étonnant qu'il soit encore célibataire !

La face à claques de Fernand Fauchon me serait peut-être plus tolérable s'il s'était montré plus généreux lors de la Catastrophe. Mais il a été le premier à nous condamner, à nous traîner dans la boue avec acharnement. Cinq ans plus tard, il continue de nous humilier à chaque occasion qui se présente.

Clothilde s'est approchée de lui à petits pas : « Monsieur Fauchon, je peux vous parler ? » Si au moins ma mère avait eu assez de jugeote pour ne pas interrompre son monologue. Même pas. Le maire a haussé le ton et continué à parlementer dans la direction du Grand Frisé.

Ma mère a répété de son ton geignard :

— Monsieur Fauchon, s'il vous plaît…

Conciliant, Coco a cessé de récurer sa friteuse pour s'adresser au maire :

— Fernand, Madame Denault te parle.

Avec un soupir excédé, Face-de-Furoncles a enfin daigné se tourner vers ma mère. Clothilde trébuchait sur ses mots. Son menton tremblait.

— La pelouse devant la mairie est un peu… pas trop… euh, pas très décorée. J'ai pensé… euh… Peut-être que… une statue… de la… une statue de…

La réponse du maire a fusé : raide, sèche et sans appel.

— Pas question !

Où ma mère a-t-elle trouvé le courage d'insister ?

— Mais j'ai une statue de la Vierge… très… euh… très belle… Je voudrais tant…

Fauchon a explosé.

— La réponse est non, non et NON ! Vous nous avez déjà causé assez de problèmes avec votre maudite Sainte-Viarge !

En criant le mot « Viarge », le maire a ouvert très grand la bouche, comme s'il avait voulu mordre. Puis il est sorti en claquant la porte si fort que l'écriteau FERMÉ s'est décroché.

Clothilde s'est mise à pleurer. Coco lui a tendu une serviette en papier.

— Un bon café bien chaud Madame Denault ? a-t-il demandé doucement.

Je l'ai entendue dans sa voix. Je l'ai vue dans son regard. Encore et toujours cette maudite pitié. Cette pitié qui confirme, haut et fort, que ma mère est cinglée-fêlée-toquée. Le bon café bien chaud de Coco, j'aurais voulu lui verser sur la tête.

J'ai poussé ma mère dehors et j'ai imité Face-de-Furoncles. Bang ! Y a pas que le maire qui peut claquer des portes. Ça t'apprendra Coco. À ton âge, tu devrais pourtant savoir que la pitié est toujours déplacée et que la générosité ne paye pas.

Dans la rue, le vent nous bousculait, le froid nous mordait. Clothilde continuait à pleurnicher. J'avais envie de la planter là et de me sauver en Australie.

— Allez Clothilde, on rentre à la maison.

— Pour… pourquoi ?

— Tu t'entêtes à toujours demander la même chose à Fauchon, et chaque fois, il t'envoie promener. Il faudrait que tu te fasses à l'idée…

Nous allions traverser la rue Principale quand le Grand Frisé a surgi devant nous avec un petit sac de papier brun.

— Du popcorn à l'érable. Ça réconforte.

La surprise nous a figées sur place. Clothilde semblait aussi étonnée que moi par la taille du Grand Frisé, son accent étrange, son cadeau. Il a ouvert le sac, pris quelques grains de popcorn et les a tendus à ma mère, comme on fait pour nourrir un oiseau. Elle a goûté docilement.

Tandis que le gars observait la réaction de ma mère, j'ai examiné ses cheveux bouclés. Cette masse de frisettes foisonnantes me fascinait, moi dont les cheveux tombent minces et raides comme des spaghettis desséchés.

J'ai eu envie de les toucher. J'ai fourré mes mains dans mes poches et j'ai chassé cette idée absurde.

— Pas commode votre maire, a dit le Grand Frisé.

Il a offert un sourire complice à Clothilde, comme s'ils échangeaient une blague secrète.

— Ça va aller ?

Je l'ai perçue dans son intonation, je l'ai vue dans son regard compatissant. Le même ton qu'aurait eu Coco, cinq minutes plus tôt. Encore et toujours cette sale pitié !

J'aurais voulu lui lancer son popcorn au visage mais Clothilde aurait rouvert son robinet de larmes et ça faisait assez de drame pour aujourd'hui. J'ai empoigné ma mère par le bras et lui ai fait traverser la rue en quatrième vitesse. Je ne lui ai pas laissé le temps de répliquer, même pas le moindre petit merci. Nous avons tourné le dos au Grand Frisé et à sa détestable compassion.

Plus tard, en soirée, j'ai trouvé le sac de popcorn abandonné sur la table de la cuisine. Clothilde n'y avait pas touché. Je suis sortie derrière l'étable et j'ai ouvert le sac. J'ai regardé le popcorn tournoyer dans le vent, puis se poser en confettis sur le tas de fumier. Si seulement j'avais eu le courage de l'engueuler, ce

Grand Frisé. De lui dire, haut et fort, que même enrobée de sirop d'érable, la pitié pue.

La bombe (toujours) sous mon lit

Je cache une bombe sous mon lit. Prête à servir. Je laisse mijoter ma vengeance. Quand je n'en pourrai plus de me laisser gruger par la honte, je sortirai ma bombe. Fernand Fauchon payera pour sa cruauté arrogante. Les autres aussi vont y goûter. Les commères malveillantes, les hypocrites avec leur fausse pitié, les <u>compatissants</u>, les <u>condescendants</u>… Ils vont tous payer.

Mais quand? Quand? Je voudrais que le désir de vengeance me soulève comme une tornade, mais ça ne vient pas. Ma rage s'amplifie, se durcit, mais mon courage, lui, coule en compote.

Toutes ces vaches qui polluent

Le jour de mes quinze ans, j'ai reçu deux cadeaux empoisonnés : ma mère m'a offert une statue de la Vierge et mon père m'a donné une jeune vache. Pour Clothilde, je pouvais comprendre, puisque les rouages dans son cerveau ont parfois des ratés. Pour Clovis, cependant, j'avais moins de tolérance. Il aurait pu faire un effort pour se demander (ou même me demander!) ce que je voulais pour mon anniversaire.

Le jour de mes quinze ans, mon père m'a dit exactement ce que je ne voulais pas entendre : «Un jour, tout ça sera à toi.» Il a ouvert grand les bras. Pas pour me donner une caresse mais pour me montrer ses trente-cinq Holstein, la merde dans les dalots, les toiles d'araignées qui tapissent le plafond de l'étable. Mon «fabuleux» héritage…

«Ma» génisse était d'un blanc tirant sur le jaune, avec une grande tache rousse sur le derrière. Quand Clovis s'est penché pour lui flatter le cou, j'ai remarqué que ses cheveux avaient la même teinte que le poil de la jeune vache. Comme si c'était elle, sa fille.

— Tu peux lui donner un nom, a-t-il suggéré avec un sourire hésitant.

Bave au menton, jambes écarquillées, la génisse me fixait de ses grands yeux niais. On aurait dit qu'elle attendait, avec le même espoir enfantin que mon père, que je saute de joie devant elle.

— Son nom doit rimer en INE ?

— Faut garder la tradition, a décrété Clovis.

La tradition ! La fichue, la satanée, la maudite tradition… Cette pratique débile remonte à mon grand-père, qui a eu l'idée « géniale » de donner à toutes ses Holstein des noms qui se terminent en INE. Toutes sans exception. Je m'étonne encore que mes parents ne m'aient pas donné, à moi aussi, un nom en INE.

Les jours de grand soleil, quand ma mère se tient tranquille et que les commères du village nous accordent un répit, je chante mon rap des vaches en pelletant le fumier : « Adeline, Aline, Amandine, Angéline, Augustine, Blandine, Capucine, Célestine, Céline, Charline, Clémentine, Colombine, Delphine, Églantine, Ernestine, Fantine, Faustine, Florentine, Honorine, Joséphine, Justine, Laurine, Léontine, Léopoldine, Madeline, Marcelline, Mousseline, Nadine, Ondine, Pascaline, Perrine, Philippine, Rosine, Sabine, Valentine. »

Les jours de grande noirceur, où ma mère dérape et Sainte-Cunégonde m'étrangle, les trente-cinq vaches s'appellent toutes Cauchemar.

Debout devant « ma » génisse, mon père attendait ma réponse. J'avais d'autres idées de prénoms en « ine », sauf que je n'allais pas lui faire le plaisir de les partager avec lui.

— Je n'ai pas d'inspiration.

Mon père a eu l'air déçu. Tant mieux. Qu'il se frotte lui aussi à l'indifférence. Qu'il sente comment le silence infligé par l'autre peut claquer aussi fort qu'une gifle. Qu'il sente comment le désintéressement peut faire saigner, aussi efficacement qu'une lame de canif.

Pourquoi je ferais un effort pour baptiser cette génisse alors que Clovis n'est pas foutu de me poser les questions les plus simples, les plus banales ? J'attends encore qu'il me demande si j'ai eu une bonne journée. Si j'ai fini mes devoirs. Si je veux une deuxième portion de patates pilées. Ces questions-là ne viennent pas. Les questions délicates viennent encore moins. Forcément. Et moi, pauvre cornichonne, j'espère encore qu'il se lèvera un matin et me demandera, le regard inquiet, le ton plein de sollicitude : « Pourquoi tu ne souris jamais ? Pourquoi tu claques si souvent les portes ? Pourquoi as-tu pleuré la nuit dernière ? »

Quand la Catastrophe nous est tombée dessus, j'ai découvert le côté marmotte de mon père. Au premier signe de danger, pffft ! la marmotte disparaît dans son trou. Dans le cas de Clovis, l'étable lui sert d'abri. Il se cache derrière ses vaches et ne ressort qu'une fois le calme revenu, quand la routine a repris une apparence normale. Je dis bien « apparence », car il y a longtemps que chez les Denault, le « normal » a foutu le camp.

La ferme de Clovis, ses Holstein, sa génisse blanche aux fesses rousses, j'en veux autant que d'un bouton purulent au milieu du front. S'il n'en tenait qu'à moi, l'élevage des vaches serait interdit. La planète s'en porterait d'ailleurs beaucoup mieux. Les vaches rotent, pètent et polluent. En digérant, elles laissent échapper du méthane, gaz toxique par excellence, dans l'atmosphère.

Quand j'ai lu les statistiques, j'ai eu envie de devenir végétarienne. Une vache laitière produit 2,6 tonnes de gaz à effet de serre par année ! Puisque la planète compte environ 1,5 milliard de vaches, tout ce bétail contribue plus au réchauffement climatique que l'ensemble des autos et des camions ! Si Clovis se débarrassait de ses trente-cinq vaches, il contribuerait grandement à réduire les gaz à effet de serre. Quand j'ai tenté de lui expliquer ça, il a vu rouge. Lui, qui ne lève jamais le ton, a crié que la ferme était son gagne-pain, l'héritage de son père et de son grand-père et le mien. Et blablabla…

On n'en a plus jamais reparlé. Pareil pour le reste. Tout ce qui est délicat, controversé, gênant, Clovis s'empresse de le balayer sous le tapis. Quant à Clothilde, elle divague tellement dans sa bulle que de lui parler est aussi utile que de discuter avec un poussin. Pas étonnant qu'on entende les mouches voler pendant nos soupers…

J'ai quinze ans depuis six mois et deux semaines. La génisse blanche aux fesses rousses reste un animal anonyme. De temps à autre, Clovis me demande, mine de rien, si je lui ai trouvé un nom. Très innocemment, je réponds à chaque fois : « Pas encore. »

On se venge comme on peut.

Si j'avais une petite sœur ou un petit frère…

Si j'avais une petite sœur, je l'emmènerais cueillir des pissenlits. Je lui en ferais aimer l'odeur, si fraîche, tôt le matin, quand la fleur a mariné dans la rosée. On cueillerait des bouquets gras et drus, qui laissent des taches collantes et sucrées sur les mains. On tresserait des guirlandes de pissenlits pour s'en faire des couronnes et des bracelets. On en ferait sécher pour les glisser plus tard dans nos poches, dans nos bas, dans le tiroir de sous-vêtements.

Si j'avais une petite sœur, j'aurais une complice pour jouer des tours à Clovis et à Clothilde. On bourrerait les souliers de notre père de pissenlits. On fabriquerait de la teinture mauve, avec de la racine de pissenlits. On y ferait tremper les blouses de Clothilde, pour se débarrasser de tout ce bleu poudre.

Si j'avais un petit frère, je lui ferais goûter la sève durcie du pissenlit, meilleure que la gomme aux cerises. Je lui montrerais comment fabriquer des élastiques avec de la sève séchée roulée entre nos doigts. Des élastiques pour bombarder Sac-à-pisse et Face-de-Furoncles.

Quand je suis née, Clothilde et Clovis avaient franchi le cap de la quarantaine. Je leur tombais dessus tel un imprévu encombrant. De la visite impromptue. Même si j'étais un bébé calme, je bouleversais leur routine tranquille. Ils n'ont jamais parlé de m'offrir un frère ou une sœur. Y ont-ils jamais pensé ? Malgré leurs cheveux gris et leurs V majuscules, j'ai longtemps espéré. En vain.

J'ai cessé d'attendre un deuxième accident. Je n'aurai jamais de sœur ou de frère. Une bonne chose au fond. Pas besoin de partager le fabuleux héritage de mes parents : les vaches et les vierges, l'ennui et la honte.

Gaz moutarde

Même quand on habite dans un minuscule village au beau milieu de nulle part, la vie peut réserver bien des surprises. Surtout si neuf cent quatre-vingt-dix des neuf cent quatre-vingt-dix-neuf habitants du village nous détestent…

On a eu une jolie surprise, Clovis et moi, en sortant du dépanneur cet après-midi. On n'était pourtant restés que quelques minutes à l'intérieur. Juste assez longtemps pour acheter du fromage et du pain. Juste assez pour permettre à Momo et à sa bande de couvrir de moutarde notre pare-brise d'auto.

Ils venaient de terminer leur mauvais coup quand nous sommes sortis du magasin. Dès que Clovis a vu le dégât, il a lâché son sac d'emplettes et s'est mis à courir vers les ti-culs. Mais ils étaient bien plus rapides que lui. Clovis a parcouru deux coins de rue avant de glisser et de s'étaler sur le trottoir. J'ai fait semblant de ne pas avoir vu sa chute.

Je ne savais pas si c'était pour préserver sa fierté ou la mienne.

En nettoyant la moutarde qui couvrait notre pare-brise, je me suis souvenue d'une anecdote racontée par le prof d'histoire. Pendant la Première Guerre mondiale, les Allemands ont utilisé une arme chimique appelée le gaz moutarde. Ce liquide incolore et inodore attaquait les yeux et les poumons en plus de provoquer des cloques sur la peau.

La rancune tenace que les gens de Sainte-Cunégonde dirigent vers nous, les Denault, ressemble à un gaz moutarde : elle n'a pas de couleur ni d'odeur mais elle laisse de profondes cicatrices.

Mon nid à la bibliothèque

Quand on vit au fin fond de l'arrière-pays, on ne peut pas s'attendre à avoir accès à une bibliothèque convenable. Mal aérée, mal stockée, mal organisée, la minuscule bibliothèque de Sainte-Cunégonde n'en reste pas moins mon sanctuaire. Mon cocon. C'est là que je me réfugie pour échapper aux V majuscules. Et pour faire mes recherches sur Internet, puisque ma famille poireaute encore à l'âge de pierre.

Malgré ses murs pelés, ses planchers de bois qui craquent, sa poussière, j'aime notre bibliothèque décrépite. J'aime l'odeur de moisi des vieux livres, le désordre des revues abandonnées sur les tables, les journaux jaunis qui s'empilent sur les tablettes, les affiches démodées aux coins racornis.

J'ai fait mon nid dans la mezzanine, un demi-étage encombré d'étagères branlantes où on a relégué tous les livres de science. J'y suis rarement dérangée car la mezzanine est aussi fréquentée qu'un cimetière. Même la bibliothécaire, Yolande Flipot, semble avoir oublié qu'il s'y trouve encore des livres. Je travaille dans un coin, sur une table bancale. De cette loge presque privée, j'ai une vue panoramique de la bibliothèque à mes pieds, l'emplacement idéal pour voir sans être vue.

Et j'en ai vu des choses au fil des mois. J'ai vu Yolande Flipot se curer les oreilles avec son stylo. J'ai vu les ti-culs de la bande à Momo dessiner des moustaches à la femme nue dans l'Encyclopédie du corps humain. J'ai vu Justine Babin arracher la page d'un livre de recettes et la fourrer sous son chandail.

Même si je ne renierai jamais notre bibliothèque miteuse, je rêve d'avoir accès à une vraie bibliothèque, pour faire avancer ma

Grande Encyclopédie du Pissenlit. Ici, la section botanique compte un grand total de quinze livres. Parmi cette maigre collection, un seul livre traite du pissenlit. Et encore. Quelques lignes sur ma fleur préférée, complétées par une photo en noir et blanc. Le bouquin s'intitule *Fleurs sauvages* et date de 1972. Si cet ouvrage savant a été emprunté une seule fois au cours des derniers dix ans, je veux bien manger mon t-shirt.

Chaque fois que je m'installe à la mezzanine pour travailler sur mon encyclopédie, je sors *Fleurs sauvages* de son rayon poussiéreux et je l'installe devant moi, ouvert à la page du pissenlit. On prend son inspiration où l'on peut. J'écris mon livre à la main sur des feuilles lignées jaunes. Quand j'ai terminé un chapitre, je m'installe en bas, à l'un des ordinateurs, pour le retranscrire.

Ce matin, je révisais mon chapitre sur les vertus curatives du pissenlit quand le Grand Frisé s'est pointé. Je n'avais pas entendu la porte s'ouvrir. J'ignore ce qui m'a fait lever les yeux de mon cahier. Un pressentiment ? Toujours est-il que j'ai vu le Grand Frisé, la tête couverte d'une tuque rouge, s'avancer vers le comptoir du prêt. Lorsqu'il a enlevé sa tuque, la masse de boucles noires a jailli, grosse boule frisottée en pagaille.

Il a dit quelques mots à Yolande Flipot, qui devait lever la tête pour le regarder dans les yeux, tellement elle est petite et lui grand. De ma mezzanine, je n'entendais pas ce que le Grand Frisé disait, mais je voyais son assurance. Il souriait à la bibliothécaire, ce même sourire spontané et chaleureux qu'il avait offert à ma mère. Il ne mesurait pas l'ampleur de son charme. Ça le rendait encore plus charmant. Et ça m'énervait royalement.

Devant ce sourire irrésistible, Yolande Flipot fondait. Elle se tortillait derrière son comptoir. Elle a ri trop fort, puis a mis son stylo dans sa bouche : le même qu'elle utilise pour se curer les oreilles.

J'ai surveillé le Grand Frisé tandis qu'il arpentait les allées, l'air de ne pas savoir ce qu'il avait envie de lire. A-t-il senti mon regard ? Il a levé la tête et regardé vers la mezzanine. En me voyant, il a souri puis a levé l'index, l'air de dire : « Attends, j'arrive. »

Je n'ai même pas pris le temps de ramasser mes livres et mes notes. J'ai tout laissé en plan. Tandis qu'il montait l'escalier du côté nord, j'ai dévalé les marches du côté sud. Je ne voulais pas lui parler. Je ne voulais pas de sa pitié. Et j'avais peur de son sourire.

Se frotter le corps avec des pissenlits

Certains matins, je me réveille la lèvre fendue, avec un goût de sang dans la bouche. Lendemain de mauvais rêve. Toujours le même. Dans une étable immense, un troupeau de Holstein fonce sur moi. Une Vierge, son voile bleu claquant au vent, chevauche la plus grosse vache. Pour éviter de me faire piétiner à mort, je me jette dans un tas de fumier. J'en ai jusqu'aux oreilles. La Vierge ricane tandis que les vaches poussent des meuglements moqueurs et que je me noie dans la merde.

Avant la Catastrophe, notre vie coulait de façon pépère, tel un ruisseau tranquille. Une vie terne mais à peu près normale. Ma mère travaillait au presbytère. Elle avait ses excentricités, nous surprenait parfois avec certaines incohérences, mais personne ne l'avait encore traitée de cinglée-fêlée-toquée. Mon père sifflait en trayant ses Holstein. J'avais quelques amies qui m'invitaient parfois chez elles. C'était notre vie AV : Avant la Vierge.

Cinq ans déjà depuis la Catastrophe, mais l'histoire reste fraîche. Pue encore. Je me souviens de chaque détail. De toute façon, personne à Sainte-Cunégonde ne nous laisse oublier. Tous évitent les Denault comme si on avait la tuberculose, le SIDA et la peste en même temps.

Au 16e siècle, un botaniste italien nommé Matthiole a écrit ceci du pissenlit : « Si une personne s'en frotte tout le corps, elle sera bienvenue partout. » Les pissenlits, j'en ai cueilli, séché, mangé, admiré. Par contre, je ne m'en suis jamais frotté le corps et je ne le ferai pas. Du moins pas tant que j'habiterai dans ce village. Si, par miracle, quelqu'un d'ici me disait un jour « bienvenue », je lui cracherais dessus.

Si je m'énerve, les vaches s'énervent

Quand j'ai eu quinze ans, en plus de m'offrir une génisse dont je ne voulais pas, Clovis m'a fait le grand honneur d'augmenter mes jours de corvée à l'étable. De deux jours, je suis passée à quatre. J'ai bien tenté de me défiler. Peine perdue. Clovis, si mou avec ma mère, s'est montré intraitable avec moi. « Il faut que tu m'aides. C'est non négociable », a-t-il répété en prenant le même air buté que Blandine, sa vache la plus têtue.

Ces deux jours de corvée supplémentaire en semaine ont un seul bénéfice : l'argent. Oh, mon père ne me paye que des miettes. Vingt dollars par semaine. Pour la première fois de ma vie, j'ai de l'argent à moi. Je le mets de côté avec autant de ferveur que l'écureuil qui cache ses glands à l'automne. J'économise pour m'acheter un ordinateur. Au salaire que je gagne, je ne risque pas de l'avoir avant un bon bout de temps. Et c'est sans compter le coût de la connexion Internet…

Quatre matins par semaine, mon père frappe à ma porte de chambre à cinq heures et demie. Chaque fois, j'enfouis ma tête sous l'oreiller et je bourre mon matelas de coups de poing. Ça ne m'avance pourtant à rien : si je ne me lève pas, Clovis revient faire son insupportable toc-toc-toc jusqu'à ce que je sorte du lit.

La routine de la traite est si bien rôdée qu'on n'a même plus besoin de se parler pour se comprendre. Ce qui fait l'affaire de mon père. En vieillissant, il semble de plus en plus allergique à tout ce qui ressemble de près ou de loin à une conversation.

Sans me consulter, Clovis m'a confié le nettoyage des trayons. Je dois les laver avant la traite. Après les avoir savonnés, je sèche le pis avec un essuie-tout et je fais gicler deux ou trois filets de lait, pour la stimulation mammaire. Mon père passe ensuite derrière moi et installe la trayeuse. Pendant que la pompe à lait fait son travail, je vais désinfecter la vache voisine.

Après la traite, il faut nourrir les vaches et remplacer la paille souillée dans les stalles par de la paille fraîche. Pendant que je nettoie les dalots et gratte avec une pelle la merde dans les allées, Clovis désinfecte l'équipement et rince le pipeline qui transporte le lait jusque dans le réservoir. Et ainsi de suite. Même routine assommante, matin et soir. De quoi mourir d'ennui des milliers de fois.

Ce matin, toutefois, Honorine a perturbé notre routine tranquille. Même quand elle n'a pas faim et qu'elle n'a pas mal, cette bagarreuse nous donne du fil à retordre. Il faut souvent dix minutes de plus pour la traire. Quand j'ai commencé à lui nettoyer les trayons, Honorine m'a balancé un coup de queue au visage. « Espèce de bétail bêtasse… » que je me suis exclamée, pas trop fort, car Clovis n'aime pas que j'insulte ses protégées.

L'an dernier, pour sauver du temps et de l'énergie, j'ai suggéré à Clovis d'imiter d'autres producteurs de lait : couper les queues des vaches. C'est bien plus facile de garder une vache propre si elle a une queue courte. Pas de fumier sur le pis et pas de longue queue sale dans la face… Mon père m'a regardé comme si je venais de proposer de noyer tous les nouveaux-nés du Québec dans le fleuve Saint-Laurent. Je n'en ai jamais reparlé.

Honorine a bougé la croupe et m'a coincée contre le mur de la stalle.

— Tasse-toi bouffie !

La grosse bêta a poussé un beuglement provocateur et n'a pas bougé d'un poil. J'avais le bassin complètement immobilisé et je ne pouvais pas bouger d'un centimètre.

— Clovis ! ! !

Mon père a donné une claque à Honorine, qui a daigné bouger <u>la croupe</u>.

— Quand tu t'énerves, tu énerves les vaches, m'a dit Clovis.

Ce bétail est peut-être moins stupide qu'il n'en a l'air. Les vaches doivent sentir que je ne peux pas les sentir…

J'ai continué ma tournée de lavage de trayons, puis j'ai entendu un cri. Je me suis retournée et j'ai vu Clovis assis dans l'allée, les deux mains sur son tibia.

— Qu'est-ce qu'il y a ?

Il a secoué la tête d'un air incrédule.

— Honorine m'a donné un coup de pied.

J'ai couru chercher une serviette d'eau froide pour son tibia, qui commençait déjà à enfler.

— Tu crois que c'est cassé ?

— Non, non.

Clovis m'a chassé d'un signe de la main. Il s'est remis au travail, en boitant. Son orgueil en avait pris un coup. Le village au complet peut nous humilier, le maire nous mépriser, mais pour Clovis, ça ne fera jamais aussi mal que de recevoir un coup de pied d'une de ses vaches bien-aimées.

Exploser comme une fusée

Il n'y a pas de fleur plus rusée que le pissenlit. Il a une stratégie parfaite pour se reproduire. C'est d'abord le bourgeon qui apparaît au centre de la rosette de feuilles, où il se tient tranquille pour environ deux semaines. Ensuite, lorsque arrive le moment propice, le bourgeon s'élance avec autant de puissance qu'une fusée qui décolle : en deux jours à peine, la tige pousse de dix à quinze centimètres. En biologie végétale, on parle d'une croissance explosive. Lorsque la fleur est prête pour la pollinisation, le pissenlit s'ouvre alors dans toute sa gloire, tel un drapeau jaune vif, pour attirer les insectes.

Je veux imiter la stratégie du pissenlit. Guetter le bon moment. Attendre que ma vengeance soit mûre puis m'élancer aussi abruptement qu'une navette qui prend son envol. Surprendre tout le village. Mystifier les commères.

Mais.

Car il y a un mais. Un mais aussi haut qu'un silo. Aurais-je un jour assez de culot ?

Chapitre 3

La pizza-vache

Depuis ma fuite de la bibliothèque, le Grand Frisé tournaillait dans mes pensées, comme une mouche qui bourdonne autour d'une vache. Qui était-il ? D'où venait-il ? Qu'est-ce qui l'amenait à Sainte-Cunégonde-du-Cap-Perdu ?

Il n'y avait qu'un seul individu à qui je pouvais poser des questions sur le Grand Frisé de la cantine à Coco : Alex. Mon voisin est l'une des rares personnes au village qui nous adresse encore la parole, à nous, les Denault. Il a beau avoir trente ans de plus que moi et ne pas s'intéresser une miette aux pissenlits, n'empêche, Alex est sans doute ce que j'ai qui ressemble le plus à un ami. Et à un père.

Avant de me rendre chez lui, j'ai fourré dans un grand sac toutes les boîtes de conserve vides de notre bac de recyclage. J'ai ensuite traversé le champ et j'ai frappé à sa porte entrouverte. Je suis entrée sans attendre de réponse, car je le voyais à l'œuvre dans son studio. J'ai déposé mon sac sur sa table de cuisine.

— Je t'ai apporté du matériel.

Mon voisin a jeté un coup d'œil dans le sac.

— J'allais justement en manquer. Merci Manouane-la-Banane !

J'ai enlevé mes bottes et j'ai filé en droite ligne au salon, qui sert de studio. J'ai toujours hâte de voir les créations étranges qui sortent de l'imagination délirante d'Alex.

Une sculpture, haute de deux mètres, trônait au milieu de la pièce. Une drôle de bête, fabriquée à partir d'un assemblage hétéroclite de boîtes de pizza, marquées de taches de gras et de dégoulinades de sauce tomate.

— On dirait une vache.

Alex a levé un index approbateur.

— Touché ! Facile pour toi, fille de producteur laitier… Tu tombes bien, je cher-

chais justement un nom pour ma pizza-
vache.

— Tu ne vas pas t'y mettre toi aussi…

— Hein ?

— Laisse faire. Une histoire plate que je
n'ai pas envie de raconter…

— Peux-tu me répéter les noms de vos
vaches ?

Alex est la seule personne qui m'a
entendu chanter mon rap des vaches. Ce
refrain ridicule le fait toujours rire.

— D'accord. Écoute bien parce que je ne
le ferai qu'une seule fois.

Il a posé son couteau à sculpter et fermé
les yeux pour mieux se concentrer. J'ai débité,
à toute vitesse, sans trébucher :

Adeline, Aline, Amandine, Angéline,
Augustine, Blandine, Capucine, Célestine,
Céline, Charline, Clémentine, Colom-
bine, Delphine, Églantine, Ernestine,
Fantine, Faustine, Florentine, Honorine,
Joséphine, Justine, Laurine, Léontine, Léo-
poldine, Madeline, Marcelline, Mousseline,
Nadine, Ondine, Pascaline, Perrine, Philip-
pine, Rosine, Sabine, Valentine.

Alex a hoché la tête en souriant.

— Tu pourrais faire une carrière de rap-
peuse, tu sais.

— En récitant des noms de vaches ? Tu dis n'importe quoi.

Il a posé une orange en équilibre sur la tête de sa pizza-vache.

— Je vais l'appeler Clémentine.

J'ai tourné lentement autour de sa création pour l'examiner sous tous les angles.

— Il lui manque une queue.

— Trouve-moi de quoi lui en fabriquer une.

Il n'a pas eu besoin de me le demander deux fois. J'adore fouiller dans les bacs qui envahissent le studio d'Alex. Ils sont remplis de bric-à-brac et de trésors inusités : morceaux de meubles, chaises à trois pattes, grille-pain rouillés, sièges de toilette et plus encore… En bon éco-sculpteur, Alex n'utilise que des objets usagés. Chaque semaine, ce spécialiste du « recycl'art » fait religieusement la tournée des poubelles pour y ramasser son matériel.

À Québec et à Montréal, il y a des gens assez fous pour acheter ses œuvres. Mais il n'en a jamais vendu une seule à Sainte-Cunégonde. Il l'accepte difficilement. Pourtant, il habite ici depuis cinq ans et devrait maintenant comprendre que la majorité des habitants du village rejettent tout ce qui est un tant soit peu différent.

Résolument optimiste (ou farouchement entêté), Alex continue malgré tout d'exposer quelques sculptures dans la cantine du village.

— Ça apporte de l'eau au moulin des commères, se réjouit toujours Coco Popcorn.

Aussi différents que la nuit et le jour, Coco et Alex jouent aux échecs une fois par semaine. Alex gagne à tout coup mais Coco continue de jouer quand même. Ça doit ressembler à ça, de l'amitié vraie.

Dans l'échelle sociale de Sainte-Cunégonde-du-Cap-Perdu, Alex se situe à peu près au même niveau que nous, les Denault. Sans être un intouchable, il tombe néanmoins dans la catégorie des exclus. Trop bizarroïde et solitaire pour être accepté dans le cercle.

Les commères du village ne comprennent pas pourquoi il a quitté son poste de policier à Montréal pour venir s'installer ici, tout seul, au fin fond de la province. Elles pigent encore moins pourquoi il cueille des vieilleries dans les poubelles et les transforme en bidules inutiles, en machins abracadabrants tout juste bons à ramasser la poussière.

Moi, ce que je ne comprends pas, c'est plutôt son enthousiasme pour nos « paysages magnifiques » et notre « petite vie tranquille ». Moi, au contraire, c'est l'action qui me manque. La lumière des néons. Le bruit des klaxons. Je rêve de pouvoir marcher en ville, perdue dans la foule. Incognito.

Pendant que je fouillais dans les bacs à la recherche d'une queue pour la pizza-vache, Alex a sorti un gâteau au chocolat du congélateur.

— Tu en veux ? qu'il m'a demandé en me tendant la barquette d'aluminium.

— Non merci !

Je n'avais pas envie de cette pâte gonflée d'air, du chocolat qui goûte le carton et du glaçage à la graisse fouettée. Sans prendre le temps de dégeler son gâteau, sans même le poser dans une assiette, il a piqué un énorme morceau sur sa fourchette.

— Hmmm… Ché bon, a-t-il décrété la bouche pleine.

J'ai déniché deux vieilles vadrouilles au fond d'un bac.

— J'ai trouvé la queue de ta pizza-vache !

Alex a lâché sa fourchette et s'est emparé d'une vadrouille qu'il s'est aussitôt mis à tresser. Pendant qu'il se concentrait sur la queue, j'ai fouillé discrètement dans son bac de peinture. J'ai choisi une bombe aérosol jaune et l'ai glissée dans mon sac à dos. Ni vu ni connu.

Ne me restait plus qu'une chose à faire ici : poser la question qui me brûlait les lèvres.

— J'ai vu un nouvel employé à la cantine…

— C'est le neveu de Coco.

— Il sort d'où ?

— Du Burkina Faso. La sœur de Coco a quitté le Québec à dix-huit ans pour l'Afrique. Elle est tombée en amour avec un gars de là-bas et elle est devenue plus africaine que canadienne.

— Pourquoi il vient s'installer dans un trou perdu comme Sainte-Cunégonde ?

— C'est temporaire. Il ira au cégep à Québec cet automne.

J'avais encore une foule de questions. Je n'ai pas osé les poser, de peur qu'Alex se moque de moi.

Après avoir engouffré le dernier morceau de son gâteau de carton, il a rincé la barquette d'aluminium et l'a lancée dans un bac rempli de dizaines d'autres barquettes identiques. Ça lui servirait un jour pour une autre sculpture bizarroïde.

Alex a pointé du doigt une statue de la Vierge, posée sur un tabouret de la cuisine.

— Ta mère est passée hier. Ma collection de Sainte-Vierge ne cesse d'augmenter.

— Tu peux lui dire que tu n'en veux pas.

— Pourquoi lui faire de la peine ? Hier, je l'ai avertie que j'allais transformer une de ses statues en œuvre d'art.

— Comment elle a réagi ?

— L'idée a semblé lui plaire. Enfin je crois…

Alex a toujours été un voisin loyal et discret. Je n'aurais pas survécu sans lui, durant la Catastrophe. Au plus fort du raz-de-marée, tandis que ma mère errait dans la maison comme une âme perdue, que mon père se cachait dans l'étable et que la foule s'impatientait devant notre perron, je me réfugiais chez lui. Il ne posait pas de questions, ne faisait pas de commentaires. Il se contentait de me servir un morceau de gâteau au chocolat assez gros pour rassasier un géant. Je mangeais sans goûter, simplement pour empêcher mes larmes de couler.

Alex me faisait laver des boîtes de conserve vides, sabler un vieux dossier de chaise ou peinturer une râpe à fromage. Je n'avais que dix ans. Je ne comprenais pas que ces corvées

« artistiques » étaient son astuce pour me changer les idées, mais ça fonctionnait. J'arrivais chez lui tendue comme une corde de guitare et je repartais deux heures plus tard, un peu plus calme.

Cinq ans après la Catastrophe, alors que le village au complet s'entête à nous traiter comme des lépreux, Alex se fait un point d'honneur de montrer qu'il est l'ami des Denault.

— Est-ce que vous emmenez ta mère au chemin de croix demain ? m'a demandé Alex.

— Il faudrait trois bœufs pour la retenir à la maison.

Il a secoué la tête d'un air navré.

— Ton père ne devrait pas t'obliger à faire ça.

— …

— Veux-tu que je lui parle ?

— Tu sais bien que ça ne changerait rien.

Alex a soupiré. Il a sorti un autre gâteau en barquette de son congélateur.

— Prends ça, Manouane-la-Banane. Il te faut des forces pour affronter les grenouilles de bénitier.

J'étais presque rendue au chemin lorsque Alex est sorti de la maison et a crié mon nom. Je me suis retournée.

— Il s'appelle Sankara !

— Hein ?

Alex m'a souri puis a répété :

— Le neveu de Coco ! Il s'appelle Sankara !

La couleur de la peau n'est pas contagieuse

En sortant de chez Alex, un pressentiment m'a piquée au vif, avec autant d'effet qu'un dard au derrière. J'ai filé à la maison et j'ai enfourché mon vélo avec l'énergie d'un cycliste en début de triathlon.

Les jours sans vent, les jours où j'ai les jambes d'attaque, il me faut trente-cinq minutes pour me rendre à la bibliothèque à vélo. Ce jour-là, malgré le vent qui me ralentissait, j'ai bouclé le trajet en une demi-heure.

J'ai monté deux par deux les marches de l'escalier menant à la mezzanine. Sur la table bancale, on avait empilé mes livres et rassemblé mes notes en un petit tas. Sur le dessus de la pile, j'ai trouvé un message rédigé sur mon propre papier jaune.

> Pourquoi tu t'es sauvée comme ça? Je voulais simplement savoir si ta mère avait aimé mon maïs soufflé à l'érable.
>
> Oui, je suis africain. Oui, j'ai la peau brune. Non, ce n'est pas contagieux.
>
> Sankara

J'ai replié soigneusement la note et je l'ai glissée dans ma poche. Ensuite, je suis descendue au rez-de-chaussée, dans la section des ordinateurs. Par curiosité, j'ai tapé : S-A-N-K-A-R-A.

Sur Wikipédia, on disait que Thomas Sankara avait été président du Burkina Faso de 1983 à 1987 et qu'il avait travaillé fort pour combattre la corruption, améliorer la situation des femmes, ouvrir plus d'écoles pour les enfants. J'ai lu qu'on l'avait assassiné. J'ai vu les photos d'un homme au regard ardent, au sourire charismatique. Comme celui du Grand Frisé.

Istanbul ou Paris ?

À Pâques, plus que jamais, j'ai envie de fuir. Prendre l'avion. Mettre un océan entre moi et Sainte-Cunégonde-du-Cap-Perdu. Fuir l'odeur écœurante de la maison qui, dès le Jeudi saint, empeste la cire, à cause des dizaines de lampions allumés devant les statues de la Vierge. Le temps de quelques jours, cette senteur détrône celle du fumier. Mais je préfère de loin l'odeur de la merde à ce parfum douceâtre qui fait resurgir les mauvais souvenirs…

Vite, un billet d'avion s'il vous plaît ! Un aller simple. Pour l'Italie. Là au moins, on sait apprêter le pissenlit. Les Italiens blanchissent ou étuvent les feuilles puis les font revenir dans de l'huile d'olive. Ils le dégustent en accompagnement dans des plats de viande, de riz ou de pâtes. En Italie, le pissenlit, ou « ciccoria », se déguste en salade, avec des fèves, sur la pizza ou le pain, même dans les spaghettis. Ils vont même jusqu'à congeler les feuilles pour pouvoir en manger toute l'année. De fins gourmets ces Italiens.

Vendredi saint, jour de la mort du Christ, Clothilde s'exalte à revivre la douleur de la mère de Jésus. Elle ne dort pas, ne mange pas, ne parle pas. Elle entre en transe. Et elle nous entraîne, mon père et moi, dans son délire morbide…

S'il n'y a plus de billets d'avion pour l'Italie, je choisis la Turquie. J'irai me perdre dans le bazar d'Istanbul. Je me ferai adopter par une vieille veuve turque pour qu'elle m'apprenne la recette secrète du *cacik*. Elle et moi, on fera fortune en vendant des frites croustillantes arrosées de ce mélange de pissenlits hachés finement, de yogourt, d'ail et d'aneth. À côté du *cacik*, la poutine de Coco fera figure de gibelotte fade.

Chaque Vendredi saint, Clovis m'impose la cérémonie du chemin de Croix. « Il faut que tu viennes. Je ne peux pas la contrôler tout seul », dit-il à chaque printemps. Même à deux, on ne peut pas freiner Clothilde, ses sanglots débridés, sa piété déchaînée, ses évanouissements…

À défaut d'Istanbul, je prendrais bien Paris. Je m'offrirais des festins de baguette à la croûte craquante, tartinée d'une couche de cramaillotte, cette succulente confiture de fleurs de pissenlit. Au Canada, on dépense des fortunes en herbicides pour se débarrasser du pissenlit tandis qu'en France, les catalogues d'horticulture en offrent cinq sortes. Les Français considèrent le pissenlit comme le cousin sauvage de la laitue et de l'endive. On leur doit la célèbre salade de pissenlits aux lardons. Ils poussent même l'audace jusqu'à boire du vin de fleurs de pissenlits en apéritif! Il faut bien l'admettre, côté gastronomie, la France a une solide longueur d'avance sur nous. Quand est-ce qu'on pourra trouver, au Québec, de la quiche au pissenlit, du curry de pissenlit, du pesto de pissenlit?

L'an dernier, pendant le chemin de Croix, Clothilde s'est jetée au pied de l'autel. Elle voulait y rester étendue jusqu'à Pâques. Il a fallu se mettre à trois pour la sortir de l'église. Ma mère a tellement pleuré que Clovis a dû lui donner du thé assaisonné aux somnifères…

J'aurai beau rêver jusqu'à l'éternité de l'Italie, de la Turquie ou de la France, mon prochain déplacement se fera dans le camion rouillé de Clovis, jusqu'à une destination qui n'a rien d'exotique : l'église de Sainte-Cunégonde. Pas le moindre petit plat de pissenlit au menu. Seule attraction à l'horizon : une nouvelle crise de Clothilde.

Si j'étais un pissenlit, je me chaufferais les pétales au soleil, sans jamais m'inquiéter de savoir si ma mère perdra ou pas les pédales à Pâques.

Plus qu'hier,
moins que demain

Dans l'église presque vide, ça pue l'encens et la laine trempée. Une vingtaine de pruneaux desséchés prient, recroquevillés sur leurs bancs. Petites vieilles. Petits vieux. Ridés. Plissés. Courbés sur leurs *Prions en église*. Doigts enroulés autour de leurs chapelets, ils attendent sagement le début de la messe. Petits pruneaux, commères malveillantes, je vous déteste. Plus qu'hier, moins que demain.

Fébrile et tendue, Clothilde me tire par la manche. Elle exige le premier banc. Tout à l'avant. Encore une fois, elle s'arrange pour faire rager le curé Barnabé. Encore une fois, elle nous pousse dans le chaudron où bouillonne la hargne de tout Sainte-Cunégonde.

Qui sera la vedette du spectacle aujourd'hui ? Clothilde ou le curé Barnabé ? Le curé, bien sûr. C'est lui le plus fort. C'est lui qui porte la soutane. Le voici justement qui fonce vers nous, lèvres crispées et poings serrés. Sans s'encombrer d'un bonjour, il lance à ma mère :

— J'es-père que vous allez être cal-me au-jour-d'hui, Ma-da-me De-nault...

Il articule chaque mot comme s'il parlait à une débile. Débile toi-même, vieux singe en <u>soutane</u>! Tu me dégoûtes! Plus qu'hier, moins que demain.

Le curé Barnabé se penche ensuite vers Clovis et chuchote bruyamment, question de s'assurer que tout le monde l'entende :

— Monsieur Denault, la maison de Dieu est ouverte à tous. Je ne veux pas empêcher votre épouse d'assister à la messe. Cependant, par respect pour mes <u>paroissiens,</u> je ne tolérerai aucun écart de conduite. Tâchez de la contrôler cette année, sinon…

Sinon quoi? Vieil hypocrite! Ça sermonne sur le pardon et ça empeste la <u>rancune.</u> Cinq ans après la Catastrophe, le Curé en veut toujours à ma mère. Son ressentiment éclate dans son ton faussement poli. Je prie pour qu'il s'étouffe avec son <u>hostie.</u> Pour que son vin de messe tourne au vinaigre.

Devant l'agressivité du curé, Clovis baisse les yeux sans rien dire. Lâche! Lâcheur! Clovis, je t'en veux. Plus qu'hier, moins que demain.

L'orgue répand ses accords moroses dans l'église. L'office commence. Debout. Assis. À genoux. Nous sommes des marionnettes. Un vieux singe en soutane tire les ficelles. Debout. Assis. À genoux.

« Je vous salue Marie, pleine de grâce, le Seigneur est avec vous… » Clothilde récite avec conviction, des trémolos dans la voix. « Notre Père qui êtes aux cieux, que votre nom soit sanctifié… » Les pruneaux marmonnent en chœur d'une intonation monocorde. Tête d'enterrement. Ton de circonstance. Trois commères en jupe grise chantent des cantiques en latin. Dans les notes hautes, la peau de leur menton tremblote.

Cinquième station. Les soldats qui gardaient Jésus le revêtent d'un manteau pourpre et lui mettent une couronne d'épines. Ils lui frappent la tête avec un roseau et crachent sur lui… Clothilde s'agite, soupire. Du haut de son autel, le curé Barnabé nous surveille.

Huitième station. Jésus console un groupe de femmes. Il leur dit : « Ne pleurez pas sur moi, pleurez sur vous-mêmes et sur vos enfants ». As-tu compris Clothilde ? As-tu vraiment compris ? « Pleurez sur vos enfants ! » Ma mère tripote fébrilement une statuette de la Vierge. Clovis pose une main sur son bras. Clothilde se secoue ; on dirait qu'elle essaie de chasser une mouche importune. Elle ne veut pas qu'on la distraie dans son extase.

Neuvième station. Jésus est cloué sur la croix. Clothilde brandit à bout de bras son crucifix, telle une médaillée d'or aux Olympiques. Je la tire par la manche. Elle résiste. Je lui tords le poignet. Elle gémit, baisse le bras. Clovis semble pétrifié sur son banc.

Le curé nous jette un regard assassin. Il souhaiterait sans doute nous crucifier sur le champ. Je sens les regards des pruneaux dans mon dos. Excités comme des hyènes, ils attendent le scandale. Les commères veulent des cris, des sanglots. Je tire sur les doigts glacés de ma mère. Je lui arrache son crucifix. Clovis lui tend la statuette de la Vierge, comme on donne la suce à un bébé. Agenouillée sur le prie-Dieu, Clothilde frappe doucement sa tête avec ses paumes ouvertes. Je la retiens par les épaules. On gèle dans cette église mais la sueur me pique le cou.

Onzième station. Marie et Jean au pied de la croix. La Vierge a perdu son fils. La Vierge a mal. Ma mère ouvre son robinet. Larmes qui roulent, joues qui se mouillent, morve qui coule. Clovis pousse un soupir de soulagement. Habituellement, après avoir bien pleuré, Clothilde se calme. Le pire est donc derrière nous.

À la fin de la messe, ma mère s'affaisse sur son banc : vidée. Je range la statuette dans son sac à main, lui enroule un foulard autour du cou. Elle se laisse faire, le corps mou, le regard absent. Clovis la soutient pour descendre l'allée. Les vieux nous surveillent du coin de l'œil. Petits pruneaux, je vous déteste ! Plus qu'hier, moins que demain.

Posté à la sortie, aussi rigide qu'un soldat de plomb, le curé Barnabé salue ses paroissiens. Il détourne la tête à notre passage. Et c'est ce singe en soutane qui nous prêche la charité chrétienne ?

Sitôt installée dans le camion, Clothilde appuie sa tête contre la vitre, ferme les yeux et s'endort d'un coup sec, la bouche ouverte. Ces émotions intenses l'ont épuisée. Moi aussi je suis crevée.

Fini le chemin de Croix pour une autre année. Mais ma croix à moi, je la dépose où ?

La bombe (encore et toujours) sous mon lit

Je cache une bombe sous mon lit. La bombe de la vengeance. Ils vont payer. Tous ! Le singe en soutane, les pruneaux desséchés, les commères malveillantes, Fernand Fauchon, Justine Babin. Ils ne sauront pas d'où est venu le coup, ni comment, ni pourquoi. Ma détermination sera plus dure que l'acier, mes gestes plus précis que ceux d'un robot. Ma vengeance descendra, aussi violente qu'un ouragan. Elle balayera tout sur son passage.

Pour le moment, il n'y a que ma honte qui engraisse. Ma détermination, elle, reste plus mince qu'un cure-dent. Honte de ma mère. Honte de mon père. Honte de la trouille qui me paralyse, m'empêchant de sortir ces bombes qui s'empoussièrent sous mon lit.

Dans la mythologie grecque, Hécate, la déesse de la Lune, donne des pissenlits à manger à Thésée. Elle le nourrit ainsi pendant trente jours afin qu'il devienne assez puissant pour tuer le Minotaure, ce monstre à corps d'homme et à tête de taureau. Combien de kilogrammes de feuilles de pissenlit devrais-je manger avant de me sentir assez forte pour m'attaquer aux crétins du village, mes Minotaures à moi ?

— **Chapitre 4**

Une apparition orange
dans la nuit

Où se réfugier un samedi soir après la fermeture de la bibliothèque municipale ? Où aller dans Sainte-Cunégonde-du-Cap-Perdu, village de neuf cent quatre-vingt-dix-neuf habitants, dont au moins neuf cent quatre-vingt-dix m'ignorent, me méprisent ou me détestent ? Où se traîner quand l'idée de rentrer chez soi donne mal au cœur ? Où se poser quand son seul ami, un voisin grisonnant et solitaire, joue aux échecs avec son vieux copain ?

Je n'avais nulle part où aller. Nulle part où j'avais envie d'aller. Pendant une heure, j'ai marché sous la pluie, par les rues désertes du village, avant d'aboutir au parc de Sainte-Cunégonde. On ne pouvait même pas appeler ça un parc : deux bancs pelés, quelques structures de jeu déglinguées et une vaste étendue de boue. En cette soirée froide d'avril, le vent fouettait les balançoires dans une gigue désordonnée. Les enfants, les amoureux et même les chiens errants avaient déserté l'endroit.

Les oreilles me chauffaient. Les yeux me picotaient. Un hoquet violent me secouait. La voix nasillarde du singe en soutane résonnait dans ma tête : « Ma bonté a des limites, ma bonté, ma bon-té… » J'avais le nez morveux, les doigts engourdis et les pieds frigorifiés. J'attendais que le froid me gèle aussi l'esprit, mais la vie n'a pas l'habitude de faire plaisir à Manouane Denault.

Je me suis allongée sur la glissoire rouillée. J'ai cogné la tôle à coups de poings. Cogner sur les crises de Clothilde, sur les silences de Clovis, sur ma propre lâcheté. Cogner pour laisser sortir la rage. Cogner à m'en faire saigner les poings, jusqu'à ce que calme s'ensuive.

Dans le vacarme, je ne l'ai pas entendue arriver. J'ai sursauté en sentant une main sur mon épaule. J'ai levé les yeux. Sous le rebord de son énorme chapeau, ses yeux, deux billes brunes et brillantes, me regardaient avec inquiétude. Elle m'a dit, avec un accent pointu qui ne pouvait venir que de la France : « Ça ne va pas ? »

Elle exprimait un constat plutôt qu'une question, alors je n'ai pas répondu. De toute façon, le hoquet m'empêchait de parler. J'ai caché ma face avec mes bras. De nouveau, sa main sur mon épaule : « Viens chez moi. Je fais le meilleur chocolat chaud de Paris. »

Elle a glissé sa main sous mon bras, m'a attirée sous son parapluie. Coiffée de son chapeau orange vif et enveloppée d'un imperméable tout aussi orange, elle faisait vraiment citrouille. Avec mon manteau couvert de sable et de rouille, les cheveux trempés qui me collaient au visage, je faisais vraiment vadrouille. On avait l'air d'un drôle de couple.

Nous avons remonté la rue Principale en silence, nos pas en cadence. Je retenais ma respiration pour tuer mon hoquet. Le vent brassait les pancartes des commerçants, nous poussait l'une contre l'autre. Son imper faisait squish squish contre ses bottes. Là où sa main touchait mon bras, je sentais une chaleur.

Elle s'est arrêtée devant la vitrine d'une boutique où trônaient deux mannequins de plastique, figés dans une pose provocante. « La blonde s'appelle Nénette et la brune Zézette », m'a-t-elle annoncé. Avec leur teint anémique, leurs déshabillés transparents dans ce printemps glacial, Nénette et Zézette avaient l'air fabuleusement ridicules. Deux gazelles échouées sur un banc de neige.

Un embryon de rire est monté dans ma gorge. Mon hoquet s'est éclipsé.

Une forte odeur de lilas fané

Quand la femme a ouvert la porte, un grelot a sonné. Txiling ! Txiling !

— Aimes-tu le tintinnabulement de ma clochette ? J'adoooore ce mot : tintinnabuler. C'est un mot qui chante, non ?

Après le froid, la pluie, la nuit, la boutique m'a fait l'effet d'un cocon douillet. Une lampe antique jetait une lumière tamisée, couleur pêche, sur les murs et les comptoirs. Le magasin minuscule débordait, les comptoirs disparaissaient sous un désordre de sous-vêtements vaporeux, de froufrous, de dentelles et de satin.

— Bienvenue à *La Jolie Jarretière* !

D'un geste de star de cinéma, la femme a jeté son chapeau dans un coin. Elle a fait gonfler ses cheveux courts, couleur carotte avec des racines noires. Accrochées à ses oreilles, deux grosses boules orangées se balançaient au moindre mouvement de sa tête. Quand elle a enlevé son imper, une forte odeur de lilas fané a flotté jusqu'à moi. Elle avait dû échapper la bouteille de parfum sur elle. La femme portait une robe noire moulante, qui boudinait son tronc en forme de tonneau. Son buste pointait vers l'avant tel un canon. Elle avait un air de parenté avec ses mannequins : fabuleusement ridicule.

Alors que la femme me tendait une serviette, j'ai remarqué qu'elle avait peint ses lèvres du même orange que le reste. Décidément…

— Enlève ton manteau et sèche-toi un peu. Je vais préparer le chocolat.

J'ai accepté la serviette. Par contre, je n'ai pas enlevé mon manteau. Je n'avais pas pris ma douche après ma corvée à l'étable et je ne voulais pas qu'elle sente mon odeur de fumier. Pendant que la femme s'affairait dans la cuisinette, j'ai examiné le fouillis de la boutique. Bobettes, soutiens-gorges, bustiers, camisoles, chemises de nuit, tout était éparpillé partout, sans aucun souci d'ordre ou de mise en valeur de la marchandise. On aurait dit que les clientes des dernières semaines s'étaient payées de folles séances d'essayage et que personne n'avait pris la peine de remettre de l'ordre dans ce fatras. Sur le mur, au-dessus de la caisse, un écriteau en forme de cœur lançait une invitation comique : LAISSEZ VOS DESSOUS PRENDRE LE DESSUS. Sur la porte de la salle d'essayage, on avait collé une affiche d'un soutien-gorge rouge pompier, surmontée du slogan «Contient les forts, soutient les faibles, ramène les égarés. »

Bientôt, l'odeur de chocolat chaud s'est répandue dans la pièce. La femme a cherché un coin de comptoir libre pour déposer son plateau. D'un coup de coude, elle a envoyé valser une pile de culottes de dentelle. J'ai réchauffé mes doigts contre la tasse de porcelaine. J'ai laissé la vapeur me monter dans les narines. Le chocolat chaud était velouté et pas trop sucré.

— Tu n'enlèves pas ton manteau ?

— Euh… non… je…

Devant mon malaise, elle n'a pas insisté.

— Je m'appelle Mistinguett. Comme la chanteuse de music-hall. Tu connais ? Non, bien sûr, tu es trop jeune… Elle a été célèbre en France, entre les deux guerres. Mistinguett avait de si belles jambes qu'elle les a assurées pour un million de dollars. Une somme faramineuse pour l'époque ! Malheureusement, je n'ai rien de Mistinguett, ni la voix, ni les jambes.

Son rire a retenti : un hennissement de jument. On aurait dit qu'elle venait de raconter la blague du siècle.

— Et toi, tu t'appelles comment ?

— Manouane.

— Manouane. Mignon ce prénom !

— …

— Et mon chocolat chaud ?

— Excellent.

— Quand la déprime me tombe dessus, je m'offre un chocolat chaud. Même en juillet ! Ça fait grossir les bourrelets mais ça remonte le moral.

D'un air faussement dégoûté, elle a pincé entre le pouce et l'index un morceau de chair de son ventre. Puis elle s'est penchée vers moi :

— Quand je réussis à me taire, je sais écouter.

Son sourire débordant d'empathie m'a bouleversée. Je ne me souvenais pas de la dernière fois où quelqu'un m'avait souri de façon si amicale. J'ai eu peur que ma peine remonte, que mon hoquet revienne. Vite, une gorgée du chocolat chaud.

— Si tu as envie de raconter, de sortir ta bile, te gêne pas…

Elle voulait que je lui explique ma colère ? L'humiliation qui paralyse, la rage qui ronge, le dégoût des vaches, de la Vierge ? On ne raconte pas ça à une étrangère aux lèvres orange. On cache ça derrière une façade de détachement, on refoule ça au fin fond de son cerveau, on enterre ça sous de solides silences. Et les soirs où la colère déborde, on bûche sur les glissoires.

Non. Mon robinet aux confidences était trop rouillé. Même si je l'avais voulu, je n'aurais pas pu l'ouvrir ce soir-là.

J'ai examiné attentivement la pointe de mes bas trempés, comme si le sort du monde en dépendait. Le silence s'étirait entre nous. Il fallait que je le brise. Vite. N'importe quoi pour la faire parler, pour rester encore un peu.

— Ça se porte comment une jarretière ?

Mistinguett s'est donné une grande tape sur la hanche.

— Je le savais ! Je n'aurais jamais dû appeler ma boutique *La Jolie Jarretière*. Pas en cette époque du collant et du bas-culotte.

Elle a posé un pied sur une chaise et sans aucune pudeur, a retroussé sa robe. Elle portait de longs bas noirs, qui s'arrêtaient au haut de la cuisse et qui étaient maintenus en place par une bande élastique bordée de dentelle noire. D'un geste aguicheur, elle a fait claquer l'élastique. La chair flasque de sa cuisse a trembloté.

— Pas très pratique pour aller traire les vaches.

De nouveau son hennissement de jument. Décidément, elle avait le rire facile.

— Tu habites sur une ferme ?

J'ai fait oui, avant de relancer aussitôt la conversation dans une autre direction.

— Pourquoi vous vendez des sous-vêtements ?

— Hé ho ! Je n'ai pas encore l'âge d'une grand-mère, alors fais-moi le plaisir de me tutoyer. Je vends des dessous parce que j'aime la poésie.

— Je ne vois pas le rapport entre un poème et des petites culottes.

Mon incompréhension l'a fait rire. Encore. Puis elle a saisi une paire de bobettes et m'a demandé de quelles couleurs elles étaient.

— Grises et bleues.

— Tu n'y es pas du tout. Gris clair de lune, bleu crépuscule, gorge de pigeon, cuisse de nymphe émue, rose paon, etc. Poétique, non ?

Elle a bu une gorgée de chocolat. Ses lèvres ont laissé une trace orange sur la tasse.

— Pourquoi se contenter de porter des dessous bêtement utilitaires ? Je vends bien quelques trucs pratiques, des culottes de coton, des chemises de nuit de flanelle, mais très peu. Je laisse ça aux magasins grandes surfaces. Je préfère m'élever au-dessus de la simple hygiène ou du confort, m'élancer vers la fantaisie sensuelle, les rêves vaporeux…

Je me laissais bercer par son flot de paroles, la musique de son accent. Mes orteils se réchauffaient. La lumière pêche colorait mes idées de la même teinte veloutée. Je voulais me creuser un nid dans ces montagnes de dentelle et de satin.

— Aujourd'hui, les filles s'habillent de la même façon que les garçons, continuait Mistinguett. Jeans et t-shirt. La mode uni-sexe a presque tué le marché des dessous. Moi, je suis là pour celles qui veulent de la fantaisie, de la séduction. Les froufrous qui froufroutent, la caresse glissante du satin, la soie aussi douce qu'une bedaine de bébé, la dentelle qui anoblit la poitrine, la mousseline diaphane qui donne du mystère… tout ça nourrit le romantisme. Alors tu comprends, je vends beaucoup plus que des sous-vêtements.

Elle a reposé sa tasse vide.

— Suffit. J'arrête. Il ne faut pas que je te dévoile tous mes secrets de vendeuse d'un coup. J'en garde pour la prochaine fois.

Et finalement, elle a eu le geste que je redoutais : elle a consulté sa montre.

— Ciel, déjà 19 heures !

Avec un clin d'œil complice, elle a chuchoté : « J'ai un rendez-vous galant ! Je dîne avec le charmant propriétaire de la cantine. Je dois aller me pomponner. »

Se pomponner ? Avec son rouge à lèvres qui lui tachait les dents et son odeur de lilas fané, elle avait déjà trop de grimage. Et elle me mettait à la porte à cause de son rendez-vous avec Coco Popcorn. J'en ai aussitôt voulu au vendeur de poutine.

Je me suis remise à frissonner. Je l'ai trouvée pathétique, cette Française, avec sa boutique bordélique et son élastique de dentelle sur ses cuisses flasques.

Tandis que j'avais ces pensées mesquines, Mistinguett a fouillé sous le comptoir et m'a tendu un œuf en plastique, tacheté de cœurs rouge-tomate.

— Tiens, un petit rien pour te faire rigoler.

Du coup, je suis devenue aussi rouge que les cœurs sur l'œuf cadeau. Elle n'a pas remarqué ma gêne.

— Tu t'enfermeras dans les vécés pour l'ouvrir.

— Les quoi ?

— Les toilettes, comme vous dites ici. Pour l'effet surprise, mieux vaux être dans l'obscurité totale quand tu ouvriras l'œuf.

J'ai rattaché mon manteau mouillé. J'avais mal à la tête. La rage rôdait de nouveau. J'ai voulu dire merci. La langue m'a fourché. À la place, un lambeau de confidence m'a échappé, comme un trop-plein qui déborde soudain.

— Ma mère est cinglée-fêlée-toquée.

Mistinguett n'a pas eu l'air surprise. Ni même scandalisée.

— Je suis un peu zinzin moi-même. J'aime les gens mabouls, on ne s'ennuie jamais avec eux.

La Française n'avait pas compris. La folie de ma mère n'avait rien d'intéressant, de créateur ou de joliment farfelu. Mais la dame avait un rendez-vous galant, et même si j'avais ce désir subit et surprenant de parler de Clothilde, je ne savais même pas si je pouvais trouver les mots pour dire comment « l'état » de ma mère empoisonnait ma vie.

La propriétaire de *La Jolie Jarretière* m'a raccompagnée jusqu'à la porte. Avant de me laisser sortir, elle a relevé une mèche humide qui me tombait dans les yeux. Son parfum m'a chatouillé le nez.

— Reviens quand tu veux, Manouane.

Je me suis vite jetée dehors de peur de m'écrouler dans ses bras. Puis la nuit m'a enveloppée, entourée, aussi amicale qu'un congélateur. Le vent m'a foncé dedans. Moitié eau, moitié neige, la pluie s'infiltrait dans mon cou. En moins de deux minutes, mes pieds se sont retransformés en glaçons. J'ai fourré les poings dans mes poches de manteau. Ma main droite a trouvé un peu de chaleur contre un œuf en plastique.

Léontine à la queue fine

Le lendemain matin, quand Clovis m'a réveillée pour la traite, j'ai sauté hors du lit avec plus d'entrain que d'habitude.

Mon père boitait de façon assez prononcée, séquelle du coup de sabot d'Honorine. Il aurait sans doute dû consulter un médecin. Ce n'est pas moi qui allais le lui suggérer. À son âge, il savait ce qu'il avait à faire, même s'il le faisait rarement…

À l'étable, Clovis se montrait distrait. Il tournait autour de Léontine, qui n'allait pas très bien depuis deux jours. Il faut dire que cette vache d'à peine six ans venait de donner naissance à son quatrième veau ! À ce rythme-là, moi aussi j'aurais montré des signes de fatigue.

Cette Holstein noire était la meilleure productrice de mon père et notre seule et unique vache de catégorie «Excellente». Je crois que Clovis l'aimait plus que sa propre femme. En tout cas, il lui accordait certainement plus d'attention.

Avant que Léontine décroche sa classification «Excellente», mon père, si peu bavard, en avait parlé pendant des semaines. Il n'arrêtait pas de s'enthousiasmer sur l'élasticité de son avant-pis, qui redevenait merveilleusement flasque après la traite, sur la longueur de ses veines mammaires. Et la queue de Léontine ! Ah, la queue ! Contrairement à Capucine, qui a une queue tordue, ou à Églantine, qui a une queue épaisse, Léontine a une queue longue et fine. Ce qui lui vaut plus de points.

Quand on a eu fini de traire les trente-cinq vaches, Clovis m'a fait signe d'approcher de la stalle de Léontine. Bon, j'allais avoir droit à un autre cours sur la Vache avec un grand V...

— Sa température est basse. Elle a les oreilles froides et le bout du nez sec. Ça te dit quoi, ces symptômes ?

— Aucune idée.

Je savais très bien que Léontine souffrait d'une fièvre de lait, mais je n'avais pas envie de jouer à la bonne élève. Mon père a soupiré.

— Ça arrive souvent après qu'une vache a eu son veau. Ça s'appelle une fièvre de lait.

— O.K. Je peux finir ma corvée maintenant ?

Sans attendre sa réponse, j'ai pris ma pelle et je me suis mise à gratter énergiquement le fumier collé dans l'allée. Je voulais sortir de là au plus vite. Je m'en fichais de la fièvre de lait de Léontine. Moi j'avais la fièvre de vivre. Et je n'avais qu'une envie : retourner au village pour entendre de nouveau un certain rire hennissant...

Le pissenlit n'est PAS une mauvaise herbe

Dès que j'ai mis les pieds chez Alex, j'ai compris que mon voisin se remettait d'un de ses « voyage-vodka ». La preuve traînait d'ailleurs sur la table : une bouteille de vodka. Vide. La pizza-vache, elle, gisait sur le côté dans son studio, avec les vadrouilles emmêlées sur la tête.

— Qui a fait tomber Clémentine ?

Il a haussé les épaules.

Une ou deux fois par mois, Alex se paye un « voyage-vodka ». Il s'achète une bouteille, s'enferme chez lui et se saoule, seul dans son coin. Je soupçonne que ces cuites ont un lien avec sa femme et son fils décédés dans un incendie. Alex n'en parle jamais. Mais à son regard souvent morose et à ses sourires trop rares, je sens que son chagrin ne rôde jamais bien loin.

— Pourquoi tu manges des haricots directement dans la boîte de conserve ?

— Mal au foie, a-t-il grogné. En plus, mon médecin vient de m'apprendre que j'aurais un début de diabète.

— Ouille. Fini le gâteau en barquette…

Il a secoué la tête.

— Hors de question. Je suis accro.

— Tu pourrais faire une cure de pissenlits. Ça te soulagerait le foie.

Il m'a regardée comme si je lui proposais de s'allonger sur une planche à clous.

— Je préfère m'empoisonner avec du sucre raffiné plutôt que de bouffer de la mauvaise herbe assaisonnée aux pesticides.

J'ai frappé du poing sur la table, moins par colère que pour attirer son attention.

— Les pissenlits ne sont PAS de la mauvaise herbe. Répète après moi : les pissenlits ne sont PAS de la mauvaise herbe.

— Ça va, ça va, j'ai compris.

— Savais-tu que le pissenlit fait partie des légumes-feuilles les plus riches en vitamines A, B, C, en sels minéraux, manganèse, calcium, magnésium, potassium et fer ? La feuille du pissenlit contient deux fois plus de protéines qu'une aubergine, plus de potassium qu'une banane et deux fois plus de fibres que l'asperge.

Alex m'a jeté un regard à la fois maussade et perplexe.

— Tu parles comme si tu avais avalé un dictionnaire médical. Ne gaspille pas ta salive, Manouane-la-Banane. Le jour où je mangerai des pissenlits, ce sera par la racine, deux mètres sous terre.

Vu son humeur bougonne, j'ai laissé tomber le sujet de la cure et j'en suis venue à la raison de ma visite.

— As-tu joué aux échecs avec Coco cette semaine ?

— Comme d'habitude. Et avant que tu me le demandes, oui, il m'a battu.

— Est-ce qu'il t'a parlé de la propriétaire de *La Jolie Jarretière* ?

— Ah non ! Pas toi aussi ! Coco n'a pas arrêté de me rebattre les oreilles avec « sa » Française.

— Raconte Alex ! S'il te plaît ! Après, je te laisse tranquille, promis.

— Qu'est-ce que tu veux que je te dise ? Je ne l'ai jamais rencontrée cette femme !

— Dis-moi ce que Coco t'as raconté.

— La Parisienne est au village depuis deux mois. Pourquoi tu t'intéresses à elle subitement ?

— Parce qu'elle vient d'ailleurs. Parce que je n'ai jamais rencontré quelqu'un qui gagnait sa vie en vendant des *strings*. Parce qu'elle m'a fait rire.

Péniblement, l'air d'avoir quatre-vingts ans plutôt que quarante-cinq, Alex s'est levé et a remis la pizza-vache sur ses pattes.

— Bon. Tu veux savoir quoi ?

— Pourquoi elle a choisi d'ouvrir sa boutique à Sainte-Cunégonde ?

— Elle n'a pas choisi Sainte-Cunégonde. C'est un « cadeau » tombé du ciel. Elle a hérité de la maison sur la rue Principale, qui appartenait à sa cousine par la fesse gauche.

— Est-ce que Coco et elle se fréquentent ?

— Ça veut dire quoi se fréquenter ? Il l'a amenée au resto, je crois.

— Comment il la trouve ?

— Bien… Il semble apprécier sa compagnie, je ne sais pas trop pourquoi… Cette bonne femme ne joue même pas aux échecs. En plus, elle l'appelle Jacques, de la même façon qu'on prononce « lac ». D'ailleurs, je trouve qu'il parle d'elle avec beaucoup trop… d'enthousiasme.

— Comment ça *trop* ?

— Je ne veux pas que cette Parisienne lui brise le cœur. Qui sait combien de temps elle va rester ? Son commerce n'a aucun avenir ici. Vendre des fanfreluches de dentelle à Paris, d'accord, mais dans un village perdu au fin fond du Québec, où 99 % des femmes ne portent que des jaquettes de grand-mère boutonnées jusqu'au cou, ça ressemble à un suicide commercial. D'ici six mois, cette Française aura fait faillite.

Quelle ironie. Alex parlait de suicide commercial alors que lui-même s'acharnait depuis des années à créer des sculptures que personne n'achetait… Mieux valait ne pas lui faire remarquer cette contradiction. Il ne semblait pas d'humeur à rigoler.

— Crois-tu qu'ils sont en amour ?

Alex s'est levé de son sofa.

— J'ai besoin de prendre l'air.

Il est sorti en claquant la porte.

Le pissenlit guérit tout

Alex pouvait rire tant qu'il voulait de ma cure de pissenlit. Il ne savait pas ce qu'il ratait. S'il avait voulu m'écouter, je lui aurais démontré, avec une tonne d'exemples à l'appui, à quel point le pissenlit est une véritable trousse de premiers soins.

J'ai ouvert ma Grande Encyclopédie du Pissenlit au chapitre « Guérison » et j'ai relu mes notes.

Cette fleur, que les incultes appellent une « mauvaise herbe », n'a pas toujours été dédaignée. Au 7e siècle, on en parle dans des bouquins chinois sur les plantes médicinales. Pour les Chinois, le « clou de terre » est l'une des plantes les plus importantes de la médecine herbale.

Les Irlandais, eux, prescrivaient le <u>tonique</u> de dent-de-lion pour guérir les maladies cardiaques et s'en servaient lors de longs voyages en mer pour combattre le scorbut. Les colons qui ont peuplé l'Amérique l'utilisaient aussi pour traiter les verrues, les rhumatismes, l'<u>anémie</u> et l'eczéma.

Aujourd'hui, les magasins d'aliments naturels vendent toutes sortes de produits à base de pissenlit. La racine du pissenlit peut être consommée crue ou séchée, bouillie ou cuite à la vapeur. On l'utilise pour la constipation, pour décongestionner le foie et purifier le sang. Infusées dans l'eau, feuilles et racines constituent une lotion efficace pour lutter contre l'acné. On dit même que, passé sur le visage, deux fois par jour, le suc du pissenlit pourrait atténuer les taches de rousseur.

J'ai relu trois fois ce bout de texte. Trois fois. J'ai bien dû m'avouer que cette information était aussi excitante qu'un traité de chimie. Qui voudrait lire ce ramassis d'informations arides et ennuyeuses, à part quelques biologistes obscurs, quelques botanistes désœuvrés ?

Tous ces mois où je m'étais éreintée à faire des recherches, à tout savoir sur une plante dont personne ne voulait rien savoir… Tant d'énergie gaspillée.

À cet instant précis, j'ai eu une révélation. Même si ça me sciait de l'admettre, je ressemblais à Clovis et à Clothilde ! Je ressemblais aussi à Mistinguett et à Alex. Ce qui nous paraissait fascinant et palpitant n'intéressait pas grand monde, à part nous-mêmes. Ni les vaches, ni la Vierge. Ni les dessous séducteurs, ni les sculptures en boîtes de pizza recyclées. Ni les pissenlits. J'ai eu envie de tout balancer à la poubelle.

Si j'étais un pissenlit, je n'aurais pas à m'inquiéter de convaincre qui que ce soit de ma valeur, de mes mérites et de mon importance. Je n'aurais qu'à jouir tranquillement de la chaleur du soleil, de la fraîcheur de la pluie et des chatouilles des papillons.

Une lueur vert lime

Dans l'obscurité totale, avait dit Mistinguett. Je me suis donc enfermée dans la chambre froide du sous-sol. Avec une vieille couverture, j'ai bloqué le rayon de lumière qui se glissait par la fente entre la porte et le plancher. Installée dans cette noirceur parfaite, j'ai collé l'œuf de plastique sous mon nez. Je cherchais un parfum de lilas fané. Tout ce que j'ai senti, c'était l'odeur des oignons et des patates qui avaient passé l'hiver dans ce placard.

Quand j'ai ouvert l'œuf, une lueur vert lime a brisé la noirceur. Un rien de tissu ultra-léger, froncé par un élastique fin. J'ai rigolé tout haut. Des bobettes fluo ! Du Mistinguett tout craché ! J'ai eu une envie folle de me retrouver dans sa boutique si bordélique et si accueillante.

En sortant de la chambre froide, je me suis accrochée dans la corde à linge suspendue d'un bout à l'autre du sous-sol. C'est ici, dans ce recoin le plus reculé de la maison, que Clothilde fait sécher nos sous-vêtements. Il y a longtemps, j'ai demandé à ma mère pourquoi elle faisait sécher nos sous-vêtements à l'intérieur plutôt que dehors, avec le reste des vêtements. « Pour ne pas gêner les voisins », avait répondu Clothilde.

En regardant nos sous-vêtements, je me suis dit qu'après tout, mieux valait ne pas les exhiber pour le voisinage. Je dois avouer que nos dessous n'ont rien, mais alors là vraiment rien de coquet. Du coton épais, lourd et déformé par l'âge et l'usure. Des élastiques flasques. Du blanc qui a perdu sa fraîcheur. C'est ça, les sous-vêtements de la famille Denault. Des peaux de rats qui pendent dans le vide au-dessus d'un plancher de béton. Où sont le satin et la soie ? Le bleu crépuscule et le rose paon ? Où on la trouve, l'étincelle, quand ce qui se cache dessous est aussi terne que ce qui se trouve dessus ?

Chapitre 5

Bobby Babin bégaie

C'est un miroir et aussi Bobby Babin qui, sans le savoir, m'ont finalement sortie de ma léthargie. Quand je l'ai vu, à notre porte, ce matin, mon agressivité a immédiatement monté à la surface. Ce bonhomme n'a qu'à ouvrir la bouche pour que j'aie envie de lui faire une jambette. De lui arracher sa tuque. Bobby Babin réveille le mauvais qui dort en moi.

— Vraiment, je… je m'excuse. M'ex… cuse vrai… vraiment.

Même pas capable de dire bonjour. Il commençait avec des excuses ! Il hésitait sur le pas de la porte, l'air constipé. Ses épaules tombantes, cette manie qu'il a de tourner la tête de côté en me parlant, tout ça m'a exaspérée. Il puait la victime à plein nez.

Bobby Babin tenait la statue de la Vierge d'une main. De l'autre, il tirait nerveusement sur son sourcil. Je ne l'ai pas invité à entrer.

— Je ve… venais voir ta… ta mère.

— Elle dort.

— Oh… Vrai… vraiment, je ne veux pas déranger. Je… je m'excuse.

Il m'a tendu la statue rapiécée et s'est lancé dans une explication interminable :

— Je l'ai ré… parée avec de la colle é… époxy. La meilleure. Vrai… ment. Quand on… on l'applique, ça devient aussi du… dur que de la pierre.

Je ne disais toujours rien. Mon silence l'a rendu encore plus nerveux.

— Justine te de… demande de l'excuser. Vrai… ment. Elle ne se sent pas bien, si… sinon elle serait venue en per… personne.

— Justine s'excuser ?!

J'ai eu un rire sarcastique, puis j'ai démoli les illusions de ce père trop naïf :

— Le jour où Justine s'excusera, les bornes-fontaines cracheront de l'or.

Bobby Babin a reculé d'un pas. Ses épaules sont tombées encore plus, comme en prévision de la prochaine attaque. J'étais moi-même surprise de mon arrogance.

— Justine est... très...

Il a marqué un temps d'arrêt, en cherchant le mot juste.

— Malheureuse ! s'est-il exclamé. Vrai... ment malheureuse. Trop se... seule. Toute cette co... colère. Je ne sais plus... trop. Vrai... ment, je...

J'ai eu un petit pincement de jalousie en l'écoutant exprimer si intensément son inquiétude pour sa fille. Si seulement Clovis...

J'ai coupé court à son bafouillage.

— La statue est recollée sauf qu'on voit encore les traces de cassure. Ma mère va pleurer.

Le bêta a respiré plus rapidement, plus bruyamment. J'ai cru qu'il allait s'arracher le sourcil tellement il tirait fort. Sa nervosité et son embarras m'ont mise hors de moi. Avant de le frapper, j'ai pris la statue et j'ai refermé la porte.

Je voulais imiter Justine. Entendre la statue se fracasser en morceaux. Si je la lançais contre le mur, la colle époxy tiendrait-elle le coup ? La tentation était forte mais le prix à payer était trop lourd. J'ai planqué Marie dans le fond du placard, face au mur.

En voyant mon reflet dans le miroir de l'entrée, j'ai sursauté. J'ai compris pourquoi Bobby Babin me rendait si agressive. Mêmes épaules tombantes, même tête renfoncée, même mine maussade. Lui et moi, on se ressemble. Deux mous, qui se laissent humilier sans protester.

J'ai couru à ma chambre. Sorti mes bombes de sous mon lit. Je devais cesser de remettre à plus tard. Si je ne me débarrassais pas maintenant de ma face de victime, j'allais finir par m'étriper moi-même.

Le plus beau pissenlit de ma vie

Dans la nuit, la terre puait en dégelant. Fragments d'hiver qui s'évaporaient. Une boue molle suçait les semelles de mes bottes de caoutchouc. J'aurais pu prendre la route ; cependant, il y avait moins de risques d'être remarquée dans les champs. À deux heures du matin, il n'y avait pas foule en promenade. N'empêche, j'avais peur.

Peur d'un face à face avec une mouffette ou un chien errant. Peur de rencontrer une commère malveillante. Peur de ne pas avoir le courage d'aller jusqu'au bout. Dans mon sac à dos, ma bombe pesait dix tonnes. Elle restait tout de même plus légère que ma peur.

Je n'ai rien demandé à la lune. Elle m'accompagnait, complice, aussi ronde qu'un ballon de plage. Si lumineuse que j'ai laissé ma lampe frontale au fond de ma poche. J'avais peur.

J'avais pêché un manteau et un béret dans un vieux coffre à la cave. Ces fripes anciennes de mon grand-père sentaient la boule à mite mais avaient l'avantage d'être noires. Couleur parfaite pour se fondre dans la nuit. Au fond d'un placard, j'avais déniché une paire de mitaines noires. Sur chaque poignet, ma mère avait cousu une minuscule médaille de la Vierge. Une autre de ses manies loufoques, de ses obsessions étranges. «Pour mieux te protéger», disait-elle. Elle cousait donc des médailles de la Vierge sur mes jeans, mes chandails. Même sur mes jaquettes. Comme si j'avais besoin d'être protégée dans mon lit !

Au début, j'arrachais ces médailles qui m'irritaient la peau et me rappelaient la Catastrophe. Mais ma mère, aussi têtue que moi, les recousait aussi vite que je les arrachais. J'ai donc fini par abandonner. Sur ce point et sur tant d'autres, j'ai laissé Clothilde gagner.

Si ces médailles protégeaient vraiment, j'en aurais besoin ce soir plus que jamais.

Cachée dans un bosquet de sapins, loin de la route, la maison des Babin avait l'air abandonnée. Aucun mouvement. Aucune lumière. Évidemment, tous les gens sensés dormaient à cette heure insensée.

Je ne sentais plus mes pieds. J'avais cinq glaçons dans chaque botte. Combien de temps j'ai gelé sur place, cachée dans mon buisson ? Quinze minutes ? Trente ? Incapable de foncer. Incapable de partir. Aussi paralysée que Justine Babin. J'avais peur.

Pour me fouetter, j'ai tenté de me rappeler la hargne de Justine, son mépris. Rien. Par contre, l'image de Bobby Babin me revenait clairement : ses épaules rondes, sa face de vaincu. Est-ce que je voulais avoir l'air de ça ? Vraiment ?

J'ai sorti la bombe de mon sac à dos. J'ai marché accroupie, jusque devant le garage. Quand j'ai secoué la bombe en aérosol, la bille a fait un vacarme d'enfer. Mon cœur a sauté dans sa cage.

J'ai tracé à toute vitesse les lettres sur la porte de garage. Puis la tige, les feuilles, la boule. Vite. Vite. Malgré mes doigts gelés et tremblants, j'ai dessiné rapidement. Puis j'ai reculé jusque derrière mon buisson, d'où j'ai admiré mon œuvre. J'avais fait quelques bavures mais l'inscription était très lisible : SAC À PISSE. La peinture jaune ressortait clairement sur le vert du garage.

Sous le graffiti, ma signature. La fleur ressemblait à une balle de baseball plutôt qu'à un pissenlit. Peu importe. C'était le plus beau pissenlit que j'aie jamais vu de ma vie. J'aurais voulu qu'Alex le voie aussi.

Je n'avais plus froid.

Plus froid du tout.

J'ai redressé les épaules et pointé le buste. Pâle imitation de Mistinguett. Un peu plus et je poussais un hennissement de joie. Semer des pissenlits dans la nuit, je n'avais rien fait d'aussi excitant depuis des années.

La lune admirait ma vengeance. Elle n'avait encore rien vu.

Je n'avais plus peur.

Plus peur du tout.

Des couleurs électriques pour Nénette et Zézette

Elle m'avait bien dit « Reviens quand tu veux, Manouane ». Si je m'étais écoutée, je serais retournée à *La Jolie Jarretière* dès le lendemain. J'ai laissé passer deux jours. Après, je n'en pouvais plus d'attendre.

Je m'inquiétais un peu de l'accueil. Pourtant, dès que j'ai entendu le txiling! txiling! de la clochette, dès que Mistinguett s'est avancée pour me faire la bise et dès que j'ai senti son parfum de lilas fané, j'ai été rassurée. J'avais l'impression de rentrer chez moi.

Je n'aurais pas cru la chose possible : le fouillis dans la boutique avait empiré. Des boîtes vides traînaient sur le sol et les sous-vêtements s'entassaient encore plus haut sur les comptoirs.

— Tu tombes bien! J'ai justement besoin d'aide pour changer Nénette et Zézette.

Étendues toutes nues sur le sol, les mannequins de Mistinguett n'avaient plus une once de séduction. Plus une miette de dignité. Les tétines dessinées au crayon feutre noir sur leurs seins de plastique leur donnaient l'air de vieilles poupées abîmées par un grand frère coquin.

— C'est toi qui leur as barbouillé les seins?

— Je n'allais tout de même pas mettre des mannequins sans mamelons dans ma vitrine !

Mistinguett a brandi une chemise de nuit vaporeuse, d'un violet électrique.

— Tu aimes ?

— Un peu voyant, non ?

— Justement, il faut de l'éclat, des couleurs pour chasser les derniers spasmes de l'hiver.

— Avec des couleurs comme ça, mieux vaut porter des verres fumés au lit.

Mistinguett a éclaté de son rire de jument. Moi qui ne fais jamais rire personne, je me suis sentie championne. Un sourire m'a échappé et elle l'a aussitôt remarqué :

— Ç'a l'air de mieux aller aujourd'hui.

Ce commentaire en apparence anodin portait sa charge de questions indiscrètes, qu'elle avait la délicatesse de ne pas poser directement.

— Ça va, que j'ai répondu, sans plus.

Je n'allais tout de même pas me vanter de mes bons coups. En fait, de mes mauvais coups.

Mistinguett avait raison. Depuis ma sortie de nuit, j'avais le pas plus léger. On aurait même dit que les statues dans la maison ne m'étouffaient pas autant. Même la bouse puait un peu moins.

— Pendant que j'habille Nénette, trouve quelque chose qui te plaît dans cette pile, pour Zézette, m'a demandé Mistinguett. N'importe quoi sauf du blanc.

— Tu n'aimes pas le blanc ?

— Trop ennuyant. Savais-tu que pendant des siècles, on n'a fabriqué que des dessous blancs en Europe ? On considérait la couleur impure.

À force de fouiller, j'ai finalement trouvé un déshabillé transparent qui me plaisait. Il avait la même teinte gris-rose que la tige du pissenlit.

Pendant que je l'enfilais à Zézette, Mistinguett a ouvert le rideau qui séparait la vitrine de la boutique. Elle a empoigné Nénette par la taille et l'a installée sur la petite estrade. Elle l'a figée, les deux bras au ciel, mimant la coquette qui s'étire avant de s'allonger.

J'ai choisi une pose moins langoureuse pour Zézette. Mains croisées sur sa poitrine. Non, pas ça. Trop Sainte Vierge. Mains sur les hanches et la tête penchée en arrière. Voilà l'effet que je recherchais : insouciante et effrontée. Ce que je rêvais d'être. Ce que je ne serais jamais en cent ans.

— Tu crois que ça va attirer la clientèle ? a demandé Mistinguett.

— Aucune idée. Tu n'as pas beaucoup de clientes ?

— Ça ne se bouscule pas au portillon. J'ai eu trois clientes cette semaine. Et je n'ai pas pu leur vendre le moindre petit bout de dentelle. L'une voulait une gaine et l'autre des « combinaisons » pour son mari.

Mistinguett a prononcé le mot « combinaison » avec une grimace de dédain.

J'ai pris mon ton le plus innocent pour demander :

— T'es-tu renseignée sur la clientèle avant d'ouvrir ta boutique ?

La propriétaire de *La Jolie Jarretière* a haussé les épaules.

— Je sais, je sais, il faut faire une étude de marché avant d'ouvrir un commerce. Mais moi je fonctionne par impulsion, je carbure aux coups de cœur.

Alex avait bien raison : suicide commercial. Devant mon air inquiet, Mistinguett m'a rassurée :

— Ne t'en fais pas. Je suis aussi têtue que convaincue. Je vais finir par persuader les femmes de la région du plaisir d'avoir des dessous excitants.

Mistinguett a posé une pancarte aux pieds de Nénette et Zézette : DÉSHABILLEZ-VOUS À LA MODE. Elle a tourné autour de ses mannequins, satisfaite du nouvel agencement de sa vitrine.

— Mission accomplie ! Allez viens. Je t'offre un chocolat chaud.

Pendant qu'elle faisait chauffer le lait, j'ai débarrassé la petite table du coin, ensevelie sous une avalanche de dentelles. Quand Mistinguett est revenue avec son plateau, elle a tout de suite remarqué le bocal placé en évidence au centre de la table.

— Pour moi ? C'est quoi ?

— Des boutons de pissenlits marinés.

— Ça se mange comment ?

— En sandwich. En salade. Tout seul ou à deux. En bobettes même, si tu veux !

Mistinguett a rapporté de la cuisine une baguette et un morceau de camembert. Elle a étendu le fromage sur son pain et a ajouté une cuillère pleine de boutons de pissenlits.

— Miam… Ça me rappelle les câpres. Délicieux ! Merci Manouane. Comment tu les prépares ?

— Le secret est dans la cueillette des boutons de pissenlits. J'ai cueilli ceux-là le printemps dernier. Il faut les choisir petits et fermés. Après, c'est simple : suffit de les faire mariner dans de l'eau, du vinaigre et un peu de sel.

— Tes pissenlits me rappellent cette histoire que ma grand-mère m'a racontée des dizaines de fois. Pendant la guerre, les Français manquaient de tout, surtout à Paris. Le café était aussi rare que l'or. Alors les Parisiens buvaient du café fabriqué avec de la racine de pissenlit.

— Certaines épiceries fines vendent encore de la racine de pissenlits moulue, comme substitut pour le café, mais elle coûte plus de 60 $ le kilo.

— Ouille ! C'est plus cher que du homard !

Mistinguett a repris un deuxième bout de baguette.

— Manouane, tu as concocté là un véritable met de gourmet ! Tu pourrais vendre ce produit et faire fortune.

Décidément, Mistinguett avait du flair pour le suicide commercial.

— Convaincre les gens d'ici de manger du pissenlit ? Tu veux rire ? Autant tenter de les convaincre de manger des grillades de cobra. À Sainte-Cunégonde, les gens ont l'esprit plus fermé qu'une huître. Ils aiment la nouveauté autant qu'un ours aime les piqûres d'abeille.

— Tu n'as pas l'air de les aimer, les gens d'ici.

— J'ai de bonnes raisons…

— Tu veux me raconter ?

— Sainte-Cunégonde connaît l'histoire de ma famille sous toutes ses coutures.

— Pas moi.

— Personne au village ne t'a encore dit que ma mère est cinglée-fêlée-toquée ?

— Coco m'a dit que ta famille avait connu des moments pénibles. Je n'ai pas posé de questions, car je préférais que ce soit toi qui m'en parles.

Est-ce à cause de sa façon de ne pas insister ? De l'atmosphère douillette, intime, de sa boutique ? J'ai senti remuer un désir de dire… Moi qui avais fait tant d'efforts pour oublier la Catastrophe, pour chasser ces souvenirs sordides dans le trou le plus noir de ma mémoire, voilà que je ressentais une minuscule envie de raconter notre pathétique saga.

— Ce qui s'est passé durant la Catastrophe n'était pas joli… Les gens du village ne nous parlent plus depuis.

— Je ne suis pas « les gens du village ». T'inquiètes-tu vraiment de ma réaction ?

— Non. Je m'inquiète de la mienne.

— Alors parlons d'autre chose.

— Oui. Non. Peut-être que…

Et alors, j'ai fait ce que je n'aurais jamais pensé faire. Surtout pas avec une femme que je ne connaissais pas et qui vendait des bobettes fluo.

J'ai ouvert mon robinet aux confidences.

Chapitre 6

Comment la Catastrophe
nous est tombée dessus

Tout a commencé il y a cinq ans, quand ma mère nous a annoncé qu'elle avait une bosse sur un sein. Son médecin a aussitôt exigé une biopsie. Le diagnostic nous a frappés vite et fort : cancer. Il fallait opérer d'urgence. La chirurgie devait avoir lieu le 8 décembre, jour de l'Immaculée Conception, aussi connue sous le nom de la Vierge Marie…

Avant d'apprendre qu'elle souffrait d'un cancer, ma mère était déjà très pieuse. Bénédicité avant les repas, chapelet toujours dans sa sacoche, messe trois fois par semaine. Mais rien de plus délirant ou déréglé.

Le matin de l'opération, ma mère s'est levée en déclarant que la Sainte Vierge l'avait guérie. Elle a refusé l'intervention. « Ridicule ! Suicidaire ! » a décrété le médecin. Clovis a protesté, supplié. Rien à faire. Ma mère, radieuse, s'entêtait à répéter que son cancer avait disparu.

Au lieu de se présenter en chirurgie, Clothilde a acheté une énorme statue de la Vierge dans un magasin d'antiquités. Cette statue de plâtre pesait quinze kilos, mesurait plus d'un mètre de haut et reposait sur un socle immense. Je ne le savais pas encore, mais avec cette horreur, la Catastrophe entrait chez nous par la grande porte.

Trois jours plus tard, en revenant de l'école, j'ai trouvé ma mère complètement hystérique. Elle trépignait devant la statue.

— La Vierge pleure ! Elle pleure ! La statue pleure !

Effectivement, un liquide brunâtre coulait sur les joues de plâtre.

— Marie pleure des larmes de sang ! a déclaré ma mère, son propre visage inondé de larmes.

Le soir même, tout Sainte-Cunégonde était au courant. Le défilé des commères et des curieux a commencé. Tout le monde voulait voir cette statue qui pleurait des larmes de sang dans le salon des Denault.

Le Curé Barnabé s'est mis à parader chez nous. Aussi ridicule qu'un paon. Tout excité par cet événement qui allait donner de la visibilité à sa paroisse. Il voyait déjà Sainte-Cunégonde-du-Cap-Perdu rivaliser avec Notre-Dame-de-Lourdes. Il se frottait les mains, rêvant de longues lignées de pèlerins, de fortune et de gloire.

Pas plus fou, le maire a sauté sur l'occasion d'avoir sa photo dans le journal. Il a alerté les journalistes qui sont accourus en meute. D'abord les médias locaux, puis les reporters de Montréal, qui voulaient eux aussi voir le phénomène. La nouvelle a fait la une du plus grand quotidien francophone d'Amérique du Nord. En grosses lettres et avec d'énormes photos : UNE STATUE DE LA VIERGE PLEURE DU SANG À SAINTE-CUNÉGONDE-DU-CAP-PERDU.

Cette manchette a déclenché un raz-de-marée. Les visiteurs arrivaient de partout dans des autobus bondés. Les pèlerins, comme les appelait le curé Barnabé, faisaient la file pendant des heures devant la maison. Ils piétinaient nos fleurs. Semaient leurs cannettes vides et leurs emballages de sandwiches sur notre pelouse. <u>Prosternés</u> devant la Vierge, ils priaient, <u>psalmodiaient</u> et pleuraient.

Clothilde a cessé de faire les repas, le lavage, le ménage. Elle s'est mise à s'habiller tout en blanc et à marcher les mains croisées devant sa poitrine. En fait, ma mère ne marchait plus. Elle flottait, avec un sourire de <u>béatitude</u> permanent. Elle passait des heures à genoux devant la Vierge, parlait peu et à voix basse pour ne pas déranger la statue larmoyante.

Complètement dépassé, mon père a imité la marmotte en danger. Pffft! dans son trou. Pour Clovis, c'était l'étable. Il sortait de la maison avant l'aube et ne rentrait que tard la nuit, après le départ des pèlerins.

À l'école, c'était l'enfer. J'avais toujours été l'élève moyenne, ni cruche, ni surdouée. Discrète et timide. Celle qui passe inaperçue. Du jour au lendemain, je suis devenue le centre d'intérêt. Les élèves, les profs, le concierge, tout le monde voulait parler à la fille qui avait dans son salon une statue qui pleurait des larmes de sang. Je n'avais que dix ans. Je ne comprenais rien à cette histoire sans queue ni tête. J'étais terrifiée. Je sentais que ce spectacle allait mal tourner.

Et je ne me trompais pas.

Main dans la main
avec la peur

En me rappelant les questions insistantes de mes amies, des profs et du directeur de l'école, j'ai cessé de parler. Un flot de souvenirs pénibles m'est revenu à la mémoire.

Durant cette période, tout ce que je mangeais goûtait le carton. Je m'agitais des heures dans mon lit, sans pouvoir dormir. J'angoissais de ne pas comprendre. Je rageais de n'avoir personne pour m'expliquer la situation. Je m'inquiétais pour ma mère et je lui en voulais d'avoir dérapé comme ça.

À l'époque, je n'avais pas mis de noms sur ces émotions. Plus tard, j'ai compris que pendant des semaines, j'avais marché main dans la main avec la peur.

Mistinguett a pris ma tasse vide.

— Encore un peu de chocolat chaud ?

J'ai fait signe que non.

— Si tu n'as pas envie de continuer, tu peux arrêter.

J'ai aimé l'empathie de Mistinguett. Son sourire chaleureux. Je me suis dit : « Tiens, la vie balance enfin de bonnes surprises dans ma direction. » Moi qui n'avais confiance en personne depuis des années, voilà que je déposais mon bouclier. Que je racontais la période la plus douloureuse de ma vie à une femme que je connaissais à peine. Un sixième sens me disait qu'avec elle, j'approchais de l'amitié.

Même si je connaissais déjà la réponse, je lui ai demandé, pour la forme :

— Euh… je peux continuer. À moins que tu n'aies pas le temps ?…

Elle a répondu, tout doucement. Comme on parle à un chaton qu'on essaie d'apprivoiser :

— Je t'écoute.

Éclaboussée par la honte

Au bout de deux semaines de ce brouhaha autour de la statue, Clovis ne parlait plus. Mangeait à peine, dormait très peu. Des cernes lui descendaient jusqu'au milieu des joues. À moi aussi. On avait l'air d'un couple de ratons laveurs. Quand je n'en pouvais plus de voir ma mère pâmée devant la statue, quand je n'en pouvais plus de voir les gens défiler dans notre salon, je me sauvais chez Alex.

Puis, un jour, l'évêque est venu mettre le holà à ce charivari. Heureusement pour nous. Malheureusement pour nous…

Peu de temps après la manchette sensationnaliste dans le journal national « Village chambardé par un miracle », Monseigneur est arrivé chez nous avec sa calotte rouge, son gros bedon et son sourire snob. L'évêque n'a pas perdu son temps en prosternation devant la Vierge. Il a tapoté les mains de ma mère avec une politesse hypocrite, puis il a demandé une analyse en bonne et due forme des larmes de la statue.

Les résultats du laboratoire sont tombés telle une bouse de vache chaude sur un plancher de ciment. Splotch ! Ça éclabousse, ça salit et ça laisse un dégât infect que personne n'a envie de nettoyer. Et quelle opération de nettoyage nous avions devant nous !

Les fameuses larmes de sang de la Vierge étaient constituées d'huile végétale. D'après le détective, quelqu'un en avait mis une mince couche sur les yeux de la statue. À la chaleur des lampions, la graisse avait fondu. Élucidé le mystère. Déboulonnée la Vierge. Démasquée Clothilde.

Les journalistes ont aussitôt changé leur fusil d'épaule. Ils ont montré autant d'ardeur à démolir cette histoire qu'ils en avaient mis à la monter en épingle. « Supercherie », hurlaient les manchettes. Du jour au lendemain, le flot de pèlerins en pâmoison s'est tari. Aussitôt remplacé par un commando de policiers et de psychologues. Des heures et des heures à questionner Clothilde, qui répétait inlassablement la même phrase : « Ce n'était pas de l'huile, mais du sang. Pas de l'huile, mais du sang. »

Les psys n'ont pas perdu de temps pour arrêter leur diagnostic : délire schizophrénique. Aucune accusation n'a été déposée contre ma mère. Enfin, pas du côté de la Justice. Mais du côté de Sainte-Cunégonde, on n'avait pas fini d'accuser. À cause de ma mère, le village avait été ridiculisé aux nouvelles nationales. Devant le pays tout entier. Et ça, les gens du coin n'allaient pas l'oublier de sitôt. Heureusement que la lapidation est interdite, parce que le maire Fauchon nous aurait volontiers jeté la première pierre.

Avant la Catastrophe, mes parents n'avaient pas des tonnes d'amis. Après, plus un chat n'a mis les pieds chez nous. Au village, au dépanneur, à la cantine, plus personne ne voulait nous parler. Ni même nous regarder. À part Alex et Coco Popcorn, tout le monde nous en voulait à mort. C'était pire que de la bouderie, c'était de la rancune toxique.

Ma mère avait donné vingt ans de ses loyaux services comme femme à tout faire au presbytère. Ça n'a pas empêché le curé Barnabé de la congédier. Clothilde n'a pas compris. Mon père, lui, a parlé de trahison. Lorsque Clothilde allait au village, les commères lui tournaient le dos. Les enfants lui criaient des noms. Clovis a cessé d'aller boire une bière, le vendredi soir, à la Légion. Il allait faire les épiceries à trente kilomètres du village pour éviter les insultes.

À l'école, mes amies m'évitaient. On chuchotait des insultes dans mon dos ou on me les balançait carrément à la figure. Des garçons ont versé de l'huile végétale dans mon pupitre. Je voulais plier bagage. Déménager. Disparaître. Mais à dix ans, on ne démissionne pas de l'école, même si l'école ne veut plus de nous.

Voilà donc comment nous, les Denault, sommes devenus la famille la plus bafouée et la plus détestée du comté.

Le soulagement de raconter

J'avais raconté la Catastrophe en ne m'attardant pas sur les souvenirs les plus cuisants, de peur que les émotions débordent. Maintenant, je me sentais calme. Superbement sereine. Toute mon amertume s'était vidangée pendant que je déballais mon histoire.

Mistinguett a secoué la tête d'un air peiné.

— La mesquinerie des gens m'étonnera toujours…

— Pas moi.

— Et la santé de ta mère ? Ça va mieux maintenant ?

J'ai hésité. Il y avait toute une autre histoire sur le cancer de Clothilde et les suites de la Catastrophe. Mais je n'avais plus d'énergie pour la raconter.

— Disons que, dans les circonstances, ma mère pourrait aller beaucoup plus mal.

Mistinguett a posé sa main sur la mienne.

— Je vais te dire le pire des clichés, qui est tout de même une vérité que j'ai vérifiée : le temps arrange bien des choses.

— Le temps ? Le temps ne m'aime pas. Ici, il coule plus lentement qu'ailleurs, pour mieux m'embêter. Je compte les jours qui me séparent de mon départ de ce village pourri. Le jour de mes 18 ans : adieu Sainte-Cunégonde-du-Cap-Perdu ! Et pour toujours !

Mistinguett m'a tendu un morceau de pain tartiné de camembert et de boutons de pissenlits marinés.

— Mange. Ça n'accélère pas le temps mais ça requinque.

En dix minutes, on a vidé le bocal. Mistinguett m'a raconté l'histoire d'une de ses clientes qui s'entêtait à vouloir essayer un soutien-gorge deux tailles trop petites pour elle. Elle riait tellement qu'elle en crachait des miettes de pain. Je riais de la voir rire. Je riais pour rien. Je me sentais aussi légère qu'une feuille d'érable. Jamais je n'aurais cru que ça me soulagerait autant de raconter la Catastrophe.

Au moment où j'allais partir, Mistinguett a planté un bec sur ma joue droite. La joue gauche a subi le même sort. Sa forte odeur de lilas fané m'a sauté au nez. Un jour, quand on sera des amies intimes, du genre de celles qui peuvent se dire « Tes nouveaux jeans te font un gros derrière » ou « Tu as des épinards coincés entre les dents », ce jour-là, je lui dirai gentiment qu'elle exagère sur le parfum.

Monologue mère-fille

À la maison, Clothilde célébrait à sa façon l'arrivée du printemps. Elle « déshabillait » les statues de la Vierge. À l'automne, ma mère enveloppe d'un plastique épais toutes les statues plantées sur notre pelouse. « Pour les garder au chaud. »

Puisque je me sentais d'humeur pas trop morose, je lui ai proposé de l'aider. Clothilde m'a regardée d'un air étonné. Je n'ai pas l'habitude d'offrir spontanément mes services. Surtout pour ce qui a trait à la Vierge Marie.

Elle m'a tendu des ciseaux. J'ai commencé à couper les ficelles qui tenaient le plastique en place. Ma mère souriait, ce qui a sans doute attisé mon optimisme. J'ai pensé : « O.K. Clothilde. Je te donne trois chances. Après, je décroche. Trois chances d'avoir une conversation normale. »

— Les pissenlits vont bientôt sortir. Crois-tu qu'il y en aura beaucoup cette année ?

— Je vais installer une nouvelle statue sous l'érable rouge, m'a répondu Clothilde.

Première prise.

— As-tu déjà porté un déshabillé de dentelle ?

— La prochaine Vierge que j'achèterai sera blanche. Je n'ai pas de statue entièrement blanche.

Deuxième prise.

— J'ai une nouvelle amie. Elle s'appelle Mistinguett.

— Quand j'irai à Québec pour acheter ma nouvelle statue, je pourrais aussi en acheter une pour l'école. Elle pourrait veiller sur les élèves.

Troisième prise. Retirée. Fin du monologue.

J'ai laissé Clothilde terminer seule son activité. Avant de rentrer, j'ai donné un petit coup à la statue postée près du perron. La Vierge a piqué du nez dans la pelouse.

Si j'étais un pissenlit, je ne serais jamais en quête de conversations significatives et je ne serais jamais déçue par les gens que j'aime.

Le mal-aimé

J'aurais dû naître en Europe plutôt qu'en Amérique du Nord. J'ai bien plus d'affinités avec le vieux continent, où l'on considère le pissenlit comme l'un des meilleurs légumes sauvages. Là-bas, on le cultive dans son potager. On l'achète au marché. On le mange et on le boit.

Le pissenlit est la fleur champêtre la plus connue au monde. Même les enfants peuvent l'identifier d'un seul coup d'œil. C'est aussi la plus méconnue. Surtout ici. La grande majorité des gens la voient comme une infestation. Un fléau qui détruit l'étendue verte de leur pelouse. En plus d'ignorer les beautés cachées du pissenlit, on dépense des sommes faramineuses pour le détruire !

Chaque printemps commence la guerre au pissenlit. Pourchassé. Piétiné. Tondu. Empoisonné. Déterré. Décapité. Voilà ce qui attend le pauvre pissenlit qui ose pointer sa tête jaune sur une pelouse trop parfaite. Les disciples du gazon-tapis, qui traquent le pissenlit à coup de pelle, de pioche et d'insecticides, mériteraient qu'on les tonde. Pourquoi cet acharnement contre le pissenlit ? Ça donne quoi cette obsession du gazon vert ?

Si les pissenlits étaient rares, fragiles ou menacés, on les ferait pousser dans des serres chaudes. On créerait des associations de protection du pissenlit. Mais ils sont partout, alors on ne leur accorde aucune valeur.

Le pissenlit est gratuit, abondant et bon pour la santé. En plus, il embellit le paysage. La seule chose que cette plante a de mauvais est le regard qu'on porte sur elle.

À Sainte-Cunégonde-du-Cap-Perdu, je suis comme le pissenlit. Méconnue et méprisée. Incomprise et jugée. Mais je ne me laisserai pas pourchasser, piétiner, ravager ou détruire.

Chapitre 7

Léontine reste couchée

Pourquoi les vaches ne peuvent-elles pas chier comme les lapins ? Des crottes minuscules, rondes et sèches comme des pois, plutôt que ces bouses molles et dégoulinantes, qui giclent et éclaboussent…

Malgré notre système de grillage et de dalots, ces grosses dondons trouvent le moyen de déféquer à côté. Elles sont même assez stupides pour se coucher dans leur propre merde. Avec toutes les manipulations génétiques, ce serait merveilleux si on pouvait créer une race de vaches qui ressemblent aux chats et qui se nettoieraient elles-mêmes avec la langue.

Traire les vaches est loin d'être une partie de plaisir. Cependant, c'est le nettoyage qui me tue. Or, Clovis est très pointilleux sur la propreté de l'étable. Il veut à tout prix éviter les mammites. Hantise des producteurs de lait, ces foutues infections du trayon sont aussi fréquentes chez les vaches que les rhumes chez les enfants de maternelle. Dans une étable où les bactéries pullulent, elles ne demandent pas mieux que de se loger dans un trayon.

En voyant la binette de mon père ce matin, j'ai cru qu'on avait un nouveau cas de mammite. Clovis ne disait rien ; je sentais bien, pourtant, à sa façon de se déplacer dans l'étable, qu'il était morose. Il boitait toujours de façon prononcée. Son tibia le faisait encore souffrir, mais il n'y avait pas que ça…

J'ai compris son mécontentement en arrivant devant la stalle de Léontine. Sa vache catégorie « Excellente » était couchée et ne ruminait pas.

— Elle ne va pas mieux ?

Il a poussé un soupir exaspéré.

— Est-ce qu'elle a l'air d'une vache qui va mieux ?

Son impatience m'a surprise. Je n'ai rien dit. J'ai commencé à nettoyer les trayons de Joséphine pendant qu'il s'occupait de Léontine. Il lui a fait une injection de calcium. Grâce aux enseignements de Clovis, qu'il m'arrivait parfois d'écouter, je savais que la fièvre de lait s'expliquait par un manque de calcium dans le sang, qui pouvait avoir été suscitée par le <u>vêlage.</u> Comme la vache manquait de calcium, elle était trop faible pour se lever.

Je ne comprenais pas l'inquiétude de Clovis. Dans les derniers mois, Amandine et Capucine avaient toutes deux eu la fièvre de lait. Une journée après l'injection de calcium, elles étaient de nouveau sur pied. Pas besoin d'en faire un drame. Ou d'imposer sa mauvaise humeur au monde entier…

Si j'avais un pis et quatre estomacs, mon père s'intéresserait-il plus à moi ? Si j'avais de la fièvre, mon père viendrait-il me soigner avec autant de patience et d'affection ?

Tandis que je broyais du noir, la génisse blanche aux fesses rousses, « ma » génisse, m'a donné un coup de tête dans le dos. Chaque fois que je mets les pieds dans l'étable, cette coquine me suit. On dirait qu'elle m'en veut de ne pas l'avoir encore baptisée.

Clovis m'a suggéré plusieurs noms : Francine, Bernardine, Maryline, Perrine,

Émeline, Ludivine. J'ai répondu que je trouverais mieux mais je n'en ai aucunement l'intention. Appelons ça de la résistance passive. Ma façon à moi de protester pour tout ce que mon père m'a fait et surtout, ne m'a *pas* fait.

Rebaptiser le village

Dans la vitrine de *La Jolie Jarretière*, Nénette et Zézette souriaient, au garde-à-vous dans leur pose séductrice. Pas un chat pour les voir. Il faisait froid. La lune ressemblait à une banane blême.

La seule et unique cabine téléphonique de Sainte-Cunégonde empestait l'urine. J'ai lu cinquante fois les inscriptions gravées sur la couverture en cuirette du bottin téléphonique : « Maurice aime Christine » et juste en dessous : « Mangez de la mârde. » Pendant cinq longues minutes, j'ai élaboré diverses hypothèses sur la raison de l'accent circonflexe sur « mârde ». Tout pour éviter de faire ce que j'avais décidé de faire.

En face, la mairie me narguait. Quand on est daltonien, on demande de l'aide pour choisir une couleur. Pas Fernand Fauchon. La consultation ne fait pas partie des habitudes du maire. Devant l'affreux résultat, tout le village a gueulé. Trop tard. Le vert caca d'oie s'étalait déjà dans toute sa laideur sur les murs de l'hôtel de ville.

Sur l'horloge accrochée au mur de la mairie, les aiguilles indiquaient minuit. Depuis près d'une heure, je grelottais dans la cabine téléphonique. J'ai cherché la colère en moi. Volatilisée. Refoulée par la peur. La peur qui donne des mains moites et des crampes.

Dessiner un graffiti à la va-vite sur le garage des Babin était un jeu d'enfant. Mais avec un graffiti sur le mur de la mairie, je changeais de ligue. Je risquais gros.

Tout à coup, mon lit m'a semblé l'endroit le plus désirable au monde. M'enfoncer sous mes couvertures. M'endormir et m'évader vers un pays sans Vierge et sans vaches.

Pour chasser l'angoisse, j'ai tenté d'imaginer ce que « mon monde » faisait en ce moment. Alex, insomniaque, affalé devant la télé à déguster son gâteau en barquette. Mistinguett, élégante dans son déshabillé en soie rose thé, absorbée par un roman d'amour. Et le Grand Frisé ? Que faisait-il à cette heure ? J'aurais payé cher pour le savoir…

Quant au maire Fauchon, pas de doute. Cet hypocrite devait dormir à poings fermés dans son pyjama zébré, avec l'esprit vide et le filet de bave au coin de la bouche. Comme tous les imbéciles, il devait avoir le sommeil paisible du poupon.

Bienvenue à Sainte-Cunégonde-du-Cap-Perdu. Ces lettres blanches, qui se détachaient nettement sur le mur de l'hôtel de ville, me défiaient. Bienvenue mon œil ! Accueillant Sainte-Cunégonde ? À d'autres !

Ma colère a enfin remué. Je l'ai aiguisée en pensant aux furoncles de Fauchon. Je l'ai chauffée en contemplant les minuscules médailles de la Vierge, cousues sur mes mitaines. Je me suis obligée à revoir en esprit la scène chez Coco Popcorn. Le maire écrasant ma mère de son mépris. L'envoyant promener du revers de la main, comme on chasse une mouche agaçante. Le déclic tant attendu est finalement survenu. J'ai empoigné ma bombe et je me suis élancée hors de la cabine téléphonique.

Pchtt, pchtt. Quelques jets de peinture par-ci, quelques jets par-là. Le « Sainte » a disparu sous un nuage de jaune. Pchtt, pchtt. J'ai rayé quelques lettres, j'en ai rajouté d'autres. Cette fois, ma main ne tremblait pas lorsque j'ai signé. J'ai dessiné la fleur du pissenlit, une boule parfaitement ronde, la tige s'élançant dans une courbe élégante, le tout complété par une feuille joliment dentelée.

Mon graffiti s'étalait, insolent. Aussi surprenant qu'une claque au visage. En deux temps trois mouvements, j'avais rebaptisé SAINTE-CUNÉGONDE-DU-CAP-PERDU en CUL-DU-MONDE-DU-CAP-QUI-PUE.

Les graffitis de Picasso

Le lendemain, j'ai arpenté trois fois la rue Principale pour mieux admirer ma création. Cul-du-Monde-du-Cap-qui-pue. Cul-du-Monde-du-Cap-qui-pue. La formule me faisait penser à un début de rap. J'ai scandé ça tout bas en marchant.

Quand je suis passée au dépanneur pour m'acheter de la gomme, deux femmes jacassaient justement de mon œuvre.

— Il faut être vraiment malfaisant pour barbouiller de cette façon sur les murs… Franchement, les parents n'élèvent plus leurs enfants ! a déclaré l'une d'un ton scandalisé.

— Les voyous qui ont fait ça ne devaient pas être du village, a répondu l'autre.

Le maire Fauchon, que je n'avais pas vu dans le fond du magasin, s'est avancé pour ajouter son grain de sel.

— Tu as raison, Françoise. Quand des étrangers s'installent au village, on ne sait jamais ce qui peut arriver. Surtout s'ils sont noirs…

Comme si ce n'était pas assez d'être laid, hypocrite et détestable, Fernand Fauchon était raciste. Dégoûtée, j'ai quitté le dépanneur en vitesse pour aller me réfugier à la bibliothèque.

Je venais de m'installer dans mon cocon lorsque le Grand Frisé est entré en coup de vent. Il est passé devant Yolande Flipot sans même lui dire bonjour et a levé la tête vers la mezzanine. Quand son regard a croisé le mien, j'ai détourné les yeux. J'ai fait semblant d'être absorbée par mes notes. En entendant des pas derrière moi, je me suis raidie.

Finalement, je n'ai vu que son bras. Son bras qui a frôlé le mien lorsqu'il a déposé une enveloppe sur ma table. Je n'ai même pas eu le temps de tourner la tête qu'il était déjà redescendu. Sans un mot. Il a traversé la bibliothèque et a disparu aussi vite qu'il était apparu.

J'ai regardé l'enveloppe blanche, anonyme, devant moi. Le comportement du neveu de Coco avait été si étrange que j'avais peur de ce que j'allais y trouver. L'enveloppe contenait

une simple feuille, sur laquelle figurait une
citation :

« La création pure,
c'est un petit
graffiti, un petit
geste sur un mur.
Ça, c'est
la vraie
création. »

Picasso.

J'étais démasquée !

J'ai eu chaud. J'ai eu froid. J'ai eu envie
de courir me cacher. J'ai eu envie de courir
le frapper. J'ai refermé mes livres et je suis
descendue.

Il m'attendait dehors, adossé contre le
mur de la bibliothèque. Il m'a souri d'un air
incertain.

J'ai presque craché ma question :

— Tu m'espionnes ou quoi ?!

Devant mon ton agressif, son sourire s'est
volatilisé.

— Euh… non… pas du tout…

— Tu vas me dénoncer ?

Il a secoué la tête de gauche à droite.

— Je ne ferai pas ça. Tu peux me faire confiance.

— Confiance ? Je ne te connais même pas !

— Tu pourrais apprendre à me connaître…

Cette offre était faite sans arrogance, avec une pointe d'espoir dans le ton. J'ai ignoré la perche si galamment tendue.

— Comment tu l'as su ?

— J'ai deviné.

— Comment ?

— Des petits détails. Quand je t'ai vue la première fois à la cantine, j'ai compris que tu ne portais pas le maire Fauchon dans ton cœur. Puis la semaine dernière, quand je suis monté à la mezzanine pour te parler et que tu m'as faussé compagnie, j'ai vu tes livres sur les fleurs.

Le neveu de Coco parlait avec un accent étrange, comme s'il mordait dans les mots. Raffiné sans être snob. Un accent aussi sympathique que son sourire. Tout ce charme commençait à m'énerver. À m'intimider aussi.

— J'ai aussi vu la fleur gravée dans le bois de la table, là où tu travailles. Une fleur qui ressemble beaucoup à celle qui décore maintenant le mur de l'hôtel de ville…

Il s'est arrêté un instant, m'a offert un autre de ses sourires programmés pour amadouer. Je me suis sentie rougir.

— L'indice le plus révélateur, je l'ai vu dans tes yeux.

— Quoi mes yeux ?

— Ils brillent de colère. Je me suis dis, cette fille-là, elle va finir par faire un coup d'éclat ou un coup d'État.

J'étais abasourdie. Moi qui me croyais invisible, discrète, voilà qu'un parfait inconnu m'avait démasquée sans peine. Non seulement dans mes activités illégales, mais jusque dans mes états d'âme. Je ne savais pas quoi dire. Encore moins quoi faire.

— Je sais que tu aimes les fleurs mais je ne sais pas comment tu t'appelles.

— Je n'aime pas les fleurs. Je n'aime que les pissenlits.

— Je m'appelle Sankara. Et toi, la fille qui n'aime que les pissenlits, tu dois bien avoir un nom ?

— Ça changerait quoi que tu le saches ?

— Chère Miss Pissenlit, tu peux te montrer aussi piquante qu'un cactus.

— Manouane Denault.

— Manouane ?

— Ben quoi ? Ce n'est pas plus bizarre que Sankara.

— Touché. Alors chère Manouane, que dirais-tu d'aller déguster du popcorn à l'érable chez mon oncle ? On pourrait parler de graffiti… ou de pissenlits.

— Je n'ai pas envie de parler.

J'avais la trouille, je l'avoue. Aucune fille – et encore moins un gars – de mon âge ne m'avait invitée où que ce soit depuis des années. C'était trop, trop vite. J'avais peur de sentir la vache. Peur de ne pas savoir quoi dire. Peur de bégayer comme Bobby Babin.

Je me suis comportée comme la digne fille de Clovis-la-marmotte. Pffft ! J'ai tourné le dos au Grand Frisé et j'ai pris la fuite. Mes pieds couraient vers l'avant tandis que mon esprit me criait de revenir en arrière.

Quand j'ai entendu ses pas derrière moi, j'ai arrêté de courir. Nous avons marché côte à côte, en silence, pendant une minute. Pendant un siècle. Je n'avais pas besoin de le regarder pour savoir qu'il ne souriait plus.

Puis il a cessé de marcher. J'ai fait trois pas de plus. Je me suis chicanée moi-même : « Arrête tes stupidités Manouane. Tu t'es déjà sauvée deux fois. Tu n'auras pas une troisième chance. »

J'ai eu le courage d'arrêter mais je n'ai pas eu le courage de lever les yeux vers lui. Le Grand Frisé s'est planté devant moi et m'a déballé sa tirade d'un seul souffle :

— Pour le graffiti, pas besoin de t'inquiéter. Je serai plus muet qu'une tombe. J'arrive tout juste dans ce village perdu au milieu de nulle part, où je ne connais pas un chat. J'ai envie de parler à quelqu'un d'autre que mon oncle ou Justine Babin, qui a l'humeur d'une hyène grincheuse. C'est tout.

J'ai finalement osé le regarder dans les yeux. Je ne sais pas ce qu'il a vu sur mon visage, mais ça l'a encouragé à continuer :

— On n'a pas besoin d'aller chez Coco. On peut simplement marcher ensemble. Je ne poserai pas de questions indiscrètes. Tu me raconteras des histoires sur Sainte-Cunégonde et si tu veux, je te parlerai du Burkina.

Il attendait ma réaction, les bras ballants, l'air vulnérable. J'ai hésité tout en m'en voulant d'hésiter. J'étais sans amis depuis si longtemps que j'avais peur de ne plus savoir comment m'y prendre. Il a bougé la tête et une boucle brune s'est échappée de sa tuque rouge. J'ai cédé.

— C'est vraiment Picasso qui a dit ça, sur les graffitis ?

Il a eu un autre sourire hésitant, n'osant pas se réjouir prématurément.

— Dans sa jeunesse, Picasso a dessiné des graffitis sur les murs de Montmartre. Plus excitant que sur la mairie de Sainte-Cunégonde-du-Cap-Perdu, non ?

— Je ne me prends pas pour une artiste. Je règle mes comptes.

J'ai aussitôt regretté mon aveu. Je n'avais pas envie de lui expliquer mes vengeances, encore moins mes humiliations.

— J'ai compris que tu prenais ta revanche… Cul-du-monde-du-Cap-qui-pue ?! Ça ne peut pas être plus clair. Bravo pour le vire-langue.

Silence. J'étais trop impressionnée par son vocabulaire pour trouver une réponse intelligente.

— Tu veux aller marcher ?

— Mon père m'attend.

Il a fixé l'horizon, comme pour signifier : je me suis déjà assez mouillé, à ton tour maintenant. Une de ses boucles chevauchait son sourcil gauche… tel un appel… Je me suis lancée.

— J'ai prévu une sortie demain. Dans la nuit.

Il a fait un sourire tellement grand qu'il rejoignait ses oreilles.

— Minuit. Devant l'église. Ça te va ?

Il a sifflé, admiratif.

— Tu n'as pas froid aux yeux Manouane Denault. Je viendrai. Et je te le répète : je serai aussi muet qu'un brochet. Tu peux me faire confiance.

— Qui a dit que je te faisais confiance ? Je protège mes arrières, c'est tout. Si tu m'aides à faire mon graffiti, tu deviens complice et tu ne peux plus me dénoncer.

Ça l'a fait sourire.

— Rusée la demoiselle ! À bientôt, Miss Pissenlit !

Il est reparti en sifflant. Je suis partie de mon côté. Je me suis retournée pour le regarder et il s'est retourné en même temps. Il m'a fait un signe discret de la main.

Quand j'ai été bien certaine qu'il ne pouvait plus m'entendre, je me suis mise à siffler moi aussi.

Soutien-gorge en soie caméléon

— Quand je te dis « soutien-gorge », tu penses à quoi ? m'a demandé Mistinguett.

— À un harnais.

Elle a pouffé de rire.

— Eh bien ! Je ne t'embaucherai pas pour travailler dans ma boutique. Tu ferais fuir les clientes déjà trop rares. Si je dis « soutien-gorge », tu dois penser puissance et séduction…

Je l'écoutais en souriant. Mistinguett ne disait rien de particulièrement drôle, mais juste d'être là, dans sa boutique, à l'écouter, me donnait un petit morceau de bonheur. Oh ! pas très gros mais mieux que rien. Elle poursuivait son monologue sans se douter du bien qu'elle me faisait.

— … Le soutien-gorge donne de l'aplomb à une femme : il relève, aplatit, grossit ou glorifie les seins. Il les moule ou les fait pigeonner.

— Pour moi, le soutien-gorge soutient. Ce n'est qu'un vêtement utilitaire.

Elle m'a lancé un soutien-gorge de dentelle transparente par la tête.

— Espèce d'inculte ! Tu as entre les mains l'arme de séduction par excellence. Quand on se sent belle en dessous, on est belle en dehors aussi. Et moi, lorsque je me sens en beauté, je peux affronter le monde entier.

Avec ses bourrelets, ses lèvres trop minces et ses cheveux carotte aux repousses noires, Mistinguett n'a pourtant rien d'une beauté. Toutefois, elle a du rose aux joues, du pétillement dans les yeux, de la vivacité dans le sourire. Elle a l'air d'avoir été nourrie aux fraises fraîches et aux truffes au chocolat. À côté d'elle, j'ai l'air d'avoir été nourrie aux patates bouillies et au gruau trop cuit… J'aurais peut-être du potentiel, si je me forçais. Mais je ne compte pas me forcer.

Mistinguett m'a tendu un soutien-gorge noir et luisant.

— Admire cette œuvre d'art.

Je n'ai pas pu m'empêcher d'apprécier les bretelles fines et lisses, la minuscule et délicate rosace de dentelle noire. J'ai lissé les bonnets, plus doux que les fesses d'un bébé.

— C'est de la soie caméléon. Au contact de la peau, elle passe du noir au vert ou au bleu, selon ton humeur. Les bonnets sont coupés très bas, pour laisser les seins s'épanouir au lieu de les comprimer. Assez sensuel pour séduire le pape lui-même !

Elle a ri bruyamment de sa blague. Si le rire de Mistinguett était une maladie contagieuse, le monde s'en porterait mieux.

En passant près du comptoir, elle a replacé un bouquet de roses disposées dans un long vase noir.

— C'est Coco qui t'a donné ce bouquet ?

En guise de réponse, elle a secoué la tête avec empressement.

— Il ne gagnerait pas un prix d'originalité.

— Pourquoi ? m'a demandé Mistinguett.

— C'est si banal, une rose. Si cliché.

J'ai eu peur de l'avoir insultée. Elle a simplement souri et a sorti des tasses de sous le comptoir. J'allais encore pouvoir me régaler de son chocolat velouté.

— Et toi, Manouane, y a-t-il un beau mec qui fait palpiter ton myocarde ?

— Mon quoi ?

— Ton cœur.

— Ah… Ouais, bien sûr. Ils sont au moins une douzaine à se bousculer tous les samedis matins devant notre étable, pour m'admirer pendant que je nettoie la bouse de vache.

— Si j'ai bien compris, tu fais de l'ironie ?

— Évidemment. Avec les gars, j'ai des rapports parfaitement réciproques : ils ne s'intéressent pas à moi et je ne m'intéresse pas à eux.

Ce n'était pas tout à fait vrai... mais je n'étais pas prête à parler de Sankara. Même pas à Mistinguett.

— Pourquoi tu ne t'intéresses pas aux garçons ?

— M'as-tu regardée ?

— Bien sûr que je t'ai regardée. Je vois une jeune fille qui se néglige pour mieux se rendre invisible. Avec un peu de fard sur les joues et un soutien-gorge à balconnets, tu attirerais les regards.

— Même si j'avais le physique des top-models, je resterais une intouchable. Je suis une Denault, fille de la folle. J'ai la honte tatouée au front.

Elle m'a tendu le soutien-gorge en soie caméléon.

— Prends ça.

— Mistinguett, il est superbe mais ce n'est pas moi. Et même si ça me convenait, je n'ai pas de sous pour l'acheter.

— Qui parle d'acheter ? C'est un cadeau.

— Qu'est-ce que j'en ferais ? J'ai autant de seins qu'une planche à pain.

— Manouane, cesse d'être aussi pessimiste. Ta vie ne sera pas toujours aussi moche. L'avenir se dresse devant toi avec toutes ses aventures, ses découvertes et ses premières fois. Et avec des dessous séducteurs, tu seras encore mieux préparée à l'affronter, cet avenir électrisant.

Quand elle a parlé d'avenir électrisant, j'ai pensé à Sankara… Et j'ai accepté le cadeau de Mistinguett. Pour ne pas lui faire de peine. Rendue à la maison, j'ai enfoui le soutien-gorge sous mon matelas. Il ne faudrait pas que Clothilde voit ça ; elle se jetterait aux pieds d'une statue de Marie afin de prier encore plus fort pour que la Vierge sauve mon âme.

Rose versus pissenlit : un combat à finir

La rose ! Pftt ! Pourquoi s'émerveille-t-on tant devant cette fleur à la réputation surfaite ? La rose n'arrive pas à la cheville du pissenlit. À tous points de vue.

D'abord sa couleur. Rose : une couleur gnangnan, fé-mi-ni-ne, trop mignonne. Je sais, je sais, il y a des roses jaunes et noires. Bleues même. Mais la rose des non-connaisseurs est rose. Tandis que le pissenlit, lui, avec son pompon jaune vif, nous lance à la figure un éclat de soleil.

Côté robe, n'importe quel couturier sensé choisirait le pissenlit bien avant la rose. La rose compte à peine une douzaine de pétales, tandis que le pissenlit compte jusqu'à trois cents fleurs minuscules, serrées dans un corset vert. En fait, chaque pétale de pissenlit est une fleur en soi, rattachée à la tige principale.

Le plus débile, c'est qu'on a fait de la rose un symbole de l'amour. Amour mon œil! Une fleur remplie d'épines, qui prend la couleur rouille en vieillissant. Le pissenlit, lui, reste fascinant même en se fanant; il se transforme en boule de duvet blanc, qui se disperse à tous vents.

Le pissenlit a beaucoup plus de mérite que la rose à être beau. Alors que les roses reçoivent de l'eau, de l'engrais, de l'attention et des soins, le pissenlit fleurit tout seul, contre vents et marées, dans les sols les plus pauvres et malgré les maniaques des pesticides.

Pour l'accessibilité, le pissenlit est, encore une fois, nettement supérieur à la rose. Si on veut s'acheter des roses, il faut beaucoup de sous. Tandis que le pissenlit est fabuleusement gratuit. La rose hautaine érige des barrières avec ses épines. Tandis que le pissenlit, on le cueille librement. On défend souvent aux enfants de cueillir les roses. Par contre, jamais je n'ai entendu un adulte s'écrier : « Ne touchez pas à mes pissenlits! »

J'envie la personnalité ensoleillée du pissenlit. Moi je suis aussi éteinte qu'une chandelle sous la pluie. Avant, je me fichais de mon caractère insignifiant. Être perçue comme terne ne me dérangeait pas. Depuis que j'ai rencontré Sankara, il me prend des envies de voir si je peux moi aussi dégager un peu de lumière.

Chapitre 8

Au tour du curé

Dans le rayon bleuté de la lampe-projecteur, Jésus avait toujours l'air aussi esseulé sur sa croix. Pas jojo, la vie de statue. Accrochée sur la façade de l'église, exposée aux quatre vents à longueur d'année, couverte d'un simple torchon qui ne lui cache même pas le nombril. On dirait que le sculpteur a voulu punir Jésus. Il l'a sculpté avec la tête penchée à quatre-vingt-dix degrés, comme s'il avait le cou cassé, ses cheveux épais lui couvrant la moitié du visage.

Après la Catastrophe, j'ai été trois mois sans voir ce Jésus sur sa croix. Le curé Barnabé avait interdit à Clothilde d'entrer dans « son » église. Clovis faisait donc une heure de route pour conduire sa folle épouse (et me traîner moi avec…) à la cathédrale de Chicoutimi, où nous pouvions prier incognito.

Ma mère, toujours aussi irrationnelle, se morfondait pour l'église de Sainte-Cunégonde… Il a fallu qu'Alex s'en mêle pour que le problème se règle. Il a plaidé la cause de Clothilde auprès de l'évêque, qui a ordonné au curé Barnabé de « pardonner ». Ma mère a pu recommencer à aller à la messe dans sa chère église, prier devant ses chères statues de la Vierge. Clothilde flottait tellement sur son nuage qu'elle n'a même pas remarqué que le curé nous traitait comme des lépreux.

Tout ça me revenait à l'esprit tandis que je poireautais devant l'église, accroupie dans l'ombre. Je grelottais aussi fort qu'un chiot nouveau-né. Avec les doigts transformés en glaçons, c'est sûr que j'allais passer de graffiteuse médiocre à graffiteuse carrément nulle.

Pas le moindre signe du Grand Frisé. Déjà quinze minutes de retard. Je n'aurais pas dû lui faire confiance. Finalement, à bout de patience, j'ai décidé de ne pas l'attendre. J'ai tiré une petite couverture noire de mon sac à dos et j'en ai recouvert le projecteur. Le faisceau bleuté s'est rétréci en un petit rond de lumière, plongeant dans l'obscurité le Jésus esseulé.

L'idéal aurait été d'avoir une échelle. De cette façon, j'aurais pu faire comme dans une bande dessinée : inscrire mon message dans une bulle, juste au-dessus de la tête de Jésus. Mais je n'avais pas d'échelle et je ne voulais pas faire de vieux os ici. J'ai enlevé le capuchon de ma bombe aérosol et je l'ai fourré dans ma poche. J'ai réussi à me hisser debout sur la rampe de l'escalier. En m'agrippant à la croix de la main gauche, j'ai tracé mon inscription. Directement sur le mur de pierre. Difficile d'écrire clairement mon message dans cet équilibre précaire. J'ai fait de mon mieux. Il me restait juste assez de peinture pour ma signature.

Ensuite, j'ai sauté de mon perchoir et enlevé la couverture qui recouvrait le projecteur. J'ai traversé la rue pour mieux admirer mon œuvre. Mon pissenlit se dressait fièrement, mais ne ressemblait pas vraiment à un pissenlit. J'aurais voulu une inscription plus grosse. Plus visible. À défaut d'échelle, de temps et de courage, je devrais me contenter de ça. De toute façon, ce Jésus allait avoir plus d'attention qu'il n'en avait eu depuis des années.

Soudain, une main s'est posée sur mon épaule. J'ai sursauté en poussant un petit cri. Le Grand Frisé, tuque rouge bien enfoncée sur le crâne, était derrière moi.

— Désolé. Je ne voulais pas te faire peur.

— J'avais dit minuit.

— Je sais. Ma mère a appelé du Burkina. Je ne lui avais pas parlé depuis trois semaines et bon… je ne pouvais pas l'interrompre… Tu as terminé ?

J'ai pointé l'église en face. Il a lu mon graffiti à voix haute :

NOTRE CURÉ BÉNIT D'UNE MAIN ET TRAHIT DE L'AUTRE. BARNABÉ = JUDAS.

Il s'est tourné vers moi :

— Ouille ! Tu n'y vas pas avec le dos de la cuillère. Il le mérite ?

Ma réponse a fusé, instantanément :

— Entièrement ! Et plus encore !

— Alors bravo pour ton courage.

Du coup, je lui ai pardonné son retard. Puis il m'a balancé en pleine face une question qui m'a coupé toute envie de rigoler.

— Crois-tu en Dieu ?

À mon expression, le Grand Frisé a compris qu'il n'avait pas abordé mon sujet préféré.

— Si tu n'as pas envie de répondre… euh…

— Je refuse de penser à Dieu. La religion me cause déjà assez de problèmes, merci.

— Je comprends, a-t-il répondu gravement.

— Non, tu ne comprends pas. Pour comprendre, il faut avoir connu les insultes, la pitié, les questions indiscrètes et j'en passe. Tout ça pendant des années.

Mon ton agressif a jeté un malaise. Pourquoi est-ce que je ne pouvais pas être moins lugubre, plus insouciante ? Un frisson m'a traversé le dos. Les grelottements m'ont repris.

— Tu veux venir te réchauffer dans mon château ? a proposé le Grand Frisé.

— Ton château ?

— Pas tout à fait un château, mais avec un peu d'imagination, ça peut le devenir…

Devant mon hésitation, il a insisté :

— Allez viens. Je ne mange pas les filles qui font des graffitis, ça me donne de l'indigestion.

Dans le fauteuil royal

Nous avons marché sans parler jusqu'à la cantine de Coco Popcorn. Derrière le resto se trouvait une petite remise, fermée d'un cadenas rouillé. Le Grand Frisé a ouvert et m'a fait signe d'entrer.

— Ce n'est pas Versailles, mais j'aime bien avoir une tanière juste pour moi.

Je ne voyais rien dans ce hangar humide qui sentait le bois moisi. J'ai entendu le crac d'une allumette en bois, suivi aussitôt de la flamme vacillante d'une lampe-tempête. Une odeur de gaz s'est répandue dans la remise.

— J'ai piqué cette chaufferette dans le sous-sol de mon oncle. Dans cinq minutes, on pourra se mettre en maillot de bain.

Devant mon air inquiet, il a dit aussitôt :

— Je blague ! Si Madame veut bien s'asseoir dans le fauteuil royal.

Mon hôte a poussé vers moi un siège d'auto préhistorique, recouvert d'une cuirette verte. Je me suis assise prudemment sur le banc à demi défoncé. À mon grand étonnement, le fauteuil royal était plus confortable qu'il n'en avait l'air.

Le Grand Frisé a enlevé sa tuque, libérant sa tignasse bouclée. Mes yeux s'étaient ajustés à la pénombre. J'ai remarqué ses oreilles en portes de grange. Enfin un défaut ! Ça me le rendait moins intimidant. À l'avenir, j'allais me concentrer sur ses oreilles décollées.

Le neveu de Coco a ouvert un grand thermos et versé du chocolat chaud dans deux tasses.

— Tu avais tout prévu. Comment savais-tu que j'accepterais de venir ici ?

— Je ne savais pas. J'espérais.

J'ai pris une gorgée du breuvage tiède. Il était grumeleux et tellement sucré que ça m'a aussitôt donné soif.

Le Grand Frisé a examiné mes mitaines mouillées que j'avais lancées sur le sol. Il a fait glisser son doigt sur les deux petites médailles.

— Pourquoi la Sainte Vierge ?

— C'est la dernière chose dont j'ai envie de parler.

Loin de s'offusquer de ma brusquerie, il a dit d'un ton léger :

— Ni Dieu, ni la Vierge. Faudra que tu me fasses une liste de tes sujets tabous. Et je suppose que tu n'as pas envie de me raconter pourquoi tu règles tes comptes en semant des graffitis.

— Tu as tout compris.

— D'accord. Allons-y donc pour des sujets plus neutres. D'où te vient ton prénom ?

— De la rivière Manouane, au Lac-Saint-Jean. Et le tien, il vient d'où ?

— Thomas Sankara était le héros de mon père. Il voulait enlever aux riches pour donner aux pauvres.

J'ai voulu montrer que moi aussi j'avais un peu de culture, même si je vivais à Sainte-Cunégonde-du-Cap-Perdu et que je n'avais pas d'ordinateur à la maison.

— Un président très aimé, qui voulait combattre la corruption et ouvrir plus d'écoles pour les enfants.

Il m'a regardé, tout étonné. J'ai pris un air faussement modeste, comme si je lisais sur le Burkina depuis l'âge de cinq ans.

— Es-tu né en Afrique ?

— Naissance à Montréal, mais j'ai grandi un pied au Burkina et l'autre au Québec. On a fait beaucoup d'allers retours. Étrangement, c'est ma mère plutôt que mon père qui demandait toujours à repartir pour l'Afrique.

La chaufferette qui fonctionnait à plein régime a vite dissipé l'humidité dans le « château ». J'ai enfin cessé de grelotter. J'ai détaché mon manteau.

— Et maintenant, tes parents, ils vivent où ?

— Mon père est mort quand j'avais dix ans. Fièvre typhoïde mal soignée.

J'ai aussitôt regretté ma question. Il a dit très vite, pour éviter les apitoiements :

— Après sa mort, ma mère s'est lancée à corps perdu dans une organisation pour aider les femmes pauvres. Elle y travaillait jour et nuit. Puis l'an dernier, elle s'est fait un nouveau copain. Les amoureux avaient besoin d'être seuls et moi je m'ennuyais de l'hiver québécois.

Silence. La flamme de la lampe-tempête projetait des ombres dansantes sur les murs de la remise. Son ronronnement m'apaisait. Le Grand Frisé était assis à mes pieds, sa tête dangereusement près de mon fauteuil. Il m'aurait suffi d'étendre le bras pour toucher sa tignasse style laine d'acier. Non, ne pas penser à ça. Penser plutôt aux quelques maigres heures de sommeil qu'il me restait avant la traite des vaches.

Quand j'ai rattaché mon manteau, il a protesté :

— Hé ! Tu connais toute ma vie et je ne connais rien de la tienne.

— Il est tard.

Il a consulté sa montre :

— Il est même presque tôt ! Je te raccompagne.

— Pas nécessaire.

— J'insiste.

— J'habite loin du village, ça te fera beaucoup de marche.

— Je ne peux pas te laisser partir seule en pleine nuit, au milieu de la campagne, à la merci des crocos, des hippos et des rhinos.

Sankara se fait éclabousser

Le Grand Frisé a remis sa tuque et nous avons quitté ensemble son « château ». Notre rythme de marche était parfaitement ajusté. Le silence entre nous n'avait rien à voir avec les silences de Clovis. Un silence ni lourd, ni déprimant. Agréablement confortable.

Devant chez moi, le neveu de Coco s'est exclamé :

— Tu habites sur une ferme ?

— Ouais.

— Avec de vraies vaches et tout ?

— Malheureusement.

— Je peux voir ?

— À cette heure-ci ?

— S'il te plaît. Je n'ai jamais vu de fermes laitières, sauf à la télé.

— Si tu entres dans l'étable, après, tu vas puer.

— Je n'ai pas peur de l'odeur du fumier. Et puis, un fermier, ça ne pue pas : ça sent la ferme !

C'est Clovis qui aurait été content d'entendre ça. Le Grand Frisé semblait si intéressé que j'ai cédé. Au moins ça me permettait de passer encore un peu de temps avec lui.

Dans le calme de l'étable, on entendait clairement les bruits de rumination, les coups de queue et parfois, le *floush* de la bouse qui tombait dans le dalot. Devant les cartons avec les noms des vaches, Sankara s'est exclamé :

— Les noms riment !

Pour l'impressionner, j'ai récité mon rap des vaches à toute vitesse : « Adeline, Aline, Amandine, Angéline, Augustine, Blandine, Capucine, Célestine, Céline, Charline, Clémentine, Colombine, Delphine, Églantine, Ernestine, Fantine, Faustine, Florentine, Honorine, Joséphine, Justine, Laurine, Léontine, Léopoldine, Madeline, Marcelline, Mousseline, Nadine, Ondine, Pascaline, Perrine, Philippine, Rosine, Sabine, Valentine. »

Il a pouffé de rire.

Fidèle à son habitude, la génisse aux fesses rousses m'a donné un coup de tête dans les côtes. Puis elle s'est tournée vers Sankara et a essayé de bouffer son manteau.

— Il est adorable ce veau !

— C'est une génisse. C'est le mot pour décrire une vache femelle qui n'a pas encore eu de veau.

— Comment elle s'appelle ?

— Elle n'a pas de nom… C'est une longue histoire que je te raconterai un autre soir.

— As-tu une vache préférée ? m'a demandé Sankara.

— Es-tu malade ? Elles m'énervent toutes les unes autant que les autres.

— Elles doivent bien avoir des personnalités différentes, non ?

Je lui ai montré Delphine.

— Celle-là, chaque fois qu'on lui met la trayeuse, elle danse.

— Hé ! Celle-ci s'appelle Justine, comme Justine Babin.

— Ouais… et elle est tout le contraire de ta collègue. Cette Justine est très affectueuse. Une vraie colleuse.

Devant la stalle de Léontine, toujours couchée, il a demandé :

— Et celle-là ?

— Léontine, notre seule vache de catégorie « Excellente ». C'est aussi la meilleure productrice. Elle donne environ quatorze mille litres de lait par année.

— Sapristi ! Ça en fait du chocolat chaud !

— Ouais. C'est pour ça que mon père la traite aux petits oignons.

— Pourquoi elle est couchée ?

— Elle a eu un veau il y a quelques jours et elle fait un peu de fièvre.

Sankara m'écoutait, appuyé sur la stalle de Philippine. À la dernière minute, j'ai vu la vache courber le dos et lever la queue. J'ai tiré Sankara par la manche, mais pas assez vite pour lui éviter quelques éclaboussures de merde. Ça l'a fait rire.

— Toi qui voulais goûter aux « joies » de l'étable...

Une étrange boîte aux lettres

Après que Sankara eut admiré chacune de nos trente-cinq Holstein, je l'ai raccompagné jusqu'à la route.

— On se revoit quand ?

Il n'avait pas demandé *si* on se revoyait, mais bien *quand*. J'étais soulagée que ce soit lui qui ait posé la question.

— Euh… je sais pas.

J'étais appuyée sur la clôture de bois. Il a posé sa main sur la planche la plus haute, juste à côté de mon épaule. Un centimètre de plus et il me touchait.

— Tu me donnes ton numéro de téléphone ?

— Non… Pas le téléphone.

Personne ne m'appelait jamais et je ne voulais pas que mes parents sachent que je me promenais dans le village en pleine nuit avec un gars qui s'appelait Sankara… pour faire des choses pas très acceptables…

— On s'échange nos adresses de courriel alors ?

La honte. Comment lui avouer qu'on n'avait pas d'ordinateur dans notre antre de dinosaures ? Et que je n'avais pas d'adresse de courriel ni de compte *Facebook* parce que personne n'avait jamais voulu m'envoyer un message.

— J'ai une meilleure idée. À la bibliothèque, dans la section des sciences pures, sur la dernière étagère du bas, tu trouveras un vieux livre jauni, intitulé *Fleurs sauvages*. Tu l'ouvriras à la page 48, celle qui décrit le pissenlit. Je te glisserai un mot dans cette page.

Il a souri.

— D'accord pour ce service de messageries. Je n'ai rien contre l'atmosphère « meurtre et mystère ».

Mais il s'est ravisé :

— Et si quelqu'un emprunte le bouquin ?

— Ce livre n'est pas sorti de la bibliothèque depuis au moins dix ans. Personne ne s'intéresse aux fleurs sauvages, à part une hurluberlue de mon espèce.

Il m'a fait un petit salut de la main :

— Alors bonne nuit, Miss Hurluberlu !

Je l'ai regardé partir, de sa démarche souple et pleine d'énergie : on aurait dit qu'il ne faisait que commencer sa journée.

Quand je me suis finalement glissée dans mon lit, le soleil étendait sa clarté rosée au-dessus de l'étable. Avant de m'endormir, j'ai chuchoté son nom : Sankara. Les lèvres à peine entrouvertes pour murmurer le « San », les mâchoires qui se tendent pour prononcer le « Ka », ma langue roulant sur la dernière syllabe. J'ai répété un peu plus fort : San-ka-ra. C'était beaucoup mieux que Grand Frisé.

Chapitre 9

Quand il pleut des cornichons

À la cantine de Coco Popcorn, la crasse règne en reine. Il y a longtemps que les clients ne s'accotent plus aux tables, de peur que leurs coudes restent collés dans les ronds de café ou les taches de Coke séchées. Côté bouffe, on ne peut pas parler de haute gastronomie. Les frites sont molles, les boulettes de bœuf haché en semelles de bottes, les hot-dogs imbibés d'eau. Heureusement que le popcorn à l'érable sauve l'honneur du menu !

Le casse-croûte de Coco, on n'y vient ni pour le décor, ni pour la bouffe. C'est le paradis des potineux de Sainte-Cunégonde. La place pour placoter, cancaner, mémérer et s'adonner à toutes les autres formes, plus ou moins acceptées ou acceptables, de commérages.

Coco – Jacques de son vrai nom – y règne comme le Roi Soleil sur sa cour. Il est tout pour tout le monde : confident, conseiller et complice. Plus discret qu'une boîte à pain, plus compréhensif qu'un psy, plus empathique qu'une pleureuse. Bien des gens disent que Coco est trop généreux. Il est tellement doux qu'il tire vers le mou.

Ne faut-il pas être secourable à l'excès pour embaucher dans sa cantine une fille comme Justine Babin ? Ça va à l'encontre d'un principe capital du commerce : traiter le client aux petits oignons. Avec son humeur massacrante, ses regards méprisants et ses répliques brutales, la Babin fait peur aux clients. Quand elle ne les humilie pas carrément.

Malgré la tête d'enterrement de la Babin, la propreté douteuse et la bouffe immangeable, le casse-croûte de Coco reste le lieu de rassemblement le plus populaire de Sainte-Cunégonde-du-Cap-Perdu. Ça en dit long sur le village…

En général, j'évite d'aller chez Coco Popcorn : les commères m'énervent et l'odeur de hot-dog me donne mal au cœur. Pourtant, ce midi, quand Alex m'a invitée à aller manger une poutine, j'ai dit oui tout de suite. Non par appétit mais plutôt par envie de voir celui qui prépare les frites molles.

À notre arrivée à la cantine, il y avait peu de clients, du moins pour un samedi midi. Sankara s'activait devant la friteuse, un bonnet de papier posé de travers sur sa tête. Ça cachait ses boucles frisées et accentuait ses oreilles décollées. En m'apercevant, il s'est fendu la face d'un immense sourire. Je lui ai fait un petit signe. Alex n'a rien remarqué, trop occupé à planifier sa prochaine partie d'échecs avec Coco.

Je me suis installée à une table au fond, près du mur. Lorsque Alex s'est glissé sur le banc devant moi, Justine Babin a roulé jusqu'à nous, calepin en main. Elle portait une chemise bleu ciel, qui faisait ressortir son teint angélique et ses cheveux blonds. Elle aurait été parfaite pour jouer le rôle titre dans un film à l'eau de rose.

— Salut Justine, a fait Alex.

Elle lui a jeté un regard mauvais, comme s'il venait de lui dire qu'elle puait des pieds. Je me suis demandé s'il y avait un lien direct entre son humeur grognonne et le graffiti sur sa porte de garage…

— Vous prenez quoi ? a-t-elle jappé.

— Deux poutines, a trompetté Alex.

— Quelle grandeur ? Quelle sauce ? a mitraillé la Babin.

— Manouane ?

— Petite pour moi. Sauce brune.

— Je veux la plus grosse poutine italienne en ville, bien arrosée de sauce bolognaise et décorée de rondelles de pepperoni, a déclaré mon voisin.

Justine a poussé un soupir d'exaspération. On aurait dit qu'Alex venait de réclamer la planète Neptune dans son assiette. Quand elle a fait demi-tour, les roues de son fauteuil ont crissé sur le plancher collant.

Alex a secoué la tête d'un air découragé.

— Je ne comprends pas pourquoi Coco garde cette fille. Un vrai poison.

En attendant son plat de malbouffe, il a empoigné un paquet de serviettes de table et s'est mis à épousseter ses deux sculptures, accrochées au mur de la cantine. Fabriquées avec des boîtes de conserve et des bouchons de liège, ses créations ressemblaient vaguement à des silhouettes de femmes à bicyclette. En dessous, une affiche invitait tout acheteur intéressé à communiquer avec l'artiste.

— Ça fait trop longtemps qu'elles sont là. Il faudrait que je les remplace, a soupiré Alex.

Il a eu le même soupir que Mistinguett, qui souhaiterait vendre des nuisettes en soie plutôt que des combinaisons en coton. Même aveuglement ou même entêtement pour leur passion ?

J'allais l'aider à dépoussiérer ses œuvres lorsque Justine Babin a roulé vers nous, apportant nos poutines sur ses genoux. Elle a posé le plateau si brusquement sur la table que le Coke a débordé du verre de styromousse.

— Merci ma belle, a dit Alex, en inclinant la tête avec une politesse exagérée.

Il devrait pourtant savoir que même les taquineries gentilles mettent la Babin en rogne. La belle a froncé les sourcils et nous a tourné le dos sans un mot de plus. Excellente stratégie pour attirer les pourboires.

Alex a dévoré sa poutine comme s'il n'avait pas mangé depuis trois jours. Quand mon regard a croisé celui de Sankara, j'ai vite plongé le nez dans mes frites. Le fromage en grain faisait squish-squish entre mes dents. Il aurait pu goûter la banane ou le caviar que je n'aurais pas fait la différence.

Alex avait presque terminé son énorme poutine italienne quand Mistinguett est entrée en coup de vent. Elle avait son ensemble citrouille, celui qu'elle portait le soir où je l'avais rencontrée. Elle a enlevé son immense chapeau orange et s'est perchée sur un des tabourets du comptoir. Coco est sorti de l'arrière-boutique aussi vite qu'un clown à ressort de sa boîte. Pop! Il a contourné le comptoir pour venir caresser les mains de sa douce.

Après, tout s'est passé très vite. Plusieurs clients sont arrivés en même temps. Tandis que les hamburgers grésillaient sur la plaque chauffante, Sankara courait de la friteuse aux fourneaux, de la friteuse au frigo.

À l'autre bout du comptoir, Justine Babin a frappé trois grands coups sur le tiroir-caisse et a gueulé à tue-tête :

— Le tiroir de la caisse est bloqué !

Coco n'a pas répondu. Inconscients, les amoureux continuaient de chuchoter, semblables à des gamins complotant un mauvais coup. Alex a dit, sarcastique :

— L'amour rend sourd…

Justine Babin a cogné plus fort.

— Le Poison va perdre patience… a prévenu Alex.

Sous les regards des clients, Coco a posé un bécot sur l'oreille de Mistinguett. Une grimace a déformé le visage de Justine Babin. Quand elle a saisi le bol de cornichons à deux mains, j'ai revu la récente scène dans son garage. Sa grimace féroce quand elle tenait la statue de Clothilde à bout de bras. Et j'ai compris que les clients du casse-croûte n'auraient plus de cornichons dans leurs hamburgers pour le reste de la journée.

Elle a levé le bol au-dessus de sa tête et l'a lancé de toutes ses forces contre le mur. Pow! Sling, sling! Le bol d'acier a tourbillonné sur le plancher dans un bruit de ferraille. Une pluie de cornichons s'est abattue sur la caisse enregistreuse.

La Babin a poussé sur les roues de son fauteuil et est sortie en claquant la porte. Mistinguett avait une mine catastrophée. Heureusement, Coco n'a pas perdu son calme.

— Petit accident. Rien de grave. Ne vous inquiétez pas messieurs-dames! a-t-il lancé à la ronde.

Alex a secoué la tête, dégoûté.

— Tu parles d'un accident. Ça crève les yeux que cette Babin a le béguin pour Coco.

L'arrivée du jaune

Ah! Ce jaune! *Mon* jaune! Quand je l'ai aperçu, si vif, si riche, pétant de joie de vivre, j'ai compris, une fois de plus, que la vie avait un côté tordu. Un jour, elle m'envoie du malheur, et le lendemain, elle m'envoie du bonheur.

Je le guettais depuis deux semaines. Et voilà qu'il montrait enfin le bout de son nez. Oh, ce n'était pas encore le grand étalage, plutôt quelques timides taches d'or le long des fossés. Oui, les pissenlits étaient bel et bien arrivés. Il n'en fallait pas plus pour me requinquer.

D'ici deux ou trois jours les pissenlits sortiraient par milliers et personne ne pourrait m'enlever ce plaisir. Ni Clovis avec ses vaches. Ni ma mère avec ses statues. Ni aucun des habitants de Sainte-Cunégonde-du-Cap-Perdu. Personne! Et pour la première fois de ma vie, ce plaisir secret, j'avais envie de le partager.

En route vers le village, j'ai failli rebrousser chemin à trois reprises. Oui, non. Oui, non. Oui, non. Avance, recule. Il comprendra. Il ne comprendra pas. Même valse-hésitation une fois rendue à la bibliothèque. J'ai ouvert et refermé *Fleurs sauvages* au moins une douzaine de fois. Finalement, excédée par

mes interminables et pathétiques hésitations,
j'ai glissé mon message à la page 48. Puis je
me suis sauvée à toutes jambes pour éviter de
changer encore une fois d'idée.

Au Grand Frisé,

Je t'invite à mon rituel du printemps.

Rendez-vous demain, dimanche, à midi,
dans le champ au bout du rang 12.

Apporte quelques sacs en papier et sois
prêt à te mettre à genoux.

M.

Message #2

Chère Miss Pissenlit,

À ce que je constate, tu es
toujours aussi cachottière. N'empêche. J'aime les énigmes et
j'ai pour toi un tel respect que
je n'hésiterai pas une seconde
à me salir les genoux dans
le pré.

Un groupie des pissenlits,

S.

Sankara écrivait comme il parlait. Quel contraste entre son style – décontracté, naturel et charmeur – et le mien – sec et constipé. Du coup, tous mes complexes ont remonté en surface et j'ai regretté de l'avoir invité. En plus de me sentir nulle, insignifiante et terne, j'avais peur de me rendre ridicule. Je ferais quoi s'il se moquait de ma passion pour les pissenlits ?

Bien moins laid qu'un navet

Début du printemps : voilà le meilleur moment pour ramasser les feuilles du pissenlit. Parce qu'une fois que le pissenlit a fleuri, les feuilles deviennent amères et ce n'est plus le temps de les manger. C'est comme cueillir des asperges en août et se plaindre ensuite des tiges épaisses et trop dures.

Chaque année, je vais dans le Rang 12 ramasser des feuilles de pissenlit. Les champs qui bordent ce rang appartiennent à un agriculteur bio qui n'étale aucun herbicide ou pesticide. En plus, le Rang 12 se trouve dans un cul-de-sac. Moins de circulation, moins de pollution des voitures et moins de risques de tomber sur une talle arrosée de pipi de chien.

J'ai passé ma soirée de samedi à souhaiter qu'il pleuve le lendemain. Dimanche matin, le ciel s'étalait telle une nappe bleu clair, parfaitement repassée. Pas un pli. Au centre, un soleil qui ressemblait à une grosse crêpe dorée. Aucune excuse pour annuler.

J'avais dit midi. Ça me donnait le temps de faire mes corvées, de prendre trois douches et de me couvrir de poudre, pour éliminer la moindre petite odeur d'étable… et de tenter de me calmer.

Lorsque je suis arrivée au Rang 12, Sankara m'attendait déjà, assis sur la clôture de bois. Ça m'a rassurée un peu. S'il était arrivé en avance, c'est qu'il avait envie de venir, non ? Il avait remplacé sa tuque rouge par une casquette. On ne voyait que ses oreilles en portes de grange. Et son sourire.

— Prêt pour la cueillette des feuilles de pissenlit ?

Il a brandi son sac :

— Paré !

Je lui ai tendu un pot de yaourt vide.

— Tu mettras les bourgeons dans ce pot. Plus ils sont petits, plus ils sont tendres.

— Qu'est-ce que tu vas faire de tout ça ?

— Des tisanes, des salades, des croquettes, des omelettes, du pesto, des quiches, des beignets…

— Miam ! Ça me donne faim.

— Vraiment ?

Je ne savais pas s'il était sincère ou simplement poli. Je n'avais jamais rencontré personne qui ait envie de tester mes recettes.

— Chez nous, au Burkina, les gens cuisinent beaucoup avec les herbes. Ma mère fait la meilleure sauce aux feuilles de baobab de tout Ouagadougou.

— Ça goûte quoi ? Sucré ou salé ?

— Difficile à décrire. Chose certaine, c'est meilleur que la sauce à poutine !

Au début, nous avons travaillé en silence. Puis, le soleil nous chauffant généreusement la tête, Sankara a vite enlevé son manteau et retroussé les manches de son chandail. Il avait des poignets fins, des doigts agiles… Il a relevé la tête et m'a surpris en train de l'examiner. J'ai détourné aussitôt le regard mais je sentais son sourire dans mon dos.

Deux abeilles se sont mises à bourdonner près de mon nez.

— On dirait que tu as choisi le coin préféré des abeilles !

— Elles adorent les pissenlits. Puisque sa fleur sort tôt, le pissenlit donne aux abeilles leur première miellée du printemps.

— Ça vient d'où cet intérêt pour les pissenlits ?

— J'avais quatre ans quand j'ai mangé un pissenlit pour la première fois. La couleur de la fleur m'avait fascinée. Quand ma mère s'en est aperçue, elle a poussé les hauts cris et m'a interdit de recommencer. Je n'ai pas compris son affolement. Après tout, on me faisait bien manger les carottes et les concombres du jardin. Pourquoi pas les pissenlits ? C'était bien moins laid qu'un navet.

Sankara avait arrêté de ramasser des feuilles et m'écoutait attentivement.

— J'ai arrêté de bouffer des pissenlits mais je les dessinais partout. Dans mes patates pilées, dans mes cahiers, sur mon pupitre, sur les bancs de parc… Peut-être pour me venger de ne plus pouvoir en manger…

— Dis-donc ! Tu as commencé tôt ta carrière de graffiteuse.

J'ai souri. Il a levé les deux bras au ciel, comme un marathonien en fin de course, et s'est exclamé :

— Enfin ! Oui ! Rien qu'un petit, mais c'est un début !

— De quoi tu parles ?

— C'est la première fois que je te vois sourire !

— N'importe quoi.

— Continue ton histoire de pissenlits.

— Il y a quelques années, je suis tombée par hasard sur le livre *Fleurs sauvages* et j'ai « découvert » le pissenlit. C'est la fleur la plus complexe, la plus méconnue, la plus fascinante… J'ai amassé des montagnes d'informations sur le dent-de-lion.

— Comptes-tu en faire un livre ?

De surprise, j'ai laissé tomber mon sac de feuilles.

— Comment tu le sais ?

— J'ai vu ta pile de documentation à la bibliothèque.

—Tu dois trouver ça stupide…

— Pas du tout ! Il y a des tonnes de livres spécialisés sur les fleurs et les plantes ; sur les pissenlits, j'en doute.

— Qui voudra lire un bouquin sur une prétendue mauvaise herbe ?

— Un tas de gens, si tu présentes ça de façon intéressante. C'est ça le défi de l'écriture, non ?

— As-tu toujours réponse à tout ?

Il a éclaté de rire.

— Ma mère me dit souvent la même chose.

Du revers de la main, il a chassé gentiment une abeille qui me tournait autour de la tête. J'ai senti la douceur de son chandail contre ma joue. Il sentait le savon à la pomme.

Encore une fois, j'ai eu envie de toucher ses cheveux frisés.

Et sa main aussi.

Et peut-être sa joue.

Pour cacher ma gêne, je me suis affairée à chercher un gros pissenlit. D'un coup de canif, j'ai tranché une tige où j'ai percé de minuscules trous. J'ai mis un bout de la tige dans ma bouche et j'ai soufflé dans ma flûte improvisée. J'ai réussi à produire trois notes différentes.

— J'en veux une moi aussi ! s'est exclamé Sankara, aussi excité qu'un gamin de cinq ans.

J'ai percé des trous dans une autre tige et il en a tiré quatre notes.

— Si la tige était un peu plus grosse, je pourrais tailler une flûte avec une octave complète.

Sankara a glissé la tige dans la poche de son manteau puis a repris sa cueillette de feuilles et son babillage. En vrac et sans logique apparente, il m'a raconté :

- l'intrigue du roman de Daniel Pennac qu'il venait de terminer ;
- que son arbre préféré était le baobab ;
- qu'il aimait le crounch-crounch de ses bottes dans la neige ;
- qu'en une journée très occupée chez Coco Popcorn, il avait préparé cinquante-sept poutines.

Quand j'y repense, je suis moi-même surprise de tout ce que je lui ai raconté :

- que Yolande Flipot, la bibliothécaire, lisait des romans Harlequin cachés à l'intérieur d'un bouquin sur les changements climatiques ;
- que j'avais reçu une génisse pour mes quinze ans et que je voulais l'appeler Tampopo ;
- que j'avais envie de créer une nouvelle recette d'omelette au pissenlit ;
- que mes parents m'empoisonnaient la vie avec leurs vaches et leurs vierges…

On sautait d'un sujet à l'autre, sans effort, sans pause gênante. À combien de personnes est-ce que je pouvais parler aussi librement ? À combien de personnes est-ce que je pouvais parler tout court ? J'avais trop des doigts d'une main pour les compter.

Cette conversation me semblait si extraordinaire que j'aurais voulu avoir une enregistreuse miniature, cachée dans ma blouse, pour capter ces échanges aussi fluides qu'un ruisseau. Après, j'aurais pu réécouter nos jacasseries de la même façon qu'on se rejoue sa chanson préférée.

J'étais tellement absorbée par notre conversation que j'ai oublié la Vierge, les vaches et ma colère. Ça fait du bien de s'oublier. Tellement de bien.

Au bout d'une heure de cueillette, Sankara m'a demandé :

— Combien tu me payes pour ce travail épuisant ?

— Tu veux combien ?

— Je veux goûter à tes croquettes et à tes omelettes.

Le silence est tombé entre nous comme une roche dans un étang. Jamais dans cent ans je ne pourrais l'inviter dans notre maison remplie à craquer de statues, d'images saintes et de chapelets. Dans notre maison qui empeste l'encens et le fumier. Avec mon père qui ne parle pas et ma mère qui ne parle que de la Vierge.

— Je… euh…

— Tu as peur de rater tes croquettes ? De brûler ton omelette ?

Devant mon air catastrophé, il a cessé de blaguer.

— C'est si compliqué que ça chez toi ?

J'ai fait oui de la tête.

— Et si tu venais chez mon oncle pour cuisiner tes plats au pissenlit ? Je serais ton marmiton.

Il s'est mis à genoux devant moi, les mains jointes et la langue sortie.

— Arrête tes simagrées, tu as l'air d'un bouffon.

Je lui ai tendu un sac de papier vide.

— Tiens. Remplis ça.

— Encore un ?!

— Pour préparer une omelette et des croquettes, il me faut plus de pissenlits.

Il a ri. Comme ça. Pour rien.

J'ai ri aussi. Comme ça. Pour rien.

Chapitre 10

Une vache qui se balance

Quand j'ai quitté Sankara, après deux heures de pur bonheur dans le champ de pissenlits, je croyais que plus rien ne pourrait jamais étouffer ma bonne humeur. Ni la mine renfrognée de Clovis. Ni l'air absent de Clothilde.

Erreur.

Grave erreur.

En entrant dans l'étable, j'ai tout de suite remarqué la stalle de Léontine. Vide. Je suis sortie en courant par la porte de derrière. Clovis et Léontine étaient dehors.

Suspendue dans un harnais, la vache catégorie « Excellente » se balançait à quelques centimètres du sol. Assis à côté d'elle sur un tabouret, Clovis la trayait à la main, d'un air lugubre.

Au revoir la bonne humeur. Bonjour les soucis.

Distraite par mes sorties avec Sankara, je ne m'étais pas rendu compte que Léontine ne se levait plus depuis plusieurs jours. Quand une vache reste couchée trop longtemps, ça nuit à sa circulation sanguine et ça peut même endommager des muscles ou des nerfs. Il faut alors la soulever mécaniquement.

C'est plus facile de lever une vache malade si elle est dehors que si elle est dans sa stalle. Mais une vache qu'on sort à l'extérieur cause un surplus de travail. Beaucoup de travail. Il faut transporter son foin, son maïs, son eau... C'est long et lourd et pénible.

— Pourquoi tu la trais à la main ?

— Mammite, a marmonné mon père.

J'ai jeté un coup d'œil dans le seau, à moitié rempli de lait jaunâtre et grumeleux. Deux signes indéniables de cette maladie. Et si Léontine avait de la difficulté à se lever, c'est qu'elle avait encore la fièvre de lait.

— Le calcium n'a pas fait effet ?

Il a secoué la tête.

— Tu vas appeler le vétérinaire ?

— Demain, si ça ne va pas mieux.

Chaque fois qu'il a une vache malade, mon père répète la même erreur. Il retarde le moment d'appeler le vétérinaire. Il pense toujours qu'il peut la soigner lui-même et il cherche à épargner ses sous… En bout de ligne, ça finit souvent par lui coûter cher.

J'ai commencé la traite sans Clovis. Par trois fois, Honorine a tenté de me donner un coup de sabot. Je lui aurais bien mis l'entrave anti-ruades, mais Clovis ne voulait pas que j'y touche. J'ai décidé de la laisser pour mon père. Quand j'ai voulu mettre la trayeuse à Delphine, elle aussi a tenté de me donner un coup de sabot. Delphine ! Notre danseuse ! Les vaches devaient sentir l'inquiétude de Clovis. Ça les rendait nerveuses.

Mon père a passé plus de trente minutes dehors avec Léontine. Il lui a apporté du foin et de l'eau. Il lui a mis de la moulée parfumée à la vanille, pour l'inciter à manger. Il le faisait avec une minutie pointilleuse, une patience de maman-gâteau.

Je pourrais tenter d'attirer l'attention de mon père. Je pourrais, par exemple, mettre des pissenlits marinés sur son omelette. Lui montrer les premiers chapitres de mon Encyclopédie du Pissenlit. Lui dire qu'à la polyvalente, je suis la risée de tous. Lui avouer que je sors la nuit pour gribouiller des graffitis…

Je pourrais tenter tout ça mais je ne le ferai pas. J'ai trop peur que Clovis réagisse en marmotte. Qu'il disparaisse dans son trou. Pffft !

La guerre aux graffitis

Je ne lis jamais l'hebdomadaire du village. Pourquoi perdre mon temps avec cette feuille de chou remplie d'articles quétaines et de photos de gens que je ne peux pas sentir ?

Sauf que ce matin, quand Clothilde a laissé le journal sur la table, mon œil a été attiré par une photo en noir et blanc. Ce n'était pas un gros plan, comme si le photographe avait gardé ses distances, de peur d'offusquer. Sur le mur de l'hôtel de ville, mon graffiti avait l'air de chiures de mouches.

Le titre, lui, avait meilleure allure. Grosses lettres noires. Pleine largeur de page.

GRAFFITIS SUR LES ÉDIFICES PUBLICS DU VILLAGE

Par Pierre Gaboury

Des voyous s'amusent à défigurer les édifices publics de Sainte-Cunégonde-du-

Cap-Perdu. Les vandales se sont d'abord attaqués à l'hôtel de ville, puis ensuite à l'église. Tout porte à croire que les graffitis sont effectués par la même personne ou le même groupe, car chaque gribouillage est signé de la même façon : un ballon au bout d'une corde.

Quelle cruche, ce journaliste ! Prendre un pissenlit pour un ballon !

Outré de ces actes destructeurs, le maire du village, Fernand Fauchon, a prévenu la police, qui a promis d'ouvrir l'œil.

« Je vis dans ce village depuis cinquante ans et c'est la première fois que je vois un tel vandalisme. C'est honteux. Nos édifices publics ne doivent pas servir de papier à dessin pour les délinquants. Nous allons finir par pincer ces petits vauriens et je leur ferai nettoyer les graffitis avec une brosse à dents », a déclaré le maire.

Celui-ci offre d'ailleurs une récompense de 500 $ à quiconque pourra fournir des renseignements qui conduiraient à l'arrestation des coupables.

Message #3

Rendez-vous : jeudi soir, minuit, au parc de Sainte-Cunégonde.

Cible : la maison d'un certain Face-de-Furoncles.

Obstacle : Brutus, un bouledogue féroce comme trois, les crocs aussi longs que des couteaux, qui aboie frénétiquement dès qu'un visiteur s'approche de la maison.

Question : Des suggestions pour neutraliser – au moins temporairement – ce molosse ?

M.

Message #4

Chère Miss Pissenlit,

Merci de ta confiance. Voici quelques suggestions pour neutraliser temporairement ce brutal Brutus :

① Un chiffon imbibé de chloroforme : Ça fait très Sherlock Holmes, non ? Mais où trouver

du chloroforme dans ce cul du
monde — oups, pardon — à
Sainte-Cunégonde?
— Suggestion 1 éliminée.

(2) Un steak mariné dans du
jus de tranquillisants. Mais
comment acheter des tran-
quillisants sans éveiller la
curiosité des commères? Sans

compter que le steak coûte cher
et que le Brutus en question
ne mérite pas un tel festin.
— Suggestion 2 éliminée.

(3) Mollassonne, la chienne de Coco.
Tu hausses les sourcils, sceptique
demoiselle? Tu te demandes
comment une chienne plus
molle que de la guimauve et
plus lente qu'une tortue
arthritique pourrait rendre un
bouledogue hargneux aussi

inoffensif qu'un chiot de deux jours?

La réponse est aussi claire qu'un pissenlit jaune sur une pelouse verte: notre chère Mollassonne est en chaleur. Depuis une semaine, tous les chiens du voisinage se battent pour le privilège de se coller contre notre belle indolente.

— Suggestion 3 retenue.

Ton admirateur dévoué.

S.

P.-S. Je compte les heures qui me séparent de notre prochain rendez-vous...

Tant pis pour les galanteries

Quand j'ai vu sa tuque rouge au loin, j'ai eu envie de me mettre à courir. Vers lui. Mais je me suis retenue. Sankara m'attendait dans le parc, appuyé contre la glissoire rouillée que j'avais bourrée de coups de poings deux semaines plus tôt. Il s'est avancé vers moi avec son sourire immense, sa démarche guillerette, l'air d'un gamin en route pour aller voir son premier concert rock. Ça m'a donné envie de chanter, moi qui ne chante jamais.

La chienne de Coco le suivait en se dandinant. Avec son arrière-train aussi large qu'une porte de garage et ses bourrelets ballotants, Molassonne méritait tout à fait son nom. Son pelage caramel luisant de santé donnait toutefois envie de la flatter.

Sankara a soupesé mon sac à dos.

— Les armes du crime ?

— Ouais. Allons-y.

Nous avons marché vers la sortie du village, en essayant de voir la lune qui jouait à cache-cache derrière les nuages charbonneux. Des nuages gras, gonflés à bloc. L'orage nous guettait.

La maison du maire Fauchon se dissimulait derrière une haute haie de cèdres, comme si elle avait honte de son allure. Il faut dire que le pauvre bungalow, peint en vert caca d'oie, avait autant d'attrait qu'une pustule au front. Non content de défigurer l'hôtel de ville avec cette couleur vomitive, le maire s'était aussi servi de la peinture payée par les contribuables pour enlaidir sa propre demeure. Même la niche de son chien en avait hérité. Pas étonnant que le Brutus soit toujours d'humeur massacrante...

Dès que nous avons mis le pied dans la cour, le bouledogue s'est mis à japper comme un forcené et à sauter au bout de sa chaîne. Sankara a enlevé sa laisse à Molassonne et, d'une claque amicale au derrière, l'a envoyée dans la gueule du loup.

— Vas-y ma grosse ! Fais-le taire.

En apercevant la chienne, Brutus a cessé d'aboyer et s'est mis à gémir, à se trémousser. Il tirait sur sa chaîne avec une telle force que je me suis demandé s'il allait s'étrangler. Lorsque l'épagneule a été assez proche, Brutus lui a sauté dessus. Tant pis pour les galanteries. Tel maître, telle bête : le chien du maire Fauchon ne s'encombrait pas de politesses. La pauvre Molassonne a subi l'assaut d'un air patient et résigné. Tel maître, telle bête : la chienne de Coco était vraiment trop bonasse.

Tout à coup, un éclair a déchiré le ciel en deux. Le tonnerre a joué de sa grosse caisse. Trente secondes plus tard, une pluie drue s'est abattue sur nous. J'ai vu les lèvres de Sankara remuer mais le bruit de la pluie enterrait sa voix. Il a approché sa bouche de mon oreille et a répété :

— Brutus est neutralisé pour un moment. On y va ?

Je suis restée aussi immobile qu'une statue. Sankara m'a jeté un regard surpris.

— As-tu changé d'idée ?

Je n'ai pas répondu. Comment lui expliquer que je ne me comprenais pas moi-même ? Pour mes premiers graffitis, j'avais eu peur aussi. Une peur brute qui fait trembler les mains et donne des crampes au ventre. Ce soir, quelque chose de plus subtil me paralysait. Un mauvais pressentiment. L'impression de commettre un acte que j'allais regretter.

Je me suis forcée à penser au ton méprisant de Face-de-Furoncles quand il parlait à ma mère. À la mine consternée de Clothilde. Non, je ne pouvais pas reculer maintenant.

— O.K. On y va.

Deux lampes, accrochées aux corniches du perron, éclairaient la façade de la maison. Pour dessiner mon graffiti, je devrais pénétrer dans ce cercle de lumière. Heureusement, la haie de cèdres dissimulait la maison de la route.

Pendant que Sankara faisait le guet à l'entrée, j'ai avancé à petits pas. Courbée en deux jusqu'à la porte. Une belle porte en bois sculpté, qui tranchait sur le vert caca d'oie. Dommage de gâcher le seul élément potable de cette verrue de maison, mais c'est justement parce que la porte était attrayante que j'avais décidé de la ruiner.

J'ai tracé mon message. Mes mains tremblaient. Pour travailler plus vite, j'ai enlevé mes mitaines mouillées. J'avais presque terminé lorsque Sankara m'a saisie brusquement par les bras et m'a tirée vers le sol. Une lumière venait de s'allumer dans la maison.

Accroupis contre la porte, nous avons attendus. Aussi immobiles que des statues de marbre. Si le maire avait ouvert à ce moment-là, nous aurions déboulé directement dans son salon. Deux crétins pris en flagrant délit.

Malgré le danger, malgré ma peur, malgré le froid, je ne pensais qu'aux mains de Sankara posées sur mes bras. Qu'à sa respiration haletante au-dessus de ma tête. Qu'à son corps, si proche.

Combien de temps sommes-nous restés comme ça, dans cette position si délicieusement inconfortable ? Pas aussi longtemps que je l'aurais souhaité. La lumière s'est éteinte et Sankara m'a chuchoté.

— Le maire a fini son pipi de minuit.

Son commentaire a déclenché une crise de fou rire. Nos ricanements étouffés faisaient tressauter nos épaules qui se touchaient. J'aurais pu rire ainsi toute la nuit.

J'ai tracé les dernières lettres et j'ai dessiné mon pissenlit à toute vitesse. Puis nous sommes retournés nous cacher derrière la haie de cèdres. Les deux lumières éclairaient parfaitement mon graffiti, qui s'étalait d'un bord à l'autre de la porte.

FACE-DE-FURONCLES : TA MÉCHANCETÉ EMPESTE TELLEMENT QU'AUCUNE FEMME NE VOUDRA JAMAIS DE TOI.

Sankara s'est tourné vers moi :

— Miss Pissenlit sait comment piquer pour que ça saigne.

— Si tu savais combien de gens Fernand Fauchon a fait saigner…

Ma vengeance consommée, je n'avais qu'une envie : quitter la cour du maire. Brutus n'avait cependant pas terminé ses épanchements. Toujours arc-bouté sur l'arrière-train de Molassonne, il poursuivait son déhanchement frénétique.

— Si on essaie de l'interrompre, il pourrait nous mordre, a dit Sankara.

Grelottant derrière les cèdres, nous avons donc attendu la fin des simagrées de la brute. Je ne sentais plus mes orteils. J'ai soufflé dans mes mains pour les réchauffer.

— Où sont tes mitaines ? a demandé Sankara.

— Dans ma poche. Trop mouillées.

Il m'a tendu ses gants de cuir.

— Non, tu grelottes toi-même !

Il m'a forcé à les prendre. J'ai glissé mes mains dans ses gants. Mes doigts se sont blottis dans les courbes laissées par ses doigts. Dans la chaleur laissée par sa peau.

Dès que Brutus a daigné libérer Molassonne, Sankara a appelé doucement l'épagneule. Elle a trotté docilement vers lui. Il a sorti des biscuits de sa poche, qu'elle a croqués d'un seul coup.

Nous sommes repartis tous les trois sous la pluie. En m'éloignant de la maison du maire, je me suis dit que plus jamais je ne me laisserais humilier ou effrayer par Face-de-Furoncles.

J'allais vite découvrir qu'il ne faut jamais dire jamais.

Mains chaudes sur
blocs de glace

À l'entrée du village, Sankara m'a demandé si je voulais venir me réchauffer dans son château.

— Il est déjà tard…

— À ce que je sache, tu n'as pas de carrosse qui va se transformer en citrouille.

La politesse aurait voulu que je rie de sa blague. Mais le vert caca d'oie de la maison du maire Fauchon et l'agressivité de Brutus avaient déteint sur mon humeur. Je n'arrivais pas à me débarrasser de ce sentiment d'un malheur qui rôdait. J'avais un point au plexus. Comme au temps de la Catastrophe.

— J'ai du chocolat chaud dans mon thermos, a insisté Sankara.

Je n'avais pas assez d'énergie pour refuser. Je l'ai suivi. La lune continuait de bouder derrière les nuages. La pluie s'était changée en une petite grêle qui nous fouettait le visage. Nous marchions courbés à la façon des bossus. Molassonne traînait de la patte.

Même si la remise sentait toujours le moisi, ça été un soulagement de se mettre à l'abri. Sankara a allumé la lampe-tempête et la chaufferette. L'odeur de gaz a aussitôt envahi la pièce. Il m'a tendu une couverture souillée de taches douteuses.

— Désolé, c'est ce que j'ai pu trouver de plus propre.

— Toi aussi tu as froid.

— J'ai tout ce qu'il faut pour nous réchauffer. Installe-toi dans le fauteuil royal.

J'ai enlevé mon manteau mouillé et je me suis laissée tomber dans le banc à demi défoncé.

— Tu dois avoir les pieds trempés. Enlève tes bottes.

Sankara a enlevé sa tuque et son manteau. Après m'avoir servi une tasse de chocolat chaud, il a versé un bol d'eau à Molassonne et lui a tendu un vieil os de plastique.

J'ai réchauffé mes doigts contre la tasse de métal. J'ai plongé mon nez dans la vapeur tiède du chocolat. J'ai goûté. Encore trop sucré. Le ronronnement de la lampe-tempête m'a apaisée et j'ai cessé de grelotter. Le malaise qui me taraudait depuis le début de la soirée m'a enfin lâchée.

Sankara s'est assis à même le sol sur un vieux coussin, dos appuyé contre le mur. J'aurais voulu qu'il s'installe moins loin de moi.

— Il n'y a plus de colère dans tes yeux. La vengeance a un effet apaisant ?

— Ça redonne un peu de dignité.

J'ai laissé planer un moment de silence. On n'entendait plus que Molassonne qui mâchouillait son os en produisant des bruits dégoûtants.

— Je ne suis ni Noir, ni Blanc. Être en marge, je sais ce que c'est.

J'ai pensé au commentaire désobligeant de Fernand Fauchon sur les étrangers à peau noire. J'espérais que Sankara n'en avait pas eu vent.

Le Grand Frisé me regardait. Dans ses yeux, j'ai vu quelque chose qui ressemblait à de l'empathie. J'ai tout de suite compris qu'il était au courant de la Catastrophe.

— Coco t'a raconté ?

Il a fait oui de la tête.

Au moins, avec Coco, Sankara aura eu la version juste de l'histoire. Alors que s'il l'avait appris du curé Barnabé, du maire Fauchon ou des commères malveillantes, il aurait eu la version amplifiée ou tordue. Une version où Clothilde joue le rôle de la méchante manipulatrice, de la misérable menteuse.

En pensant à la hargne des gens du village, ma lèvre s'est mise à trembler. J'ai recommencé à grelotter. Sankara s'est approché.

— Tes bas aussi sont mouillés.

Il me les a enlevés. Lentement. Délicatement. Comme s'il touchait une grande brûlée. Ses mains chaudes se sont refermées autour de mes deux blocs de glace.

— Non Sankara… Je… Euh…

J'avais peur que mes pieds puent. Que mes ongles d'orteils soient trop longs ou trop sales. J'ai tenté de résister, mais, il a encore gagné.

— Laisse-moi faire.

Il a frictionné mes pieds. Ça m'a fait bizarre. On ne m'avait pas touchée depuis des siècles.

Depuis très longtemps, mon seul contact physique avec un être vivant, c'était le cuir de nos Holstein.

Sa tignasse bouclée était à la hauteur de mes genoux. Si proche de ma main. J'ai agrippé les bras de mon fauteuil pour résister à la tentation.

Sankara a cessé de frictionner mes pieds, mais les a gardés dans ses mains.

— Ce que je ne comprends pas, c'est que cinq ans après les événements, tout le village vous en veut encore autant.

— C'est à cause de Clothilde. Elle entretient leur rancune.

— Comment ?

J'ai hésité un instant. À part mon voisin Alex, personne à Sainte-Cunégonde n'était au courant des suites de la Catastrophe et de ce qui avait bouleversé la vie de Clothilde. Je pouvais néanmoins raconter cette histoire abracadabrante à Sankara. Un sixième sens me disait qu'il ne me trahirait pas.

A-t-il senti que ses mains m'intimidaient ? Sankara a enveloppé mes pieds dans son manteau et a repris sa place, docilement, dos contre le mur. J'avais de nouveau froid. Je le trouvais trop loin de moi. J'aurais voulu peser sur un bouton et rembobiner.

— Je peux t'expliquer la rancune, mais l'histoire est bizarre. Ça t'intéresse vraiment ?

— Les histoires bizarres m'intéressent toujours.

Allergique aux miracles

Quand les tests de laboratoire ont révélé que les larmes de la statue étaient faites d'huile végétale, j'ai cru que chez nous, ce serait le retour à la normale.

Erreur.

Grave erreur.

Clothilde sanglotait à longueur de journée devant la statue de la Vierge. Qui aurait cru que le corps humain pouvait contenir tant de larmes ?

Clovis a tourné pendant une semaine autour de Clothilde, à la regarder pleurer, avant de finalement réagir. Après lui avoir fait boire du thé aux somnifères, il a apporté la statue de la Vierge derrière l'étable et l'a démolie à grands coups de masse.

Sa statue disparue, Clothilde a cessé de pleurer. Sauf qu'elle a aussi cessé de manger. « Je veux mourir », nous a-t-elle annoncé, comme on dit « je veux aller au cinéma ». Clovis a eu beau cajoler, supplier, menacer, elle s'est entêtée dans sa grève de la faim.

Heureusement, Alex est venu à la rescousse. Il s'est pointé chez nous avec un pâté chinois (la seule chose qu'il sait cuisiner) que ma mère s'est acharnée à repousser. Jusqu'à ce que notre voisin, sans le savoir, lui présente l'argument clé :

— Marie ne s'est pas suicidée quand Jésus a été crucifié.

Je n'ai jamais compris pourquoi, mais ce commentaire a créé un déclic chez Clothilde. Elle a mangé un peu de soupe et s'est laissée conduire chez le médecin.

À l'hôpital, coup de théâtre : la tumeur au sein avait disparu. Le médecin a fait refaire deux fois les rayons X. Même résultat à chaque fois. Plus aucun signe de cancer. Cette fois, c'est mon père qui pleurait. Ma mère triomphait : « Je vous l'avais dit que la Vierge veillait sur moi », répétait-elle à qui voulait l'entendre.

Sankara a froncé les sourcils d'un air incrédule.

— Comment le médecin a-t-il expliqué ça ?

— Le pauvre docteur était ahuri. Il a fait des recherches, consulté ses collègues… Impossible de trouver d'explication rationnelle. À chaque année depuis cinq ans, ma mère passe une batterie de tests. On n'a jamais retrouvé la plus petite trace de cancer dans son corps.

Sankara a sifflé doucement.

— Un miracle ?

J'ai levé la main.

— Aaaahhh non ! Pas ça, s'il te plaît ! Après le fiasco avec la Vierge aux larmes de sang, je suis allergique au mot « miracle ». Je préfère employer le mot « mystère » pour décrire le cas de ma mère.

— Avez-vous pensé à raconter cette histoire aux médias ?

— Alex a beaucoup insisté pour qu'on appelle les journalistes. Il disait qu'on devait riposter, rendre la monnaie de sa pièce à l'évêque, au maire et à tous ceux qui avaient calomnié ma mère. D'autant plus que les gens du village continuaient de nous traiter en lépreux. Clovis a refusé. Il ne voulait surtout pas relancer le cirque médiatique. Moi non plus, d'ailleurs.

Mais on n'a pas eu la paix pour autant. À cause de Clothilde... Si ma mère avait pu retenir ses ardeurs et calmer son culte de la Vierge, Sainte-Cunégonde aurait peut-être fini par nous pardonner, après quelques mois de blâme, de bouderies. Malheureusement, Clothilde n'a laissé personne oublier l'histoire de la statue.

Après sa guérison extraordinaire et inexplicable, elle a réclamé une nouvelle statue de la Vierge. Clovis a refusé. Malgré sa taille de moineau, ma mère est plus têtue qu'un taureau. Elle a trouvé une façon de se faire livrer un camion rempli de statues de toutes les tailles. Ces statues en plâtre, en porcelaine et en plastique ont envahi la maison. Puis Clothilde a commencé sa propagande dans les alentours. Elle a fait du porte-à-porte pour donner – oui, oui, donner ! – des statues de la Vierge. Évidemment, personne n'en a voulu.

À force de se faire claquer la porte au nez, Clothilde a fini par comprendre. Enfin presque. Il lui arrive encore de sortir la nuit et de laisser des statues miniatures sur le perron des maisons. Inutile de dire que ses « cadeaux » non sollicités font enrager les gens du village. Et entretiennent leur haine.

Sankara a versé le reste du chocolat chaud, plus chaud du tout, dans ma tasse.

— Je comprends mieux maintenant... tes sourires si rares...

— ...

— Ton père ne pourrait pas essayer de raisonner ta mère ?

— Ma mère est schizophrène. Elle voit toujours son psychiatre mais je ne remarque pas beaucoup de progrès. Parfois, elle oublie de prendre ses médicaments, et alors elle agit de façon encore plus détraquée.

Sankara me regardait d'un air grave. Il s'est redressé et a tendu les bras vers moi. Était-ce une invitation ? J'ai voulu me rapprocher de lui... en bougeant dans le fauteuil royal, mon coude a accroché ma tasse. En se levant pour éponger le chocolat chaud, Sankara a marché sur la queue de Molassonne. Réveillée en sursaut, la chienne a poussé un jappement offusqué. Moi et ma foutue maladresse ! Je venais de perdre ma chance de sentir autour de moi les bras de Sankara.

J'aurais payé cher pour passer le reste de la nuit dans cette remise déglinguée. Cependant, il fallait que je rentre. J'ai désentortillé mes pieds de son manteau et j'ai remis mes bas. Sankara a protesté mollement.

— Tu ne peux pas partir, ton manteau n'est pas encore sec.

— S'il faut que j'attende que ça sèche, je serai ici pendant trois jours…

— Même au bout de trois jours dans ce château, je parie qu'on aurait encore un tas de choses à se raconter.

Inutile de parier. Je pensais la même chose que lui.

L'art d'assassiner une conversation

En sortant de la remise, un frisson m'a traversé le corps. De l'échine aux orteils. Il ne pleuvait plus mais le froid semblait encore plus pénétrant. J'ai fouillé dans mes poches. Je n'ai trouvé qu'une seule mitaine de laine. Sankara m'a tendu ses gants.

— Et toi ?

— J'ai des poches profondes.

On a fait le reste du trajet en silence. Les nuages avaient libéré un grand pan de ciel. Une flopée d'étoiles me faisait des clins d'œil. Malgré le froid et la fatigue, j'avais le pas léger. J'avais envie de siffler. Je n'en revenais pas d'avoir raconté la Catastrophe au complet. Je voulais remercier Sankara de m'avoir écoutée avec tant de patience, sauf que je ne savais pas comment.

Je me suis dit que je ne le laisserais pas partir avant de l'embrasser. Un baiser tout simple, pour lui montrer à quel point il me faisait du bien.

Dans la baie vitrée de notre salon, la lueur des chandelles tremblotait. Je devrais donc me faufiler par la porte du côté, que j'avais déverrouillée avant de partir.

— C'est quoi ces lueurs ? m'a demandé Sankara.

— La nuit, ma mère fait brûler des lampions devant ses millions de statues de la Vierge.

— C'est dangereux pour le feu, non ?

— Dès que ma mère dort, Clovis se charge de les éteindre.

Il m'a jeté un regard intrigué.

— Pourquoi tu dis toujours Clovis au lieu de papa ?

— Je ne l'appelle jamais papa. Il ne le mérite pas.

Ma réponse l'a gêné. Sankara a examiné la boue sur ses bottes. J'avais vraiment du talent pour assassiner les conversations.

— On se revoit quand, Miss Pissenlit ?

— Bientôt.

J'ai répondu distraitement, préoccupée par deux questions beaucoup plus importantes : faudrait-il que je me dresse sur le bout des pieds pour l'embrasser ? Devrais-je viser les joues ou la bouche ?

— Tu as déjà identifié ta prochaine victime ? m'a demandé Sankara.

— Non. Ce soir, j'ai fait mon dernier graffiti.

— Vraiment ?

— Vraiment.

J'étais la première étonnée de ma réponse, sortie spontanément.

— Dans ce cas-là, on pourrait retourner à la cueillette des pissenlits. N'oublie pas que tu me dois une omelette et des croquettes.

Je lui ai donné ses gants et il a fait demi-tour. Je l'ai laissé partir. Sans un mot. Sans un baiser.

Lâche.

Tandis qu'il s'éloignait sur le chemin, une touffe jaune a attiré mon attention. J'ai arraché les pissenlits d'un geste sec, puis j'ai couru pour le rattraper.

— Sankara ! Attends !

J'ai fourré les pissenlits dans la poche de son manteau et je suis repartie en courant.

Le croque-mort est mort

Je suis entrée le plus doucement possible dans la maison silencieuse. Par la fenêtre de la cuisine, j'ai vu de la lumière dans l'étable. Clovis devait veiller Léontine.

J'ai enlevé mon costume de croque-mort au sous-sol et j'ai mis le tout dans un grand sac poubelle que j'ai caché derrière la fournaise. Terminée, ma carrière de graffiteuse. Avec ma marque sur la porte du maire, mon goût de vengeance s'était volatilisé. J'avais maintenant mieux à faire…

Avant de me coucher, je me suis brossé les dents en prenant soin de ne pas me mouiller les mains. Je voulais garder sur mes doigts l'odeur de Sankara.

Deux façons de faire des bébés

Le lendemain matin, j'ai eu toutes les misères du monde à me lever. Les cours de l'avant-midi m'ont semblé aussi interminables qu'un printemps sans pissenlits. Je ne pouvais et ne voulais penser à rien d'autre qu'à Sankara. Dans le cours d'histoire, après dîner, j'avais une envie désespérante de dormir. Plutôt que de roupiller sur mon pupitre, j'ai sorti de mon sac à dos un de mes chapitres de ma Grande Encyclopédie.

C'est bien connu, le sexe fait vendre. Montrez des seins à la une d'un magazine et vous avez un parfait hameçon. Les consommateurs mordent et le tirage monte. Avec cette logique à l'esprit, j'ai décidé de chambarder la table des matières de mon Encyclopédie pour présenter dès le début le système reproducteur des pissenlits. De cette façon, j'aurai l'assurance que le lecteur lira au moins le chapitre 1.

Côté reproduction, le pissenlit occupe une place unique dans la nature. En effet, combien de plantes peuvent se vanter de pouvoir se reproduire de deux façons différentes ? Le pissenlit, lui, le peut. Parce que ses pétales sont en fait des organes mâles et femelles. On appelle ça un hermaphrodite.

Pour annoncer aux gars qu'elles sont disponibles et intéressées, les filles de mon école enfilent leur jupe archi courte et se beurrent le visage d'une épaisse couche de maquillage. Le pissenlit fait la même chose. Lorsqu'il est prêt pour la pollinisation, il déploie bien haut sa robe jaune. Cette couleur a l'effet d'une affiche lumineuse sur les insectes, qui viennent se gaver de nectar. En butinant, les abeilles et les papillons se frottent au pollen qui leur colle aux fesses et se répand sur les organes femelles du pissenlit. Et hop! le voilà fécondé.

La fécondation donne naissance à un fruit, l'akène, qui ressemble à un parachute de duvet. Le vent transporte l'akène, parfois tout près, parfois à l'autre bout du monde. Quand il finit par tomber sur le sol, son système de racine se met au travail pour créer un nouveau pissenlit.

Le pissenlit peut aussi se reproduire de façon asexuée. Nettement moins poétique, mais ça marche. Dans le jargon, ça s'appelle l'apomixie et c'est très rare chez les plantes. Au lieu d'attendre qu'un papillon disperse son pollen, le pissenlit produit des graines génétiquement identiques à la plante mère. Ces clones s'envolent dans l'air et vont faire d'autres pissenlits. On dirait de la science-fiction, non ?

J'ai déjà tenté d'expliquer l'apomixie à Clothilde. Je voulais lui montrer que les pissenlits et la Sainte Vierge avaient quelque chose en commun. Évidemment, je n'ai pas capté son attention très longtemps. Ma mère ne s'intéresse ni aux pissenlits, ni à la sexualité.

Certains jours, j'ai l'impression d'être moi-même un produit de l'apomixie. Je n'ai jamais – JAMAIS ! – vu mes parents s'embrasser. Même pas à Noël ! Ils ne dorment plus dans la même chambre depuis des années. Clovis prétend qu'il ne veut pas réveiller ma mère quand il se lève avant le soleil pour aller faire la traite. Moi, je crois plutôt qu'il a envie de dormir dans une chambre sans statues de la Vierge.

Comprenons-nous bien : je ne tiens pas à ce que mes parents aient une vie sexuelle débridée ; je m'inquiète plutôt pour moi. Et si j'avais hérité de leur tendance asexuée ? Les gars m'ennuient ou m'énervent. Je suis pourtant à l'âge où je devrais avoir les hormones au plafond. Sauf que rien ne vibre chez moi, ni en haut, ni en bas.

Côté sexe, je comprends bien la méca-nique de la chose. Certainement pas grâce à Clothilde ou à Clovis, qui ne m'ont jamais soufflé mot là-dessus. Sur cette question, Alex, qui n'a aucun lien de sang avec moi, a fait plus que mes propres parents. Quand j'ai eu treize ans, mon voisin m'a offert un gâteau au chocolat congelé dans une barquette et une enveloppe contenant quatre dépliants sur des sujets « fascinants » : les menstruations, la masturbation, la contraception et les MTS. Je n'ai pas osé poser de questions, car Alex m'avait prévenu d'un ton catégorique : « Je ne peux pas parler de ces choses-là. »

Donc, pour la mécanique, ça allait. C'est plus pour le reste que ça clochait. Des désirs sexuels, j'en avais autant qu'un iceberg.

Enfin… jusqu'à tout récemment. Jusqu'à ce que le neveu de Coco Popcorn s'amène à Sainte-Cunégonde-du-Cap-Perdu. Grâce à lui, j'ai compris que je n'étais pas la Belle au bois dormant, mais plutôt une fille à l'imagination endormie. Sankara l'a réveillée. Je ne suis plus un congélateur mais plutôt un poêle à combustion lente…

Dès que l'autobus scolaire m'a ramenée de la poly, j'ai enfourché mon vélo pour aller livrer un message à Sankara.

Message #5

Au Grand Frisé.

C'était la première fois que je parlais de
la guérison étrange de ma mère.

Merci de m'avoir écoutée.

Merci de m'avoir réchauffée.

Et je ne parle pas juste de mes pieds.

M.

Chapitre 11

Furoncles en furie

La Vierge ne finira donc jamais d'attirer le malheur chez nous ? À cause d'elle (encore et toujours !), le maire Fauchon a débarqué à la maison. Quand j'ai vu sa voiture dans la cour, en rentrant de la bibliothèque, j'ai tout de suite su que nous allions passer un mauvais quart d'heure. Enfin, que j'allais passer un mauvais quart d'heure…

J'ai trouvé le maire assis à califourchon sur une de nos chaises de cuisine. Tel un vieux cow-boy boutonneux. Fernand Fauchon gesticulait devant mes parents, qui avaient l'air penaud de deux élèves en retenue. En m'apercevant, Face-de-Furoncles s'est levé et a brandi dans les airs ma mitaine de laine noire.

— C'est à toi ça ?

J'ai figé de surprise. De peur aussi. Une peur qui m'a prise à la gorge et m'a étouffée, avec la violence d'une crise d'asthme. Aussi excité que son bouledogue, le maire ne m'a pas laissé le temps de répondre.

— J'ai trouvé ça ce matin sur mon perron.

Impossible de nier d'où venait cette mitaine, surtout avec la médaille cousue au poignet… Comment avais-je pu être assez stupide pour l'échapper chez lui ?

— Ta mère a reconnu qu'elle avait tricoté cette mitaine.

— Et ?

Je ne cherchais pas à faire l'effrontée mais plutôt à masquer ma nervosité. Et je ne savais tout simplement pas quoi dire. Ça l'a énervé encore plus. En furie, Face-de-Furoncles s'est précipité vers moi et a agité la mitaine à deux centimètres de mon nez.

— Tu vois cette tache jaune ? C'est de la peinture.

Dans sa colère, il postillonnait. J'ai jugé plus prudent de reculer.

— Hier soir, des voyous ont fait un graffiti – en peinture JAUNE – sur la porte de ma maison. Une porte en chêne, qui m'a coûté une FORTUNE.

Il a enlevé sa casquette et gratté fébrilement son crâne chauve. Dans la lumière crue de la cuisine, ses furoncles luisaient de sueur. Il a haussé le ton.

— Ma nouvelle porte est ruinée. Je veux savoir qui a fait ça !

Clothilde s'est mise à trembler. Clovis a pris les mains de ma mère dans les siennes.

Pour gagner du temps, j'ai décidé de jouer la carte de l'innocence. Ça m'a semblé la meilleure tactique.

— Je ne sais pas de quoi vous parlez.

Il a donné un coup de poing sur la table. Clovis et Clothilde ont sursauté.

— Menteuse !

Il a craché le mot avec tant de conviction, tant de venin, qu'il m'a fallu tout mon courage pour ne pas me sauver à toute vitesse.

Clothilde s'est mise à réciter tout bas le « Je vous salue Marie ». Clovis l'a conduite dans sa chambre, a refermé la porte et est revenu dans la cuisine. Peut-être pour se donner du courage, mon père a posé ses mains sur le dossier d'une chaise.

— Ce n'est pas parce que vous trouvez une… une mitaine avec une médaille de la Vierge dans votre cour, que ça vient de chez nous ou… ou que… c'est Manouane qui la portait.

Nerveux, Clovis bégayait presque autant que Bobby Babin.

— Manouane, c'est une… bonne fille. Elle… elle ne ferait pas quelque chose… comme ça.

Il a poussé un long soupir, épuisé par cette éloquente déclaration. J'aurais dû me réjouir qu'il se porte à ma défense. Pour une fois. Sauf que je l'ai trouvé pathétique.

Du haut de ses six pieds, Fernand Fauchon a fixé mon père d'un air méprisant. Une autre tactique d'intimidation qu'il pratiquait sans doute devant son miroir.

— Si ta fille ne veut rien me dire sur ses activités de graffiteuse, elle pourra en parler directement à la police.

Haussant le ton, Fauchon a ajouté :

— Je n'ai pas dit mon dernier mot !

Fidèle à son habitude, le maire est sorti en claquant la porte.

L'homme démoli

En fin d'après-midi, je suis allée rejoindre Clovis à l'étable. Nous avons travaillé dans le silence le plus total. Quand la dernière vache a été traite, Clovis a finalement posé la question que j'attendais. J'avais eu tout le temps nécessaire de préparer ma réponse.

— Es-tu au courant de cette histoire de graffiti ?

— Non.

— As-tu vu la mitaine dont il parle ?

— Clothilde a cousu tant de médailles de la Vierge sur tout et n'importe quoi. Je ne me souviens même pas de ces mitaines…

C'est facile de mentir à quelqu'un qui ne nous regarde jamais dans les yeux. Clovis a hoché la tête d'un air accablé.

— Les accusations du maire ne tiennent pas debout. Je sais que tu ne ferais jamais ça.

J'ai eu un pincement de honte. Pour une fois qu'il disait tout haut sa loyauté, je ne la méritais pas.

J'ai nettoyé les stalles sans couper les coins ronds. En plus de ramasser la merde sur le plancher de ciment, j'ai gratté, gratté fort et dur, en jouant des muscles. Ça me défoulait de la tension accumulée. C'était aussi une façon détournée de me faire pardonner mon mensonge. Même si mon père ne verrait pas la différence.

Clovis est sorti s'occuper de Léontine. Il la soulève avec le lève-vache plusieurs fois par jour. Il la trait à la main, au moins aux cinq heures, pour soulager la pression sur le pis. Il venait à peine de commencer lorsque le vétérinaire est arrivé.

Le docteur Landry, un gros homme aux joues rouges et rebondies comme des pommes, a examiné longuement notre seule et unique vache de catégorie «Excellente». Il a écouté le cœur et les poumons avec un stéthoscope. Il a pris un échantillon de lait. Il a aussi posé des tonnes de questions. Clovis a répondu d'un ton brusque. Il trouvait cet interrogatoire insultant. Dès qu'une de ses vaches a un bobo quelconque, mon père se sent personnellement insulté. Comme s'il n'était pas un bon producteur laitier.

Le vétérinaire a fait une prise de sang pour déterminer le taux de calcium de Léontine.

— J'ai l'impression que l'infection dans son trayon l'empêche d'absorber le calcium que tu lui as donné. Ce qui explique qu'elle soit si faible. Il faut continuer à la lever plusieurs fois par jour pour éviter les…

— Je ne suis pas né hier, l'a interrompu Clovis. Je sais !

Le vétérinaire a levé les deux paumes en signe de paix. Il doit avoir l'habitude de gérer les montées de lait des agriculteurs frustrés. Il a rassemblé les échantillons de sang, d'urine et de lait de Léontine.

— Dès que j'ai les résultats du laboratoire, je te donne un coup de fil.

Clovis n'a pas raccompagné le vétérinaire jusqu'à sa voiture. Il est resté assis sur un tabouret, le front appuyé contre le flanc de Léontine, qui se balançait au-dessus du sol, toute molle dans les sangles du lève-vache.

Si Alex sculptait mon père dans cette position, il n'y aurait qu'un seul titre possible pour cette statue : L'homme démoli.

Semelles de bottes marinées

Toute la soirée, j'ai mariné dans mon inquiétude. Face-de-Furoncles allait-il vraiment alerter la police ? De quoi pouvait-on m'accuser ? Est-ce que j'aurais un dossier judiciaire ?

J'ai sorti le bottin téléphonique de Sainte-Cunégonde. Il m'a fallu réfléchir pour me rappeler le nom de famille de Coco. Tremblay.

Jacques Tremblay. J'ai trouvé facilement son numéro.

J'ai tourné autour du téléphone pendant une demi-heure. Finalement, j'ai cédé. Je ne pouvais pas attendre jusqu'à demain pour avoir accès à un ordinateur de la bibliothèque. Je me suis enfermée dans ma chambre et j'ai composé le numéro.

— Allô?

En entendant la voix de Sankara, j'ai eu un soupir de soulagement.

— Sankara... le maire Fauchon... est venu chez nous...

Je lui ai raconté toute l'histoire d'une seule traite. Je n'étais pas très cohérente. Pourtant, il a semblé comprendre. Il n'a pas perdu son calme.

— Le maire doit non seulement démontrer que cette mitaine t'appartient, mais aussi que c'est toi qui as fait le graffiti. Et je ne vois pas comment il pourrait faire ça. Personne ne nous a vus.

— Et je dis quoi s'il revient avec les policiers?

— Tu répètes ce que tu as déjà dit : tu n'as rien à voir avec cette histoire.

— Si jamais on trouve mes empreintes digitales sur la porte de Fauchon, est-ce que j'irai en prison ?

— Tu as lu trop de romans policiers…

— Peux-tu me rendre un service ?

— Bien sûr, Miss Pissenlit.

— Faire une recherche sur Internet pour trouver quelle peine on donne aux graffiteurs qui ont été reconnus coupables.

— J'y vais tout de suite. Je te rappelle dès que j'ai plus d'informations.

Je lui ai finalement donné mon numéro. Quinze minutes plus tard, le téléphone sonnait. Je me suis précipitée pour répondre avant mes parents.

— D'après ce que j'ai lu, la justice n'envoie pas de mineurs en prison pour des actes de vandalisme, dit Sankara. Tu ne goûteras donc pas à la bouffe de pénitencier cette année. Rassurée ?

— Pas vraiment. Même si j'évite la prison, si ça se sait que j'ai fait les graffitis, tous les journalistes du coin vont débarquer chez nous. Si les médias parlent encore de nous, mon père va disjoncter. Et je ne sais pas quel effet ça pourrait avoir sur ma mère…

— Arrête de te tourmenter, le maire n'a pas de preuves. Essaie de te changer les idées.

Tiens, pense plutôt au repas de pissenlits que tu me dois. Pourquoi pas demain soir ? Je finis tôt à la cantine. Tu viens me rejoindre chez Coco vers 18 heures ?

— D'accord.

Il a semblé surpris que j'accepte aussi facilement.

— Vraiment ?

— As-tu peur de goûter à ma cuisine ?

— Miss Pissenlit, pour pouvoir jouir de ta compagnie, je mangerais des semelles de bottes marinées dans de l'huile à moteur.

Des froufrous sur la corde à linge

Samedi matin, sitôt la traite des vaches terminée, j'ai enfourché mon vélo et je me suis sauvée de la maison. Premier arrêt : le champ du Rang 12, pour ramasser un plein sac de feuilles de pissenlit. Deuxième arrêt : *La Jolie Jarretière*. J'avais besoin d'une bonne dose du rire hennissant de Mistinguett. Je voulais penser à autre chose qu'aux prochaines actions du maire Fauchon.

J'ai ouvert la porte de la boutique et la clochette a tintinnabulé gaiement. Txiling ! Txiling ! Après avoir vérifié qu'il n'y avait pas de cliente, j'ai lancé, avec mon faux accent français :

— J'adooore le tintinnabulement de cette clochette !

Mistinguett a éclaté de rire. Elle m'a fait la bise. J'ai pris une bonne reniflée de son parfum, toujours aussi envahissant... Allez Manouane, un peu de courage, dis-lui.

— Euh... ton parfum...

— Brouillard lilas... Tu aimes ?

— Euh... oui... mais...

Txiling ! Txiling ! Sauvée par la clochette tintinnabulante. Une femme aux cheveux gris a mis un pied à l'intérieur de la boutique, jeté un coup d'œil pour ressortir aussitôt. Mistinguett a haussé les épaules.

— Tu tombes pile, j'avais justement besoin d'un coup de main pour installer ma corde à linge en vitrine.

— Une corde à linge ? Un nouveau truc de marketing ?

— Oui ma chère. Pour mieux mettre en valeur ma marchandise. Une de mes clientes m'a donné l'idée ce matin. Tu sais, la dame qui travaille à la bibliothèque.

— Yolande Flipot est venue ici ??!

— Oui, Flipot ! C'est ça. Donc, cette dame Flipot m'a raconté que dans le temps de sa grand-mère, il était interdit de suspendre les sous-vêtements des hommes et des femmes sur la même corde à linge.

— Pourquoi ?!

— Il paraît que ce n'était pas approprié. Je trouve ça trop rigolo.

Si elle savait que Clothilde fait toujours sécher nos sous-vêtements au sous-sol…

Nous avons déplacé Nénette et Zézette vers l'avant de la vitrine pour tendre la corde à linge derrière elles. Mistinguett a planté un clou dans le mur de chaque côté de la vitrine. Pendant que j'installais la corde, elle a sorti ses épingles à linge.

J'ai grimpé sur un tabouret et Mistinguett m'a tendu trois morceaux : un soutien-gorge en soie vert menthe, une camisole corset rouge pompier et une culotte bikini en dentelle noire.

— Peut-être que tu devrais aussi montrer ta marchandise légèrement moins flamboyante ? T'adapter un peu à la clientèle de Sainte-Cunégonde ?

— Je ne comprends pas la pudeur des gens d'ici. Tout le monde porte des sous-vêtements. Pas besoin d'en faire un secret d'État ! Au Japon, on peut même acheter des culottes dans des machines distributrices, comme des bonbons ou des boissons gazeuses.

Elle a fouillé dans une boîte, puis m'a tendu une paire de culottes à taille haute en satin couleur crème.

— Tiens, accroche ça sur la corde. Ces culottes ringardes me rappellent ma grand-mère, mais sait-on jamais, ça pourrait peut-être enfin m'attirer quelques clientes.

— Et Yolande Flipot, elle a acheté quoi ?

Mistinguett a eu un petit sourire en coin :

— Je suis tenue au secret professionnel.

— On n'est pas dans un bureau d'avocat ici. Allez ! Crache le morceau. De toute façon, je suis la personne idéale pour garder un secret. Personne ne me parle.

— Tu gardes ça pour toi, promis ?

— Je serai plus muette qu'un poteau de téléphone.

— La dame Flipot a acheté une guê-pière.

— Une quoi ?

Du méli-mélo étalé sur un des comptoirs, Mistinguett a tiré un bustier auquel se ratta-chait un porte-jarretelles. D'imaginer Yolande Flipot dans cet attirail m'a fait pouffer de rire. Je riais tellement que j'ai dû m'accrocher à Nénette pour garder mon équilibre. J'ai sauté en bas de mon tabouret et j'ai lâché :

— Mais voyons… Yolande Flipot est célibataire !

J'ai été prise d'une nouvelle crise de fou rire. Les larmes coulaient sur mes joues.

Mistinguett avait l'air de se demander ce qui me faisait tant rigoler. Comment aurait-elle pu savoir que cette crise d'hilarité était un relâchement de la tension nerveuse ? Une soupape pour laisser échapper un peu d'angoisse…

Mistinguett a souri.

— Peut-être qu'elle a un amant secret ? Peut-être qu'elle a une aventure avec le maire Fauchon ?

À cette idée, elle a éclaté de rire à son tour. Moi j'ai arrêté net. Le nom de Fauchon a eu sur moi l'effet d'une douche froide.

Pour changer de sujet, j'ai ramassé un DVD qui traînait sur le comptoir et j'ai fait semblant de m'absorber dans le résumé de l'histoire.

— Une copine de Paris m'a envoyé ce film. Je ne l'ai pas encore vu. Que dirais-tu d'une soirée cinéma, chez moi, ce soir ?

— Euh… J'aimerais beaucoup mais j'ai… j'ai déjà planifié une sortie…

Si je n'avais pas tant bafouillé, Mistinguett n'aurait sans doute pas posé de questions. Devant ma gêne, elle a tout de suite compris.

— Oh ! Oh ! Manouane rougit. Aurais-tu un rendez-vous galant ?

— Un ami. Rien de romantique.

— Qui ? Qui ? Je veux un nom ! ! !

Elle sautillait sur place telle une fillette devant sa nouvelle poupée.

— Le neveu de Coco.

Mistinguett a applaudi.

— Formidable ! Sankara a un charme fou et un sourire à faire fondre un igloo. Tu vas porter quoi ?

— Jeans et t-shirt. Comme d'habitude.

Mistinguett a fait une moue déçue.

— Un petit effort, Manouane…

— On va cuisiner un repas ensemble. Je ne vais tout de même pas porter une guêpière !

— Tu devrais mettre tes atouts en valeur, montrer un peu de chair…

En disant le mot « atouts », elle a bombé son torse en canon.

— Non merci.

— Fais-moi au moins le plaisir de mettre les dessous que je t'ai donnés.

— Quelle différence ça ferait ? Sankara ne verra rien. Je ne vais quand même pas baisser mon jean pour lui montrer mes culottes fluo.

— Toi, tu le sauras et ça fera une différence, là, dans ton ciboulot. Tu te sentiras belle !

Elle m'a fait une bise et je me suis sauvée. Sur le chemin du retour, j'ai sifflé. Quel que soit le malheur que Fernand Fauchon ferait tomber sur ma tête, j'aurai toujours Mistinguett pour me ravigoter.

Une table pour quatre

En sortant de chez Mistinguett, sur un coup de tête, j'ai fait un détour par le casse-croûte de Coco. Trois clients attendaient leur poutine au comptoir. Sankara s'activait entre le fourneau et la caisse, tandis que Justine Babin limait ses ongles dans un coin.

Dès qu'il a eu fini de servir les clients, Sankara m'a fait signe de sortir. On s'est rejoints derrière la cantine. Je lui ai tendu la serviette de table sur laquelle j'avais griffonné mon menu.

- *Apéro : cocktail tampopo*
- *Hors-d'oeuvre : avocat aux boutons de dent-de-lion marinés*
- *Plat principal : omelette aux Têtes Dorées et croquettes au taraxacum officinale*
- *Salade de Monnaie d'or*
- *Dessert : biscuits aux fleurs de pissenlit avec tisane aromatisée au miel de pissenlit.*

— Quelle poésie dans ce menu !

— Est-ce que ça te donne faim ou ça te fait peur ?

— Je salive déjà ! En passant, il y a un petit changement dans les plans… J'espère que tu n'auras pas d'objection. Nous serons quatre plutôt que deux : Coco vient de s'inviter à notre souper avec une amie.

— Mistinguett ?

Il a eu l'air surpris.

— Tu la connais ?

— Pas plus que ça. Le seul problème, c'est que je n'ai jamais cuisiné pour des étrangers…

— T'en fais pas. À force de manger des hot-dogs et de la poutine à longueur d'année, Coco a tué ses papilles gustatives. Il trouve tout bon. Quant à Mistinguett, elle est tellement enthousiaste que même si tu lui sers une omelette calcinée, elle fera un commentaire louangeur. Et puis je serai là pour t'aider. Je serai ton marmiton minutieux…

La porte de la cantine s'est ouverte et la Babin a hurlé :

— J'ai une commande pour trois poutines !

— Faut que je me sauve. À ce soir !

Sankara a couru vers sa friteuse. J'aurais voulu me transformer en son ombre, pour pouvoir le suivre partout.

Chapitre 12

Tutu et chapeau melon

Le cocktail tampopo goûte meilleur si on le laisse infuser quelques heures avant de le boire. De retour à la maison, j'ai donc mélangé cette boisson très simple à préparer : jus d'orange, jus de citron, du Ginger Ale pour le pétillant, un peu de sucre et trois tasses de fleurs de pissenlit. Puis je me suis installée dans la cuisine pour préparer une partie des plats. Ainsi, j'aurais moins à faire chez Coco. Je préférais popoter seule à la maison plutôt que devant un public dans une cuisine inconnue.

J'ai commencé par les biscuits aux fleurs de pissenlit, une recette que je peux faire les yeux fermés. Assise à la table, Clothilde cousait une médaille de la Vierge sur un chandail de mon père. Combien d'heures avait-elle gaspillées ces dernières années à coudre des médailles sur tout et n'importe quoi ?

Clothilde m'a demandé ce que je cuisinais.

— J'apporte le souper chez Alex ce soir.

Je n'ai même pas rougi en lâchant mon mensonge. Rien de plus facile que de mentir à ma mère, éternellement inattentive. Elle avait déjà oublié que notre voisin passait la semaine à Montréal afin de trouver des acheteurs pour ses sculptures invendables.

Quand j'ai sorti mes biscuits du four, ils étaient parfaitement formés, joliment dorés et… durs comme du béton. J'avais dû oublier un ingrédient. Ou peut-être la Vierge me punissait-elle d'avoir menti à Clothilde ?

J'ai commencé une nouvelle fournée avant de m'apercevoir qu'il ne restait plus assez de gruau d'avoine. J'ai lancé ma spatule dans l'évier. Clang ! Clothilde a sursauté.

— Ça ne va pas ?

— Tout va pour le mieux dans le meilleur des mondes…

Ma mère n'a pas relevé mon ton ironique. Elle a continué à coudre tranquillement ses médailles. Au fond d'une armoire, j'ai trouvé une boîte de mélange à gâteau des anges. Pas fameux, mais mieux que rien. Avec de la cramaillotte, ça ferait l'affaire.

Pendant que le gâteau cuisait, j'ai préparé les croquettes de pissenlit. Dans un grand bol, j'ai mélangé pissenlits, farine, orge moulue, œufs et fromage. J'ai roulé la pâte en petites boules, que je ferais cuire chez Coco.

Vers 17 heures, j'ai pris ma douche et me suis lavé les cheveux. Deux fois de suite. C'est dans les cheveux que l'odeur du fumier s'incruste le mieux. Pas question d'avoir sur moi la moindre minuscule odeur de bouse de vache.

J'ai fouillé dans tous mes tiroirs et jusqu'au fond de mon garde-robe, mais je n'ai rien trouvé de « spécial » à porter. J'ai sorti de sous mon matelas les culottes fluo et le soutien-gorge de soie caméléon. Ils détonnaient dans ma chambre poussiéreuse et démodée. Ils me convenaient autant qu'un tutu à un serpent. Ou qu'un chapeau melon à un lion… Je les ai remis sous le matelas.

Finalement, j'ai choisi mes jeans les plus ajustés et un chandail de laine pas trop étiré. Contre le rouge de la laine, mes cheveux bruns semblaient un peu moins ternes. Je ne pouvais pas faire mieux que ça.

C'est Mistinguett qui aurait été fière de moi. J'avais enfin un désir soudain et intense… de me faire belle.

Savoir où mettre ses mains

J'ai réussi à tout caser dans mon sac à dos et mes deux sacoches de vélo : les avocats, le punch, les croquettes, la cramaillotte (mon dernier pot) et, sur le dessus, les œufs. En arrivant au village, j'ai vu Momo et sa bande, au loin, sur la rue Principale. J'ai vite bifurqué vers une autre rue. Ce détour me rallongeait mais, chargée comme j'étais, je ne voulais pas risquer un face à face avec ces petits voyous. Et je ne voulais surtout pas me prendre une dose de leurs moqueries cruelles qui aurait pour effet de ruiner ma soirée.

J'ai sonné chez Coco Popcorn à 18 heures pile, tel que prévu. Sankara, m'ayant sans doute vue arriver, m'a aussitôt ouvert la porte. Il portait un chandail vert jade, qui faisait ressortir son teint noisette.

— Bienvenue Miss Pissenlit ! Dis donc, tu es plus chargée qu'un mulet ! Laisse-moi t'aider.

Molassonne s'est approchée pour me lécher la main. Je l'ai flattée derrière les oreilles. J'aurais voulu avoir un gros os bien frais à lui donner.

— La prochaine fois, je ne t'oublierai pas, lui ai-je murmuré, avant de me rendre compte que je pensais déjà à la « prochaine fois » chez Sankara.

J'ai vite constaté que Coco Popcorn gérait sa maison de la même façon que son casse-croûte. C'est-à-dire pas du tout. Des papiers, des vêtements, de la vaisselle traînaient dans tous les coins et recoins. Une couche de poussière assez épaisse pour déclencher une crise chez un asthmatique recouvrait tout ce désordre. Une odeur de graisse de bacon flottait dans la maison.

— Mon oncle est parti chercher sa douce. Maintenant, ferme les yeux, a exigé Sankara, avec l'air de quelqu'un qui a préparé un bon coup.

Il a pris ma main, m'a guidée jusqu'au salon, puis s'est exclamé :

— Ta dam !

J'ai ouvert les yeux pour voir une douzaine de bouquets de pissenlits, disposés ici et là, dans des verres et des pots de yaourt vides. Sur le mobilier sombre de la pièce, le jaune vif de la fleur brillait de tous ses feux.

Si je n'avais pas été si nerveuse à l'idée de cuisiner pour Mistinguett et Coco, si je n'avais pas raté mes biscuits, si je n'avais pas passé trop de nuits trop courtes à chercher le courage de sortir ma bombe, je n'aurais certainement pas réagi comme je l'ai fait. Mais devant tout ce jaune, si ardent, si farouchement optimiste, je suis restée plantée là, aussi expressive qu'un piquet de clôture, tandis que les larmes m'inondaient les joues.

Sankara m'a regardé d'un air bouleversé.

— J'ai fait une gaffe ?

J'ai secoué la tête : non, non, non. Il a fait un pas vers moi, puis s'est arrêté. J'ai essayé de parler. Je n'ai pas réussi. Il a mis ses bras autour de mes épaules.

Encore une fois, j'ai réagi en piquet de clôture. Je ne savais pas où mettre mes mains. Je n'osais pas bouger. Mon nez coulait et je n'avais pas de mouchoir. Malgré tout, j'ai réussi à capter l'odeur de Sankara. Il sentait l'herbe fraîche.

Je ne sais pas combien de temps nous sommes restés debout dans cette position inconfortable, à nous toucher sans oser se toucher. Je voulais que ça dure jusqu'en l'an 3 000. En même temps, j'avais peur d'être surprise par Coco et Mistinguett. Je me suis dégagée de l'étreinte de Sankara et j'ai essuyé mes joues avec ma manche.

— Personne… personne… ne m'avait jamais offert des pissenlits.

— Que ça tombe bien ! Je ne m'étais même pas rendu compte que tu aimais les pissenlits, a-t-il répondu.

Pas facile de rire et de se moucher en même temps. J'ai réussi l'un et l'autre.

— Allez, assez larmoyé. On a un repas à préparer.

Sankara semblait aussi à l'aise devant les fourneaux qu'à cueillir des pissenlits. En fait, le marmiton minutieux s'est avéré plus efficace que le chef. J'ai fait tomber des tas de morceaux de coquille d'œuf dans le bol en préparant l'omelette. Ensuite, je me suis écorchée un index en râpant le cheddar.

— Arrrgh ! ! ! !

— Relaxe, Miss Pissenlit. On ne reçoit pas la reine d'Angleterre.

— Facile à dire pour toi. Moi je n'ai jamais cuisiné pour trois personnes qui n'ont jamais goûté un seul pissenlit de leur vie et qui vont devoir avaler un repas fait entièrement de plats à base de pissenlits…

— Le pire qui peut arriver, c'est que tu rates un plat… Ça t'obligera à revenir nous le cuisiner une autre fois.

Du coup, ça m'a donné envie de rater tous mes plats.

À l'intérieur du cercle plutôt qu'à l'extérieur

L'omelette dorait au four. Sankara pelait les avocats et je finissais la vinaigrette lorsque Coco et Mistinguett sont arrivés. La propriétaire de *La Jolie Jarretière* portait une robe noire moulante. En me faisant la bise, Mistinguett a glissé sa main dans l'encolure de mon chandail et fait claquer ma bretelle de soutien-gorge. Elle m'a chuchoté :

— Élève rebelle. Tu ne portes pas ce que je t'ai donné…

Coco m'a tendu un bouquet de roses.

— Mademoiselle Manouane…

— Merci.

J'ai pris le bouquet mais Sankara me l'a aussitôt enlevé des mains.

— Cher Coco, sans vouloir t'insulter, ce soir, la fleur à l'honneur, c'est le pissenlit. Désolé, tes roses ne pourront pas décorer notre table.

Il a mis les fleurs dans un bocal de cornichons vide, qu'il a placé sur le buffet de la salle
à manger. En voyant mon sourire, Sankara
s'est exclamé :

— Elle sourit ! Et je vois presque ses
dents !

On a bu le cocktail tampopo au salon.

— Tampopo ! Tam-po-po ! J'adooore ce
mot. On dirait une déclaration d'amour !
s'est écriée Mistinguett.

Coco a calé son verre d'une traite. « Très
désaltérant ! », a-t-il décrété avant d'aller
ouvrir une bouteille de vin rouge.

Lorsqu'on est passés à table, Sankara a
drapé un torchon à vaisselle sur son bras. Puis
il a apporté l'entrée que nous avions préparée
ensemble : une moitié d'avocat tranché sur le
long, arrosée de jus de citron et garnie d'une
petite pile de boutons de pissenlits marinés.
Pour une touche de couleur, le marmiton, de sa
propre initiative, avait rajouté une minuscule
fleur de pissenlit.

— Ah ! Ces petits boutons, je connais !
J'en ai eu un pot pour moi toute seule.

— Tu as aimé ça ? a demandé Coco d'un
air hésitant.

Au début, il goûtait timidement. Après quelques bouchées, Coco s'est exclamé, tout surpris :

— Ça se mange ! Les pissenlits se mangent !

Sankara, imitant mon ton lorsque je parle de ma fleur fétiche :

— Feuilles, fleur et racine : toutes les parties du pissenlit sont comestibles !

Je lui ai tiré la langue. L'étonnement de Coco n'a fait que grandir après avoir goûté au plat principal.

— Manouane, qu'est-ce que tu as mis dans cette omelette ? C'est savoureux !

— Des feuilles de pissenlit, du cheddar, des champignons et un peu d'ail.

— Dire que j'avais pensé vider discrètement mon assiette dans le bol de Molassonne ! Qui aurait cru qu'une mauvaise herbe pouvait être si bonne à manger ?!

Sankara a levé les yeux au ciel.

— Coco, si tu continues à traiter le noble pissenlit de mauvaise herbe, Manouane va te hacher en menus morceaux.

Presque à chaque bouchée, Mistinguett s'exclamait : « Exquis ! Délectable ! Succulent ! » J'ai trouvé les croquettes un peu sèches, mais elle en a redemandé. Quant à

Coco, il a bouffé deux portions de salade. Ni l'un ni l'autre n'avait l'air de se forcer ou de faire semblant.

Coco a raconté des histoires de la cantine. Il n'y en avait aucune de très drôle, mais chaque fois Mistinguett nous régalait de son rire hennissant. Sankara et moi, on riait simplement de l'entendre rire.

Je commençais à peine à relaxer lorsque le téléphone a sonné. Coco a soupiré :

— C'est l'heure… La belle Justine est réglée comme une horloge suisse.

Sankara m'a expliqué :

— Justine Babin appelle chaque soir à la même heure. Elle parle, elle parle, une vraie pie en délire et Coco « l'écoute » en lisant son journal.

Coco a pris l'appel dans la cuisine et on l'entendait essayer patiemment de mettre fin à la conversation.

— Tu peux me raconter tout ça demain matin, Justine… j'ai des invités…

Tandis que Coco tentait de se débarrasser de Velcro Babin, Sankara a proposé d'aller prendre le dessert au salon. Je me suis enfoncée confortablement dans les coussins du sofa, tandis que Sankara faisait un feu. Il s'était mis à pleuvoir et on entendait la pluie tambouriner sur le toit.

Lorsque Coco nous a rejoints, je leur ai servi des tranches de gâteau recouvertes d'une épaisse couche de cramaillotte.

Mistinguett a pris une bouchée et poussé un gémissement de plaisir.

— Divin ! Qu'est-ce que c'est, Manouane ?

— De la confiture de pissenlit. On appelle ça de la cramaillotte.

— C'est difficile à faire ?

— Non. Juste long. Il faut ramasser des centaines de pissenlits et séparer la fleur de la tige, alors je ne conseillerais pas cette recette aux gens impatients. Une fois qu'on a les fleurs de pissenlit, on rajoute des oranges, du citron et du sucre, puis on fait cuire.

Le feu crépitait dans la cheminée et Molassonne ronflait à mes pieds. À la lueur des flammes, la peau de Sankara avait pris une teinte brune si attirante que ça donnait envie d'y goûter. De toute ma vie, je ne m'étais jamais sentie aussi proche de quelqu'un. Pour une fois, j'avais l'impression d'être exactement là où je devais être. Et je ne voulais surtout pas que ça s'arrête.

L'image du maire Fauchon m'a traversé l'esprit. J'ai vite chassé cette pensée déprimante. Je voulais profiter totalement de l'instant. Surtout que des moments comme celui-là, petit éclat de joie venu casser ma routine morose, il n'y en avait pas des tonnes dans ma vie…

— Je peux avoir un deuxième morceau de gâteau ? a demandé Sankara, tout bas.

— Hé neveu ! Je t'ai entendu ! a tonné Coco. S'il y avait une goutte de miel au plafond, Sankara trouverait une façon de la lécher. Je n'ai jamais vu quelqu'un aimer à ce point le sucré.

Le neveu en question a répliqué en bourrant l'épaule de son oncle de légers coups de poing. Coco lui a serré la tête dans une prise de lutteur et lui a frotté vigoureusement le crâne. Leurs tiailleries ont réveillé Molassonne, qui s'est mise à japper.

— Calmez-vous, les hommes ! a ordonné Mistinguett en riant.

Coco a aussitôt lâché Sankara pour venir se blottir contre sa douce. Elle s'est mise à raconter l'histoire d'une de ses anciennes clientes, à Paris, qui collectionnait des dessous des années 60. Coco l'écoutait avec autant d'attention qu'un élève au premier jour d'école.

Je les ai trouvés beaux. La main de Coco reposait sur l'épaule de Mistinguett. Sa main à elle reposait sur la cuisse de Coco. Si je les avais touchés, j'aurais sans doute eu un choc, tellement il y avait d'électricité entre eux.

J'ai eu faim d'une main sur mon épaule, sur ma cuisse…

Sankara s'est glissé à côté de moi sur le sofa.

— Tu ne parles pas beaucoup, Miss Pissenlit. Ça va ?

— Oui, oui. Ça va.

Comment lui expliquer que ce souper était pour moi du jamais vu, de l'inespéré ? Je n'arrivais pas à croire que je me trouvais dans ce salon, à rire et à placoter avec des gens normaux. Je n'arrêtais pas de me répéter « Voilà à quoi ça ressemble une soirée entre amis. » La conversation qui coule naturellement, les taquineries, les blagues, la complicité. Et cette fois, j'étais DANS le cercle plutôt qu'à l'extérieur.

Le prix Nobel de la patience

Nous avions vidé une deuxième théière de tisane au pissenlit lorsque Sankara m'a demandé de faire mon rap des vaches.

— Ah non… pas ça.

— S'il te plaît, a supplié Sankara. Coco ne l'a jamais entendu.

— S'il te plaît, Manouane, a répété Mistinguett.

Si je refusais, j'aurais l'air d'un éteignoir. Et ça aurait été le comble de l'ingratitude.

— D'accord. Mais une seule fois.

J'ai pris une grande inspiration et j'ai commencé à débiter le catalogue de prénoms en INE : « Adeline, Aline, Amandine, Angéline, Augustine, Blandine, Capucine, Célestine, Céline, Charline, Clémentine, Colombine, Delphine, Églantine, Ernestine, Fantine, Faustine, Florentine, Honorine, Joséphine, Justine…

La sonnerie du téléphone a interrompu mon rap.

— J'y vais.

Au ton résigné de Coco, j'ai compris que la Babin n'avait pas encore renoncé. Même à distance, cette chipie m'empoisonnait la vie.

— Mon oncle mérite le prix Nobel de la patience.

— Pauvre fille… Elle doit se sentir bien seule, a dit Mistinguett.

Ma réplique est sortie spontanément, sans que j'aie le temps de me censurer.

— Justine Babin serait moins seule si elle était moins détestable.

En voyant l'air surpris de Sankara et de Mistinguett, j'ai regretté mon commentaire peu charitable. Ils ont eu la délicatesse de ne rien dire. De la cuisine, on entendait les objections de Coco.

— Je comprends… mais je ne peux pas, Justine. Désolé…

Lorsqu'il a finalement raccroché, Mistinguett s'est informée :

— Et puis ?

— Paraît qu'elle s'est brûlée en renversant un bol de soupe sur ses genoux.

— Son père n'est pas là pour l'aider ? a demandé Sankara.

— Elle dit qu'il est sorti, ce dont je doute… Ce n'est pas la première fois qu'elle me fait venir chez elle pour une prétendue urgence.

— Pauvre fille, a répété Mistinguett.

— Le problème de Justine, c'est qu'elle se meurt d'ennui, a dit Coco. Son père devrait insister pour qu'elle reprenne ses études. Elle a une intelligence trop vive pour se contenter de servir de la poutine dans ma cantine.

La sonnerie du téléphone a de nouveau retenti. Coco a laissé sonner. Il a tenté de relancer la conversation, mais le vacarme du téléphone emplissait la pièce. Le charme de la soirée était rompu.

Sankara s'est mis à ramasser les assiettes du dessert. Mistinguett a posé sa main sur l'épaule de Coco :

— Je crois que tu devrais aller voir ce qui se passe là-bas, Jacques. Sinon, tu vas t'inquiéter pour le reste de la soirée. De toute façon, je dois rentrer, c'est l'heure.

— D'accord. Je vais te déposer chez toi en passant, Manouane.

Sankara a tenté de s'opposer.

— Manouane est venue à vélo. Je vais la raccompagner chez elle avec le mien.

Coco a refusé.

— Vous n'allez pas partir à vélo à cette heure et sous cette pluie. Je vais mettre la bicyclette dans la boîte de mon camion.

Je n'avais pas envie de partir. Pas envie de rentrer chez moi. Pas envie que notre cercle se défasse. J'ai détesté la Babin encore plus fort que d'habitude.

Le tacot de Coco

Pendant que Sankara mettait mon vélo dans le camion de Coco, j'ai ramassé mon attirail à la cuisine. Mistinguett m'a tendu un grand sac de papier, où elle avait rassemblé tous les bouquets de pissenlits du salon.

— Un souvenir de ta soirée.

Son geste m'a chavirée. Je n'avais pas l'habitude de recevoir autant d'attention. De bénéficier d'autant de délicatesse.

— Comment tu fais pour toujours savoir exactement ce qu'il faut faire ?

Elle a eu un sourire modeste.

— Je fonctionne à l'instinct. Parfois, ça marche. D'autres fois, ça me met dans de sérieux pétrins.

Quand Sankara est rentré, la tignasse saupoudrée de gouttes de pluie, je lui ai donné le pot de cramaillotte.

— C'est mon dernier pot, alors fais-le durer.

— Wow ! On en fera, de la cramaillotte, toi et moi ?

— Si tu acceptes d'être le marmiton... sans contester mes ordres.

— Oui mon général !

Dans le vestibule, Coco aidait Mistinguett à enfiler son manteau. Je les entendais chuchoter. Soudain, sans prévenir, Sankara a posé sa main sur ma main. Au contact de ses doigts froids, encore mouillés de pluie, j'ai sursauté. Je ne l'ai pas regardé. Je n'ai plus bougé d'un poil. Mon rythme cardiaque a triplé.

Quand Coco a ouvert la porte, Sankara s'est écarté. Si je n'avais pas eu la main légèrement humide, je me serais demandé si je n'avais pas imaginé son geste.

Le vent s'est engouffré dans la maison et m'a poussée hors de mon cocon. Je me suis retrouvée dans le vieux tacot de Coco, coincée entre les amoureux. Deux minutes plus tard, on laissait Mistinguett devant sa boutique.

Coco est descendu de la voiture et a embrassé sa douce, sous la pluie, comme dans les films. À la longueur du baiser qu'ils ont échangé, on aurait dit qu'ils se quittaient pour un mois. Je ne savais plus où regarder.

Pendant que nous roulions vers la sortie du village, Coco m'a remercié pour mon souper « surprenant ». Il n'avait aucune idée qu'on pouvait faire autant de plats avec des pissenlits.

— Trop peu de gens connaissent vraiment le pissenlit. Malheureusement.

— En tout cas, ça m'a changé de la poutine et c'était délicieux.

— J'avais un bon marmiton.

Coco a ri.

— Sankara se débrouille plutôt bien devant un four. Je suis très content de l'avoir à la cantine. Et lui semble très content de t'avoir rencontrée…

Avec mon éloquence habituelle, j'ai répondu :

— Euh…

Coco a fait semblant de ne pas remarquer ma gêne.

— Mon neveu a vécu des choses difficiles ces dernières années… Avec le nouveau chum de sa mère dans le portrait, je crois que Sankara s'est senti un peu négligé…

— Au moins, il a eu la chance de pouvoir partir, lui…

Coco a secoué la tête.

— Ouais, les gens de Sainte-Cunégonde ont la rancune tenace… Chez toi, au moins, ça ne va pas trop mal ?

— Ma mère est toujours aussi obsédée par la Sainte Vierge et mon père toujours aussi obsédé par ses vaches.

— Il n'y a pas de parents parfaits…

Silence.

Coco allait stopper son camion devant la maison. Je lui ai plutôt demandé de me laisser devant chez Alex. Il n'a pas posé de questions. Il a vu les lueurs des lampions devant la fenêtre du salon, mais n'a pas fait de commentaires. Il a sorti mon vélo de la boîte et m'a tendu mes sacs. Puis il m'a fait une bise bruyante sur chaque joue :

— Reviens nous voir quand tu veux, Manouane. Aussi souvent que tu veux.

À ce moment-là, j'ai compris pourquoi Mistinguett trouvait Coco si séduisant. La bonté lui sort par les pores de la peau à cet homme. Il accueille son neveu chez lui, laisse son ami accrocher ses sculptures bizarroïdes sur les murs de son casse-croûte, accepte de sortir de chez lui à 23 heures par une nuit froide d'avril pour aller vérifier la fausse urgence de Justine Babin...

Coco a baissé la vitre pour me faire un salut de la main. J'ai dû me retenir pour ne pas courir derrière son vieux tacot et faire moi aussi appel à sa générosité en criant : «Ne me laisse pas ici ! ! ! Ramène-moi chez toi ! ! !»

Message # 6

Cher marmiton minutieux,

Quand j'aurai 102 ans, que je serai plus courbée qu'une banane et plus ridée qu'un pruneau, que je me déplacerai en fauteuil roulant, que je ne pourrai plus me souvenir de mon nom, je me souviendrai encore de notre souper chez Coco Popcorn. De ces bouquets de pissenlits, petits bouquets de soleils dispersés dans la maison.

Et surtout, surtout, je me souviendrai de cette recette si simple pour chasser la solitude : un feu de foyer, de la bonne bouffe et quelques amis qui rigolent.

Merci pour tout.

M.

P.-S. Tu pensais que personne ne te regardait mais je t'ai vu lécher ton index après l'avoir plongé dans le pot de cramaillotte.

Chapitre 13

Cyclone chez Mistinguett

La plupart du temps, les lundis matin me foutent le moral à zéro. Même si les fins de semaine entre Clovis et Clothilde ne sont jamais jojos, en général je préfère la solitude de la ferme à la cacophonie de la poly. Pas aujourd'hui.

Tout ce qui d'habitude m'énervait (les garçons qui beuglaient dans la cafétéria), tout ce qui m'horripilait (les filles qui jacassaient pendant le cours de français), tout ce qui m'ennuyait (les monologues assommants du prof de science), eh bien ! pas ce lundi-ci. Je flottais encore sur le nuage de ma soirée chez Coco Popcorn. Je ressentais encore intensément cette sensation d'avoir fait partie du cercle. Et ça me faisait chavirer de penser que j'avais trois amis qui s'intéressaient à moi !

J'aurais dû me douter que ça ne durerait pas…

En après-midi, le directeur nous a tous convoqués à la cafétéria pour écouter le sergent Gagné de la Sûreté du Québec. Chaque année, ce policier venait à la polyvalente nous parler de drogue, d'intimidation et de taxage. Quand le sergent a annoncé la raison de sa visite, ma bulle de béatitude a éclaté. Il venait nous parler des graffitis.

« Considérés comme la destruction volontaire d'un bien appartenant à autrui, les graffitis sont condamnés par la loi. Barbouiller sur un mur avec une bombe en aérosol est un acte de vandalisme. Si jamais certains d'entre vous ont des renseignements sur les personnes qui auraient pu faire récemment les graffitis à Sainte-Cunégonde, je laisse mon numéro sur le tableau d'affichage à l'entrée. »

J'aurais mis ma main au feu qu'il y avait du Fernand Fauchon derrière ça. Le maire avait trouvé une façon détournée de m'intimider. Et ça fonctionnait. Pour le reste de la journée, la même pensée affolante m'a obsédée : « Et si je me faisais pincer ? »

En rentrant de la polyvalente, j'ai trouvé une note de Clothilde sur le frigo.

> Appelle Sankara.
> Urgent.

J'ai composé le numéro de chez Coco Popcorn. Pas de réponse. J'ai appelé à la cantine. Au bout de quatre sonneries, Justine Babin a enfin répondu :

— Quoi ??!!

J'ai tenté de déguiser ma voix pour qu'elle ne me reconnaisse pas.

— Est-ce que je peux parler à Sankara ?

— Il n'est pas ici ! a-t-elle jappé.

Puis la chipie m'a raccroché au nez.

J'essayais de décider si j'allais ou non me rendre au village lorsque le téléphone a sonné. Je me suis jetée sur l'appareil comme un chien sur un os.

— Manouane ?

— Sankara ! Je viens de t'appeler ! Justine m'a dit que…

— Je sais, je sais. Je sortais les déchets…

— Qu'est-ce qui se passe ?

— La boutique *La Jolie Jarretière* a été cambriolée cette nuit. Heureusement,

Mistinguett était chez nous. Elle n'a eu aucun mal. Mais quelque chose me tracasse…

— Quoi ?

— Peux-tu me rencontrer en face de la boutique ?

J'étais de corvée à l'étable et Clovis serait furieux de me voir disparaître. Tant pis.

— J'arrive.

En catimini, j'ai sorti mon vélo du garage, en espérant que mon père ne me verrait pas. Puis j'ai pédalé à fond de train jusqu'au village. Un petit attroupement s'était formé devant *La Jolie Jarretière* : quelques commères et les gars de la bande à Momo. Sankara faisait les cent pas sur le trottoir. Devant son air inquiet, j'ai senti la peur monter.

— Approche.

Je me suis avancée près de la vitrine et j'ai regardé à l'intérieur. Derrière le comptoir, un policier discutait avec Mistinguett, qui avait le visage plus blanc qu'une aspirine. On aurait dit qu'un cyclone avait dévasté la boutique. Des soutiens-gorges sectionnés, des lambeaux de dentelles, des déshabillés déchiquetés pendaient ici et là. Un comptoir avait été renversé et le grand miroir sur pied reposait sur le sol, fracassé en morceaux. Nénette et Zézette gisaient sur le dos, les quatre fers en l'air. Quelqu'un avait donné des coups de ciseaux dans le déshabillé de Zézette, celui que j'avais choisi moi-même, pour sa teinte gris-rose semblable à la tige du pissenlit. Mes yeux se sont remplis d'eau.

— Ce cambrioleur avait mangé de la vache enragée ou quoi ?

— Regarde le mur du fond, m'a chuchoté Sankara.

En voyant le dessin, j'ai eu chaud et froid en même temps. En plein centre du mur, quelqu'un avait peint un graffiti. Une tige noire, surmontée d'une boule !

Combattre et se débattre

Il y a tant de choses que j'admire chez le pissenlit. Mais ce que je lui envie le plus, c'est sa fabuleuse capacité à s'adapter à son environnement pour survivre. Quand la nature lui lance un défi, le pissenlit se retrousse les manches et fait front. Il combat et se débat.

La preuve ? Le pissenlit pousse dans des endroits où d'autres plantes ne pourraient pas survivre. Dans les sols pauvres. Jusqu'à trois mille mètres d'altitude. Dans des marécages, les pieds dans l'eau. Cette fleur tout-terrain peut même s'installer dans les gouttières des maisons ou apparaître dans les fentes des trottoirs.

Le pissenlit est souple et s'adapte aux changements d'humeur de mère Nature. Par beau temps, il fait face au soleil. Lorsque la pluie s'amène, il se referme pour préserver son pollen. La nuit et les jours plus frais, ses feuilles se relèvent pour protéger la fleur. Quand le vent se fait violent, le pissenlit plie sa tige afin d'éviter qu'elle ne casse. Un fameux dur à cuire, mon pissenlit.

Pendant la Catastrophe, j'ai encaissé sans réagir. J'étais trop jeune et trop dépassée par les événements. Après, je n'ai pas su m'adapter. Je n'ai pas lutté pour garder mes amies. Elles m'ont tourné le dos et je me suis renfermée sur moi-même.

Longtemps, j'ai laissé tout Sainte-Cunégonde humilier ma mère. Sans broncher. J'aurais pu trouver des stratégies, protester, attaquer. Mais je ne l'ai pas fait.

Lâche.

Maintenant, je sais que je dois imiter le pissenlit. Être souple, courageuse, combative et rusée. Me protéger de la pluie et du vent. Et surtout, de ceux qui me veulent du mal.

Essayer d'avoir l'air calme

Toute la semaine, j'avais eu l'impression que mes profs parlaient l'inuktitut. Ou le mandarin. Je ne comprenais rien. Mon corps s'affaissait sur ma chaise et mon esprit s'affairait ailleurs. Mes crises d'angoisse restaient invisibles de l'extérieur. Je réussissais à les confiner dans mon cerveau, à les réduire à un volcan bouillonnant. Et lorsque j'arrivais, par miracle, à trouver un bref moment de calme intérieur, je sentais aussitôt la lourdeur insoutenable de mes paupières, résultat de mes nuits d'insomnie.

En plus de m'inquiéter de mon propre avenir (le maire Fauchon allait-il trouver d'autres preuves contre moi ?), je m'inquiétais pour Mistinguett, si bouleversée d'avoir vu sa boutique saccagée. Par-dessus tout ça, Léontine allait de mal en pis. Clovis s'épuisait à tenter de la soigner.

Vendredi, quand l'autobus scolaire m'a déposée devant la maison, j'ai senti mon estomac tomber dans mes talons.

Je suis entrée par derrière en espérant passer inaperçue. Pas de chance. Fauchon et ma mère étaient dans la cuisine. Les bobettes fluo et le soutien-gorge de soie caméléon gisaient sur la table, entre la salière et le beurrier.

Assise à l'autre extrémité de la table, Clothilde tripotait une petite statue de la Vierge. Debout devant le frigo, jambes écartées et bras croisés, Fernand Fauchon avait le sourire arrogant d'un loup qui vient d'attraper un lièvre. Il m'a interpellée du ton bagarreur de celui qui cherche la chicane.

— Peux-tu nous expliquer d'où ça vient?

Il montrait les sous-vêtements d'un air dégoûté. J'ai regardé Clothilde qui elle évitait soigneusement mon regard.

— Qui vous a permis d'entrer dans ma chambre?

— C'est ta mère qui a sorti ça. Je n'ai rien touché.

— Où est Clovis?

Clothilde n'a pas répondu. Elle s'est levée, a fait couler de l'eau dans l'évier et a sorti ses gants en caoutchouc. Même s'il n'y avait pas de vaisselle sale. Le maire a frappé la table avec sa main. Ma mère a sursauté.

— J'attends une réponse Manouane Denault! D'où viennent ces froufrous?

— Vous n'avez pas le droit de fouiller dans mes affaires!

— Tu ne réponds pas à ma question. Où as-tu pris ces sous-vêtements ?

Pour en finir, j'ai dit la vérité.

— Mistinguett me les a donnés.

— Je ne te crois pas.

— Vous n'avez qu'à lui demander.

— Si c'est un cadeau, pourquoi étaient-ils cachés sous ton matelas ?

J'ai parlé lentement pour éviter que ma voix tremble.

— Pourquoi je répondrais à vos questions ? Vous ne travaillez pas pour la police à ce que je sache.

Face-de-Furoncles a serré les poings.

— Je ne t'apprendrai rien en te disant que *La Jolie Jarretière* a été saccagée par des vandales dans la nuit de dimanche à lundi. On a trouvé un graffiti sur le mur… le même graffiti qui a été dessiné sur la porte de ma maison, sur l'église et sur la mairie. Et j'ai de bonnes raisons de croire que tu es mêlée à cette histoire.

J'ai haussé les épaules.

— Je n'ai aucune idée de quoi vous parlez.

— Menteuse !

Telle une élève timide qui ose demander la parole, Clothilde a levé craintivement sa main gantée de caoutchouc :

— Manouane ne ferait pas de mal à une mouche.

À ma grande surprise, la remarque de Clothilde a semblé faire réfléchir le maire Fauchon. Il a décroisé les bras et s'est assis à table. Il semblait avoir décidé de changer de tactique. Son ton s'est fait plus doucereux qu'une cuillerée de miel.

— Ta mère dit que tu es une bonne fille. Alors tu t'es sans doute laissée entraîner par de mauvais amis. C'est peut-être ce Noir, qui travaille à la cantine… Si tu me donnes le nom de tes complices, tu t'en tireras à bon compte. Promis.

J'ai décidé de continuer à jouer la carte de l'ignorance.

— Je n'ai aucune idée de quoi vous parlez.

En me voyant garder mon calme (du moins en apparence), Face-de-Furoncles a perdu le sien. Il s'est mis à glapir.

— Petite hypocrite ! C'est toi et ta bande qui avez fait tout ça ! Avoue ! ! !

Je suis restée aussi muette qu'un mur. Le maire s'est levé si brusquement qu'il a renversé sa chaise. Il a crié :

— Ta mère a causé des tas de problèmes au village ! Et maintenant c'est à ton tour !

Tu joues les dures, mais tu n'auras pas le dernier mot, Manouane Denault ! Je vais tout raconter à la police : les graffitis qui portent la même signature, la mitaine tricotée avec la médaille de la Vierge, les dessous sous ton matelas...

En sortant, il a claqué la porte avec tellement de force que la statue de la Vierge posée sur le four à micro-ondes a basculé sur le côté.

Fourrer son nez partout

Clothilde a couru redresser sa précieuse statue. Ma mère allait me rendre aussi folle qu'elle. Je l'ai apostrophée :

— Je ne peux pas croire que tu as laissé le maire fouiller dans mes affaires !

Elle a bredouillé :

— Je lui ai dit qu'il n'y avait pas de statue dans ta chambre mais il a insisté. Je ne comprenais pas ce qu'il cherchait. J'ai pensé que, si je le laissais faire, il accepterait de me laisser installer une statue de la Vierge devant la mairie.

La Vierge. Encore la Vierge ! Toujours la maudite Vierge ! J'ai eu envie de décapiter toutes les statues de la maison.

Avant de perdre patience, j'ai couru dans ma chambre. J'ai vérifié la plus haute tablette de mon étagère et j'ai poussé un soupir de soulagement : mon vieux coffre à crayons reposait toujours sur le dessus de mon cartable noir, posé en angle. C'est mon truc pour m'assurer que personne ne touche à ma Grande Encyclopédie des Pissenlits.

Face-de-Furoncles ne semblait pas avoir touché à autre chose. J'ai couru au sous-sol. J'ai cherché derrière la fournaise, là où j'avais laissé le sac qui contenait mon béret, mon vieux manteau noir, ma mitaine orpheline et les bombes. Il avait disparu !

J'étais certaine de ne pas avoir touché au sac depuis que je l'avais caché au retour de ma dernière expédition avec Sankara. Peut-être que quelqu'un l'avait déplacé ? J'ai ratissé le sous-sol au complet. J'ai regardé dans toutes les armoires, toutes les boîtes, tous les recoins. Rien !

Je suis remontée en courant dans la cuisine où ma mère nettoyait une statue de la Vierge.

— Est-ce que le maire Fauchon a fouillé ailleurs que dans ma chambre ?

— ...

— Clothilde ! Réponds-moi ! Est-ce que Fauchon a fouiné ailleurs dans la maison ?

— Je ne crois pas… a-t-elle murmuré.

Ma voix s'est faite plus perçante :

— L'as-tu laissé se promener seul dans la maison ?

— Non.

— Il est descendu au sous-sol ?

Elle a hésité.

— Pas vraiment.

— Pas vraiment ? Ça veut dire oui ou non ? !

J'avais presque crié ma question. Clothilde a fait l'offusquée et m'a tourné le dos. Si je ne lui parlais pas plus calmement, elle allait décrocher complètement. J'ai repris, d'une voix plus posée :

— As-tu fais du ménage dernièrement au sous-sol ?

— Non.

— Tu n'aurais pas vu un sac poubelle vert ? Avec un manteau noir dedans ?

— Non.

J'ai ouvert toutes les armoires, tous les placards du rez-de-chaussée. Rien. Pas plus qu'à l'étage. Est-ce que Clovis l'aurait jeté, pensant que c'était des vieilleries bonnes pour la poubelle ?

Je me suis assise devant ma mère.

— Clothilde, que je lui ai demandé d'une voix tremblante, fais un effort pour te souvenir. Est-ce que le maire est descendu au sous-sol tout à l'heure ?

Elle m'a zieutée de son regard vacant.

— Je ne sais plus.

Devant son attitude je-m'en-foutiste, sa façon exaspérante de tripoter sa statue, j'ai perdu la dernière miette de calme qui me restait. Je l'ai secouée par le bras en criant :

— Pense Clothilde ! Pour une fois, PENSE ! Est-ce qu'il est descendu au sous-sol ou pas ?

Les larmes ont roulé silencieusement sur les joues de ma mère. Je venais de perdre la bataille. Je n'arriverais plus à en tirer quoi que ce soit.

J'ai empoigné la statue qui trônait sur le four à micro-ondes. J'ai ouvert la porte et j'ai lancé la Vierge contre le mur du garage. La tête est tombée d'un côté, les pieds de l'autre.

Le meuglement morose de Colombine

Malgré le froid, j'ai ouvert très grand les fenêtres de ma chambre. J'ai arraché les draps du lit. Ça me donnait mal au cœur de penser que Face-de-Furoncles était entré dans ma chambre. Qu'il avait touché à mon matelas. J'aurais voulu nettoyer la pièce au jet de sable.

J'ai serré les bobettes fluo et le soutien-gorge en soie dans mon tiroir. Inutile de les cacher maintenant que Clothilde les avait vus. Je venais de refaire mon lit lorsque j'ai entendu les roues du camion de Clovis crisser sur le gravier. J'ai attendu qu'il vienne me demander des explications. Il n'est pas monté.

À l'heure du train, je l'ai rejoint à l'étable. Il était dans l'enclos en train de hisser Léontine dans le lève-vache. À voir sa tête, j'ai compris que l'état de santé de notre seule et unique vache de catégorie «Excellente» ne s'améliorait pas.

Tandis que j'enfilais ma salopette, Colombine, la vache la plus maussade du troupeau, s'est mise à meugler. Elle n'avait pas faim, pas mal. Elle meuglait souvent et pour rien. Meu-eu-eu-eu. Il n'y a pas de son plus déprimant sur terre. Ce meuglement morose me tirait vers les bas-fonds de la mélancolie. Me donnait envie de ramper dans une caverne pour ne plus jamais en ressortir... Et tout ce temps, l'autre, le paternel, continuait de s'emmurer dans son silence.

Au bout d'une demi-heure, je n'en pouvais plus. J'ai pris le taureau par les cornes.

— Clothilde t'a raconté ?

— Ouais. Je ne comprends pas pourquoi elle voulait bouger le four à micro-ondes.

— Hein ?

— Elle a fait tomber la statue en déplaçant le four…

— …

Je ne comprenais rien à cette histoire de four à micro-ondes. Clothilde ne lui avait donc pas raconté la visite du maire, ni ma crise de colère. J'ai décidé de me taire. Il apprendrait la mauvaise nouvelle bien assez vite.

J'ai nettoyé les pis d'une douzaine de vaches avant de poser l'autre question qui me brûlait les lèvres.

— Clovis, je cherche un sac poubelle vert que j'avais laissé au sous-sol. Tu ne l'aurais pas vu ?

Mon père a relevé la tête. Il semblait au bord de s'écrouler de fatigue.

— Qu'est-ce qu'il y a dans ce sac ?

— Pas grand-chose. Des vieux vêtements, mes cahiers de l'an dernier…

— Rien vu qui ressemble à ça.

Il m'a répondu d'un ton sec. Il a commencé à passer la gratte dans les dalots avec des mouvements impatients. Soudain, il a posé sa pelle et m'a apostrophée :

— Ça t'emmerde de travailler avec moi à l'étable ? Tu te promènes tout le temps avec ton air supérieur, mais tu manges ton yogourt chaque midi et tu mets du cheddar dans ton sandwich. Je ne connais peut-être rien à l'Internet et je ne sauve pas le monde, mais grâce à moi, tu as du lait dans tes céréales le matin.

Je l'ai regardé, estomaquée. D'où ça sortait toute cette colère ? Quel taon l'avait piqué ?

Chapitre 14

La piqûre familière
de l'humiliation

Au souper, j'ai été incapable d'avaler une bouchée. Même le maïs en crème ne passait pas, tellement j'avais la gorge nouée. Pendant que mes parents mangeaient en silence, j'ai recollé la statue de la Vierge. La cassure était nette et le rafistolage n'a donc pas été trop compliqué. Quand Clothilde a vu sa statue, elle a serré ses mains contre sa poitrine :

— Merci Manouane !

Elle avait déjà oublié que c'était moi qui l'avais cassée…

J'ai sorti mes devoirs de mon sac à dos, mais c'était pour faire semblant. Je n'ai même pas ouvert mon livre de maths. Ma concentration s'était volatilisée. Comme mon sac poubelle vert. J'ai feuilleté ma Grande Encyclopédie du Pissenlit, mais le cœur n'y était pas.

J'ai fait les cent pas entre le salon et la cuisine, aussi irritable qu'une lionne en cage. Le maire Fauchon allait-il vraiment alerter la Sûreté du Québec ? Les policiers pouvaient-ils vraiment faire un lien entre mes graffitis et le vandalisme chez Mistinguett ?

Clovis avait disparu dans l'étable, probablement encore avec sa Léontine. Tandis que j'aidais Clothilde, j'ai vu une lumière s'allumer chez Alex.

Alex ! Lui, l'ex-policier, pourrait me donner de bons conseils. Il pourrait me dire si je devais prendre au sérieux les menaces de Face-de-Furoncles...

J'ai enfilé mon manteau et j'ai traversé le champ en courant. J'ai sonné. Une fois. Deux fois. Trois fois. Alex n'a pas répondu. J'ai collé mon nez à la fenêtre du salon. Assis par terre, le dos appuyé contre le divan, mon voisin s'offrait un de ses fameux « voyages-vodka ». Sur la table à café devant lui se trouvaient une bouteille d'alcool à moitié vide.

J'ai sonné, une fois de plus. Ce coup-là, c'était pour lui offrir mon aide plutôt que de demander la sienne. Alex a hurlé :

— Foutez-moi la paix !

Il y avait tellement de hargne dans sa voix que j'ai dégringolé les marches d'une traite. Savait-il que c'était moi qui sonnais à sa porte ? Peut-être que non. N'empêche, j'ai senti la piqûre familière de l'humiliation. Ça m'a écorchée assez fort, merci. Mes larmes ont monté. J'avais pourtant l'habitude d'être rejetée... mais pas par Alex.

Impulsivement, j'ai pris la direction du village... Qu'est-ce qui lui prenait, à Alex, de hurler comme un déchaîné ? Pourquoi boire tant de vodka si ça le rendait si malheureux ? Ou était-ce parce qu'il était très malheureux qu'il buvait tant de vodka ?...

J'avais parcouru la moitié du trajet lorsqu'il s'est mis à pleuvoir. En deux minutes, j'étais trempée. J'ai décidé de marcher jusqu'à *La Jolie Jarretière*. Mistinguett était sans doute de retour chez elle. Au moins, je savais qu'elle ne me crierait pas de bêtises. Elle m'offrirait peut-être même un chocolat chaud...

Devant la boutique de lingerie fine, j'ai eu envie d'imiter Alex et de hurler à la façon d'une louve enragée. Le tacot de Coco était stationné dans la cour. Pas question que j'aille tenir la chandelle entre les amoureux.

Je n'avais qu'un dollar en poche. J'ai marché jusqu'à la seule et unique cabine téléphonique de Sainte-Cunégonde. J'ai fait le tour deux fois avant de me décider. Le froid a eu raison de moi. Il ne pleuvait plus, sauf que la pluie avait transpercé mon manteau et mouillé l'encolure de mon chandail.

J'ai glissé mon huard dans la fente de l'appareil. J'ai fermé les yeux en entendant la sonnerie. Il a répondu presque immédiatement, comme s'il attendait mon appel.

— Allô ?

J'ai chuchoté, tellement la nervosité me coupait la voix :

— C'est moi.

— Manouane ? Quelle belle surprise !

Sankara avait l'air étonné et content. J'ai perdu le contrôle de ma langue. Les phrases ont déboulé, pêle-mêle, comme un sac de patates renversé dans l'escalier.

— Le maire Fauchon est revenu. Il a fouillé dans ma chambre. Il a trouvé des… des choses personnelles. Et je ne trouve plus mon sac poubelle vert. Et Clovis ne sait rien. Et Alex m'a crié après et…

À bout de souffle, je n'ai pas fini ma phrase.

— Manouane, je n'ai rien compris… Où es-tu ?

— Devant l'hôtel de ville… dans la cabine téléphonique.

— Viens chez Coco. Tout de suite.

Sans attendre ma réponse, il a raccroché.

Allegro moderato

Cinq minutes plus tard, j'ai vu Sankara surgir d'un coin de rue, courant à ma rencontre. Après les incohérences de Clothilde, après l'indifférence de Clovis, après les hurlements d'Alex, son empressement a mis un peu de baume sur mon orgueil écorché.

— Tu es trempée ! s'est-il exclamé. Sans chapeau, sans gants ! Tête de linotte !

Il m'a prise par la main et s'est mis à jogger. J'ai trottiné à sa suite. Docilement. Presque joyeusement.

Chez Coco, Molassonne m'a accueillie en martelant le plancher de sa queue et en me bavant sur les mains. La maison sentait toujours la poussière et la graisse de bacon ; au moins, j'étais au sec.

— Enlève ton manteau et tes bas, m'a ordonné Sankara.

Il m'a tendu d'épaisses chaussettes, un énorme chandail en laine et une serviette pour sécher mes cheveux. Je grelottais toujours. Il m'a alors installée sur le sofa du salon et m'a emmitouflée dans une douillette.

Pendant qu'il mettait des bûches dans le foyer, je lui ai raconté la visite du maire Fauchon. Quand j'ai parlé des sous-vêtements trouvés sous mon matelas, Sankara m'a demandé d'où ils venaient.

— Mistinguett me les a offerts.

— Tu n'avais qu'à dire ça au Maire.

— Je lui ai dit. Il ne m'a pas crue.

— Mistinguett pourra le confirmer.

— Je ne veux pas la mêler à cette histoire. Elle a déjà assez de soucis. De toute façon, le maire est convaincu que j'ai fait les graffitis. Et pour ça, Mistinguett ne pourra pas m'aider.

Sankara s'est levé et m'a rapporté une tasse de chocolat chaud.

— Ce n'est pas parce que le maire trouve chez toi des dessous qui viennent de *La Jolie Jarretière* que ça veut dire que tu as vandalisé cette boutique.

— Oui, mais ça s'ajoute à la mitaine qu'il a trouvée chez lui. Sans compter la disparition de mon sac poubelle.

— Quel sac poubelle ?

— J'avais mis mon costume de graffiteuse et mes bombes aérosol dans un sac poubelle, derrière la fournaise. Le sac a disparu.

Pour la première fois, Sankara a eu l'air alarmé :

— Tu crois que le maire l'a pris ?

— Peut-être. Je n'arrive pas à avoir une réponse claire de ma mère. Elle ne se souvient pas s'il est descendu ou non au sous-sol.

Le neveu de Coco a secoué la tête d'un air désolé.

— Pourquoi ta mère a-t-elle laissé le maire fouiller chez vous ?

— Elle voulait le convaincre de mettre une statue de la Vierge devant la mairie. Je crois aussi qu'elle a peur de lui.

— Qu'est-ce que ton père en pense ?

— Clovis ne sait pas que Face-de-Furoncles est passé chez nous. Sa meilleure vache est malade et il ne pense qu'à ça.

Sankara a tenté de me rassurer.

— La situation n'est peut-être pas si dramatique que tu crois. D'abord, tu ne sais pas si c'est le maire qui a pris le sac. Ensuite, malgré la mitaine et le graffiti sur sa porte, Fauchon ne sait pas si son graffiteur est la même personne qui a vandalisé chez Mistinguett. Il veut t'intimider en essayant de te lier à cette histoire. La police finira par trouver qui a saccagé la boutique et le maire te laissera tranquille.

— Face-de-Furoncles n'abandonnera pas. Il en veut tellement à ma mère qu'il cherche par tous les moyens possibles à se venger. Il ne lâchera pas tant qu'il n'aura pas prouvé ma culpabilité.

Je n'ai pas dit à Sankara que le maire le soupçonnait et qu'il le traitait de Noir… Je ne voulais pas l'inquiéter et puis… j'avais honte que Sainte-Cunégonde ait un maire raciste.

En silence, nous avons regardé le feu crépiter dans le foyer. Je ne grelottais plus. J'ai enlevé la douillette qui me couvrait. Sankara m'a tendu son iPod.

— Ça va te remonter le moral.

J'ai mis les écouteurs et une cascade de notes joyeuses m'ont dégringolé dans les oreilles. Il y avait de la trompette, des violons, du clavecin aussi je crois. J'écoutais distraitement en pensant à mon sac disparu. Sankara guettait ma réaction. J'ai demandé poliment :

— C'est quoi ?

— Les Six Concertos brandebourgeois, de Jean-Sébastien Bach.

— Tu as des goûts sophistiqués…

— Pas plus que toi, Miss Pissenlit. Aimes-tu cette musique ?

— Euh…

Sankara semblait si emballé par son Bach que je n'ai pas eu le cœur de lui dire que la musique classique m'ennuie à l'infini. Il a eu le sourire patient d'un prof envers un élève cornichon.

— On va l'écouter ensemble. Cette fois, ferme les yeux. Et arrête de penser au maire Fauchon pendant deux minutes.

— Je ne demande pas mieux !

Quand il s'est assis à côté de moi, le coussin du vieux sofa s'est enfoncé et j'ai glissé vers lui. Une pensée m'a traversé l'esprit et je me suis relevée comme si j'avais un ressort dans le corps.

— Ça ne va pas ? a demandé Sankara.

— Euh… je n'ai pas pris ma douche avant de venir… Mes vêtements sentent l'étable.

Il a éclaté de rire.

— Et moi je sens l'huile à patates frites, alors on est quitte. Viens te rasseoir.

Comment faisait-il, ce Grand Frisé, pour désamorcer aussi facilement les problèmes ?

J'ai mis un des écouteurs dans mon oreille droite tandis que Sankara fichait l'autre dans son oreille gauche. Têtes rapprochées, épaule contre épaule, cuisse contre cuisse, on a écouté les concertos de Bach.

J'ai fermé les yeux mais je n'arrivais pas à me concentrer plus qu'à la première écoute. Je ne pensais plus à mes malheurs. Seulement à cette chaleur, là où la jambe de Sankara touchait la mienne. Je ne pensais qu'à ses mains, si proche des miennes. Qu'à sa peau brune contre ma peau blanche. Si j'avais pu enlacer mes doigts entre les siens, j'aurais eu ma dose de bonheur. Et je ne me serais plus plainte des vaches ou de la Vierge pour au moins un mois.

À la fin du morceau, il m'a demandé :

— Et puis ?

Hein ? Quoi ? Comment pouvais-je lui donner une opinion intelligente sur Bach quand je ne pensais qu'à des choses innommables : son corps, mon corps, nos corps collés, soudés, ancrés si possible… J'ai répondu n'importe quoi :

— J'aime la partie avec la trompette.

— Concerto numéro 2. Allegro moderato. Excellent choix !

Il s'est penché vers moi et j'ai cru qu'il allait m'embrasser. J'ai fermé les yeux… tandis qu'il retirait doucement l'écouteur de mon oreille.

Ce que je pouvais être nulle ! Pourquoi aurait-il voulu m'embrasser ? Nous n'étions pas dans un film d'amour, mais à Sainte-Cunégonde-du-Cap-Perdu, et j'étais une fille qui disait toujours les mauvaises choses au mauvais moment, qui avait une mère obsédée par la Vierge et un père obsédé par les vaches. Une fille terne et sauvage. Pourquoi aurait-il voulu embrasser une fille comme moi ?

L'horloge grand-père m'a ramenée à la réalité en sonnant 23 heures. J'ai enlevé l'énorme chandail de laine. Sankara m'a forcée à le remettre.

— Tu me le rapporteras la prochaine fois.

Encore une fois, il a insisté pour me raccompagner. Sur la rue Principale, Sankara a pointé du doigt le tacot de Coco, toujours garé devant la boutique de Mistinguett.

— Depuis le vandalisme, mon oncle ne la quitte plus.

— Comment va Mistinguett ?

— Abattue. La police poursuit son enquête mais n'a encore rien trouvé. Ce qui bouleverse Mistinguett, c'est que les vandales n'ont rien volé, comme s'ils avaient tout cassé pour le plaisir de détruire. Mistinguett croit que quelqu'un lui en veut.

— Qui pourrait lui en vouloir ?

— Peut-être le maire Fauchon. Coco m'a dit qu'il avait voulu acheter la bâtisse quand la vieille dame française est décédée.

Durant tout le trajet jusqu'à chez moi, j'ai médité cette possibilité. Même si je détestais Face-de-Furoncles, je ne l'imaginais pas saccager *La Jolie Jarretière*. J'aurais plutôt misé sur la bande à Momo et son trop-plein de méchanceté…

Sans la musique de Bach dans l'oreille, sans la cuisse de Sankara contre la mienne, la peur est revenue me hanter. Peur du lendemain. Peur des menaces de Face-de-Furoncles. Peur d'être démasquée…

— Si j'étais majeure, je partirais d'ici. Ce soir même.

Sankara a serré ma main dans la sienne. Son geste n'avait rien de romantique. Plutôt un pépé qui rassure sa petite-fille.

— Aie confiance en ta bonne étoile…

J'ai levé les yeux au ciel. D'épais nuages cachaient jusqu'à la dernière étoile.

Rapide et lent en même temps

Une des qualités que j'admire (et que j'envie) chez le pissenlit, c'est son côté à la fois lièvre et tortue. Sa capacité d'être rapide et lent en même temps. Le pissenlit pousse vite. En quelques jours, ses fleurs jaunes passent du bourgeon à la graine. Par contre, le pissenlit peut aussi vivre très longtemps… grâce à la racine qui s'enfonce lentement dans le sol et génère, année après année, de nouvelles fleurs. Ça m'épate de penser que les pissenlits qui poussent dans le parc de Sainte-Cunégonde sont peut-être trois fois plus vieux que les enfants qui viennent les cueillir.

Depuis que j'ai rencontré Sankara, je voudrais imiter le pissenlit. Me faire à la fois lente et rapide. Rapide, car avec le Grand Frisé je veux tout, tout de suite. Ne pas attendre pour dire les mots que je n'ose pas dire. Ne pas attendre pour caresser ce que je n'ose pas caresser. Mais je veux aussi me faire lente. Ne rien brusquer. Ne rien égratigner. Ne rien casser de ces élans qui nous précipitent l'un contre l'autre.

Coup de queue. Coup de gueule

Samedi matin, je me suis réveillée avant le lever du soleil. Épuisée et incapable de me rendormir. Je me sentais comme Léontine, sans force et sans désir de me relever.

J'ai enfilé mes salopettes et je suis allée fouiller dans la remise. Je voulais voir si Clovis ou Clothilde n'y avait pas apporté mon sac poubelle vert. J'ai tout viré sens dessus dessous. J'ai bougé des piles de bric-à-brac, déplacé des montagnes de vieilles boîtes et soulevé un tas de poussière. J'ai trouvé une souris morte. Aucun signe de mon sac vert.

Ensuite, je me suis traînée les pieds jusqu'à l'étable, où Clovis préparait déjà les vaches pour la traite. Il avait son air renfrogné des mauvais jours. Mon père n'a jamais été du genre jovial. Il n'a jamais chanté sous la douche ou sifflé en travaillant. Mais avant la Catastrophe, il souriait de temps en temps.

Plus maintenant. Clovis n'a ni entrain, ni enthousiasme. Il semble sans cesse inquiet, sans cesse aux aguets de la prochaine Catastrophe. Si, en plus des visites de Fauchon et des folies de Clothilde, il faut aussi qu'il perde sa seule et unique vache de catégorie «Excellente», il risque de tomber encore plus creux.

Je préparais la solution pour le bain de trayons quand Marcelline a donné un coup de queue à Clovis. Elle l'a frappé en plein cœur de la poitrine, laissant une large trace de bouse sur sa chemise. J'ai pouffé de rire. En général, c'est toujours moi qui me prends les coups de queue. On dirait que mon père a un sixième sens pour les éviter. Pas ce matin.

Clovis ne s'est pas fâché contre Marcelline. Il a enlevé sa chemise de flanelle et a marché lentement jusqu'au bureau, une petite salle vitrée à l'extrémité nord de l'étable. Les épaules affaissées, le torse maigre dans sa camisole grisâtre, il faisait encore plus vieux que ses 55 ans.

À travers la vitre, je l'ai vu prendre sa chemise de rechange, accrochée à un clou derrière la porte. Plutôt que de se rhabiller, il s'est laissé tomber sur sa chaise, a posé les coudes sur le bureau et enfoui son visage dans la chemise. Il est resté immobile si longtemps, la tête cachée dans son vêtement, que je suis allée le rejoindre.

— Clovis ?

— …

— Clovis ? Es-tu malade ?

Il a relevé la tête, lentement.

— Fatigué. Juste fatigué.

Il a enfilé sa chemise : chaque geste semblait lui coûter. Il avait l'air d'un homme au bord du précipice. D'un homme fragile qui pouvait à tout moment se casser en morceaux. Comme une statue.

Clovis travaillait tellement au ralenti qu'il nous a fallu trente minutes de plus pour finir la traite. J'avais presque terminé ma corvée de nettoyage lorsque la génisse blanche aux fesses rousses m'a foutu un coup de tête dans le derrière. L'exclamation de Sankara m'est revenue en mémoire en la voyant : « Il est adorable ce veau ! »… Ce souvenir a déclenché une bouffée de joie inattendue.

Impulsivement, je me suis approchée de Clovis occupé à désinfecter les trayeuses.

— J'ai trouvé un nom pour ma génisse.

Mon père m'a regardée d'un air vaguement intéressé.

— Tampopo.

— Hein ?

— Tampopo. C'est un mot japonais qui veut dire pissenlit.

Il m'a regardée comme si je venais de dire testicule ou vagin.

— Tu n'aimes pas ça ?

— Ça ne rime pas en « ine ».

— Justement, ça nous changerait un peu. Tampopo, c'est rigolo non ?

— Ce n'est pas un nom pour une vache.

— Au contraire. J'ai lu dans un livre que les feuilles de pissenlit sont très bonnes pour les vaches. Elles augmentent la lactation et enrichissent le lait. Donc, Tampopo, ça convient tout à fait.

Il a haussé les épaules.

— Tu as encore bien des choses à apprendre fifille. Quand une vache mange la tige du pissenlit, son lait devient amer.

— Tu as lu ça où ?

— Nulle part. C'est l'expérience qui m'a appris ça.

Et vlan ! Clovis venait de piétiner ma bonne intention. Lui qui me demandait depuis des mois de donner un nom à sa foutue génisse rejetait maintenant ma proposition du revers de la main. Ça m'apprendra à me montrer généreuse.

J'ai jeté ma pelle dans le fond d'une stalle vide.

— Appelle-la donc comme tu voudras, ta génisse !

Il n'a pas réagit. Rien de nouveau sous le soleil.

Mariner dans le remords

En sortant de l'étable, j'ai trouvé Alex qui m'attendait, assis sur les marches du perron. Il m'a tendu un gâteau au chocolat. Je ne l'ai pas pris.

— Désolé pour hier soir…

J'ai gardé mes distances, car je sentais la bouse de vache. Je n'ai pas répondu. Parce que je ne savais pas quoi répondre. Parce que j'ai un côté rancunier aussi. Je voulais voir Alex mariner un peu dans son remords.

— Manouane… je n'étais pas en état de te parler.

— Tu m'as crié par la tête. Comme on crie après un chien.

Il a fourragé dans ses cheveux, l'air navré.

— Je m'excuse.

— La vodka te rend hargneux.

— Je sais, a-t-il murmuré.

— Ça me met à l'envers de te voir dans cet état là.

— Je sais, a-t-il murmuré de nouveau, penaud.

J'allais me lancer dans un sermon sur les ravages de l'alcool lorsque ma mère nous a rejoints. On peut toujours se fier à Clothilde pour arriver comme un cheveu sur la soupe.

— Bonjour Alex! Tu viens prendre un café?

Il a bondi sur ses pieds :

— Non merci Clothilde, je voulais simplement dire à Manouane que j'ai un cadeau pour elle.

— Ce n'est pas ma fête.

— Je l'ai fait moi-même.

— Tu es gâtée ma fille! a dit Clothilde.

Mon voisin s'est tourné vers moi :

— Alors Manouane-la-Banane, viendras-tu chercher ton cadeau aujourd'hui ?

Les bras croisés, je retournais une motte de boue avec ma botte.

— Manouane, Alex attend une réponse, m'a dit doucement Clothilde.

Je n'avais de leçon de politesse à recevoir de personne…

— Je ne savais pas que j'avais une voisine boudeuse.

Re-silence de ma part.

— Bon, j'ai compris, a lancé Alex en partant. Mais si tu tardes trop, je vais offrir ton cadeau à Clothilde.

— Qui boude ? a demandé ma mère.

— Laisse tomber. Tu ne comprendrais pas.

Une fenêtre s'ouvre…
et se referme

J'ai pris une longue douche chaude pour chasser les odeurs d'étable et les effets de mes pensées noires. Puis je suis descendue à la cuisine où j'ai fait des biscuits aux fleurs de pissenlit. Pendant qu'ils cuisaient, j'ai trouvé une boîte à souliers vide que j'ai tapissée de papier cadeau. Quand j'ai sorti les biscuits du four, ils étaient dorés et moelleux à point.

Je les ai disposés dans la boîte, en faisant des efforts pour que ce soit joli, moi qui ne sais pas faire joli. Clothilde s'est pointée pendant que je mettais la touche finale.

— C'est un cadeau ?

— Hmmmm…

— Pour Mistinguett ?

J'étais tellement étonnée que j'en ai échappé le biscuit que je tenais.

— Comment tu savais ?

Elle a haussé les épaules.

— Il m'arrive de comprendre des choses, tu sais.

Sa voix avait une intonation inhabituelle. Du désenchantement peut-être.

— Oui, c'est pour Mistinguett.

Ma mère m'a regardée dans les yeux. Ce matin-là, son regard était clair, direct.

— Est-ce que ton amie te fait rire ?

J'ai retenu mon souffle, n'osant pas espérer. Il y avait si longtemps que je n'avais pas eu avec Clothilde une conversation presque normale.

— Oui, Mistinguett me fait rire.

— Tant mieux, a répondu ma mère.

— Pourquoi tu me demandes ça ?

Elle a tiré un ruban bleu de son coffret de couture, l'a enroulé autour de la boîte à souliers et l'a fixé avec une boucle. Puis elle a posé sa main sur la mienne.

— Je prie très fort pour vous deux.

— Qui ça, nous deux ?

— Le maire Fauchon et toi. Vous êtes malheureux tous les deux.

— Ne me compare pas à Fernand Fauchon !

Elle a insisté :

— Pour que tu brises une statue de la Vierge, il faut que tu sois très accablée.

De dépit, j'ai donné un coup de pied à la table. On revenait, encore et toujours, à la Vierge. Ce qui « m'accablait », pour reprendre l'expression de ma mère, c'était d'entrevoir une lueur d'espoir pour me buter presque aussitôt sur le mur de béton de la déception. Les fenêtres de lucidité de Clothilde s'ouvraient si peu longtemps.

— Je vais demander à Marie de t'aider. N'oublie pas, Manouane : la Vierge veille sur toi.

— Merci Clothilde, ça me rassure beaucoup…

Chapitre 15

Les dames Denault

Un rideau noir avait été suspendu dans la vitrine de *La Jolie Jarretière* et cachait entièrement l'intérieur du magasin. Le carton blanc posé sur la porte annonçait l'évidence : FERMÉ. J'ai frappé à la porte. Quand Mistinguett m'a ouvert, je n'ai entendu que du silence. Pas de « Txiling ! Txiling ! »

Mistinguett était vêtue de sa robe noire. Celle qu'elle portait ce fameux soir où elle m'avait sortie de la pluie pour m'offrir du chocolat chaud. Où elle m'avait consolée alors que j'étais aussi pathétique qu'un chiot abandonné. La robe était toujours aussi tape-à-l'œil. Sa propriétaire brillait cependant avec moins d'éclat. Ses cernes m'ont fait penser à Clovis; elle non plus ne dormait pas assez.

Quand Mistinguett m'a fait la bise, j'ai retrouvé son parfum de lilas fané, toujours à trop forte dose. J'ai souri malgré moi. Certaines choses ne changeaient pas…

— Je voulais venir avant… désolée… Coco était là et… Enfin, comment ça va ?

Elle a eu un sourire courageux.

— Ça va. Après tout, on ne m'a ni violée ni torturée. On ne m'a même pas cambriolée !

Je lui ai tendu ma boîte enrubannée.

— Je t'ai fait des biscuits au pissenlit.

— Merci ! Décidément, les dames Denault me gâtent ces jours-ci.

— *Les* dames Denault ?

— Ta mère est venue hier. Viens voir ce qu'elle m'a apporté.

Nous avons traversé la boutique et ce n'est qu'à ce moment-là que j'ai remarqué les boîtes de carton. Des boîtes dans lesquelles une partie de la marchandise avait été flanquée pêle-mêle. Nénette et Zézette gisaient dans un coin, nues, les bras entremêlés. Des sacs de cintres s'entassaient près du comptoir. Ce ne serait pas demain la réouverture…

Dans la cuisine, j'ai vu tout de suite la statue de la Vierge sur le bord de la fenêtre.

— Ah non ! Ce n'est pas vrai !

— Ne fais pas cette tête-là ! J'ai trouvé ta mère charmante.

— Qu'est-ce qu'elle voulait ?

— Placoter, comme vous dites. Elle était curieuse de voir la boutique et m'a posé un tas de questions sur le vandalisme.

Clothilde ici, en train de poser des questions à une étrangère ? Bizarre…

— Elle m'a dit aussi de ne pas m'en faire, que la Vierge veillait sur moi.

— Et ?… C'est tout ?

À mon ton anxieux, Mistinguett m'a jeté un regard curieux :

— Quoi, il y a autre chose qu'elle aurait dû me dire ?

— Non, non. Mais Clothilde est tellement imprévisible… et parfois, elle fabule…

J'ai caché mon trouble en enlevant mon manteau. J'étais à la fois soulagée et inquiète. Clothilde ne semblait pas avoir parlé de la visite du maire Fauchon ni des graffitis. Mais pourquoi venir dans cette boutique de lingerie fine, elle si pudique ? Malgré son côté irrationnel, il y avait, en général, certaines similarités dans ses débordements. Et ceci ne lui ressemblait pas.

— Qu'est-ce que je t'offre à boire ? Jus, thé, chocolat chaud ?

— Rien. Je suis venue pour t'aider.

— M'aider ?

— À remettre de l'ordre dans la boutique. À choisir un nouveau déshabillé pour Nénette et Zézette…

Mistinguett a soupiré.

— Avant d'investir de l'énergie à tout replacer, je dois prendre une décision.

— À propos de quoi ?

— À propos de l'avenir de la boutique.

Clip. Dans ma tête, j'ai entendu ce bruit étrange : clip. Comme le bruit sec de ciseaux qui coupent un morceau du cœur.

La pire des égoïstes

Ma lèvre s'est mise à trembler. J'ai serré les dents et j'ai demandé :

— Pourquoi ?

Mistinguett a ouvert ma boîte de biscuits. Elle a pris une bouchée et a mastiqué lentement, les yeux fermés. De toute évidence, elle ne voulait pas répondre à ma question.

— Délicieux. À part les fleurs de pissenlit, il y a quoi d'autre là-dedans ?

Ah non, elle n'allait pas me faire ce coup-là…

— Pourquoi tu veux fermer ?

Mistinguett a soupiré.

— Je perds de l'argent à chaque mois… Cette boutique est en train d'engloutir toutes mes économies.

— Mais il faut que tu te laisses plus de temps ! Une clientèle, ça ne se bâtit pas en claquant des doigts. Il faut de la patience, de…

— Le bassin de clientèle n'est pas assez grand. Sans compter que les gens d'ici ne semblent pas très amateurs de dessous chics. J'ai agi sans réfléchir. J'avais hérité de cette maison et j'ai sauté sur l'occasion pour prendre un nouveau départ, dans un nouveau pays… Toutefois, l'endroit était mal choisi. Très mal choisi.

J'ai mordu dans un biscuit, juste pour arrêter le tremblement de mes lèvres. J'ai réussi à avaler ma bouchée et j'ai osé la question à un million de dollars :

— Qu'est-ce que tu vas faire si tu fermes ?

— Rentrer à Paris. Me trouver un boulot.

— Tu pourrais te trouver un autre boulot ici.

— Il ne pleut pas des emplois à Sainte-Cunégonde-du-Cap-Perdu… Et j'ai l'impression qu'on n'apprécie pas vraiment ma présence ici…

— Pourquoi tu dis ça ?

— Tu as vu comment on a saccagé ma boutique ? Ils ont même brisé ma clochette tintinnabulante. Le pire, c'est qu'ils n'ont rien volé. Rien ! Même pas la petite caisse, si facile à emporter. Quelqu'un m'en veut, c'est clair.

— Tu sautes aux conclusions. C'est peut-être des jeunes imbéciles qui ne te connaissaient même pas et qui avaient envie de se défouler…

— Manouane, tu sais mieux que moi comment les habitants d'une petite communauté peuvent être cruels. Regarde ce que ta famille endure depuis des années…

— Ça n'a rien à voir avec ta situation. Ma mère a humilié le village. Et puis, mes parents sont bizarres, ça éloigne le monde…

— Justement ! Moi aussi je suis différente… Mon nom, mon accent, mes chemisiers transparents, la marchandise que je vends…

— Il faut laisser aux gens d'ici le temps de t'apprivoiser…

Je n'en revenais pas de m'entendre. Moi qui mourais d'envie de quitter Sainte-Cunégonde, voilà que j'essayais de convaincre

Mistinguett d'y rester. J'étais la pire des égoïstes.

La même image me revenait sans cesse à l'esprit : Mistinguett, Coco, Sankara et moi, assis près du foyer chez Coco, à rigoler en buvant de la tisane au miel de pissenlit. Je ne pouvais pas croire que mon cercle d'amis, qui venait à peine de se former, allait déjà se briser.

J'ai serré les lèvres et je suis revenue à la charge.

— Et Coco ? Tu ne peux pas laisser Coco ! Tu l'aimes ! Et lui t'aime comme un fou !

Je disais Coco, mais au fond, je voulais dire : « Tu ne peux pas me laisser, moi, Manouane. »

— Je n'ai pas encore abordé le sujet avec Jacques… Il se demande pourquoi je tarde à rouvrir la boutique. J'hésite à lui dire que ce magasin me coûte plus d'argent qu'il n'en rapporte. Généreux comme trois, il aurait sûrement une tonne de suggestions pour me sortir de ce pétrin… mais je ne veux pas de sa charité.

Je n'ai pas osé protester, de peur que ma voix me trahisse. Je suis sortie de l'arrière-boutique comme une flèche. J'ai farfouillé dans une boîte de carton, d'où j'ai tiré les deux premiers déshabillés qui me sont tombés sous la main. En forçant un peu, j'ai réussi à désengager les bras de Nénette et à lui enfiler un négligé en mousseline turquoise avec un col en fausse fourrure. Pour Zézette, j'ai choisi un kimono en satin noir à manches très larges, fermé par une ceinture fuchsia.

Mistinguett m'observait en silence. Elle sirotait son thé et n'offrait pas de m'aider. Nénette et Zézette rhabillées, je les ai placées devant la caisse, mains jointes. Même pose implorante que celle de la Vierge.

— Pourquoi cette pose ? a-t-elle demandé.

— Nénette et Zézette te supplient de ne pas quitter l'irrésistible village de Sainte-Cunégonde-du-Cap-Perdu.

Mistinguett a éclaté de rire. Moi j'ai éclaté en sanglots. Elle a mis ses bras autour de moi et j'ai appuyé ma tête sur son buste qui pointait comme un canon. Malgré mon nez bouché, je sentais clairement son parfum de lilas fané. Quand j'ai finalement réussi à contrôler mon pleurnichage, j'ai tenté d'expliquer :

— Je n'ai… personne. Je viens à peine de te trouver et… et tu veux déjà partir…

— Manouane, où que j'aille, on restera amies. Toi-même, tu vas bientôt quitter ce village. Et là où tu iras, tu te feras des copines de ton âge. J'en suis convaincue.

Je me suis mouchée bruyamment.

— Si tu retournes à Paris, tu vas te rendre compte que ta grosse valise sera beaucoup plus lourde qu'à l'arrivée.

— Pourquoi ?

— Parce que je serai dedans.

Coco l'incrédule

En sortant de *La Jolie Jarretière*, je n'ai pas hésité une seule seconde. J'ai filé en droite ligne au casse-croûte de Coco Popcorn. J'espérais que Sankara y serait. Ma démarche serait moins intimidante avec lui tout près. Avant même d'entrer, j'ai vu, à travers la vitrine, qu'il n'y avait que Coco et Justine Babin.

Cette dernière portait un t-shirt couleur cantaloup, qui mettait en valeur son teint parfait. Coco a brandi une spatule dans sa direction, en secouant la tête, avant de disparaître dans l'arrière-boutique. La Babin a ri en renversant la tête en arrière. Devant son sourire éclatant, ses cheveux blonds et lustrés répandus sur ses épaules, je n'ai pu m'empêcher de penser : cette fille a un visage fait pour être pris en photo. Pourquoi les revues de mode ne présentent-elles jamais de photos de femmes handicapées ?

Je suis entrée et me suis approchée du comptoir. La Babin a jappé dans ma direction :

— Tu prends quoi ?

— Rien. Je veux parler à Coco.

— Il est occupé, a-t-elle grogné.

La Babin me dévisageait d'un air hostile. Bouche amère et sourcils froncés. Il ne restait plus une miette de son charme entrevu deux minutes plus tôt.

— Je vais l'attendre.

Heureusement, Coco est réapparu quelques secondes plus tard.

— Manouane ! Content de te voir ! Sankara a congé aujourd'hui. Je crois que tu peux le trouver à la maison. Tu veux boire quelque chose ?

Qu'est-ce qu'ils avaient tous à vouloir absolument m'offrir une boisson quand le monde entier s'écroulait autour de moi.

— Non merci. As-tu deux minutes ?

Je lui ai fait signe de me suivre au fond du restaurant. Je ne voulais pas que Justine Babin entende notre conversation. Quand j'ai annoncé à Coco que Mistinguett songeait à repartir en France, il a pâli.

— Je ne te crois pas.

À ma tête d'enterrement, à mes yeux qui se remplissaient encore de fichues larmes, il a compris que je ne blaguais pas. J'ai tiré sur sa manche de chemise :

— Il faut que tu la fasses changer d'idée.

Il s'est précipité dans l'arrière-boutique et en est ressorti avec son manteau. Il a crié à Justine qu'il revenait dans une heure. Et de fermer s'il y avait trop de clients.

Puis il est sorti sans refermer la porte. Ahurie, la Babin m'a apostrophée :

— Qu'est-ce que tu lui as dit ?

— Pas de tes oignons ! que j'ai répondu avec un sourire narquois.

La vengeance est un plat qui se mange à tout moment. Même quand on n'a pas faim.

Clou de terre

À la maison, j'ai recommencé mes fouilles de A à Z. J'ai ouvert chaque sac, chaque boîte et inventorié chaque placard. Rien. Aucun signe de mon sac poubelle vert.

Pour faire baisser mon niveau de frustration, pour éviter de fracasser une autre statue de la Vierge, j'ai sorti ma Grande Encyclopédie du Pissenlit. J'ai relu mes notes sur la racine de pissenlit.

« *La racine du pissenlit fait penser à une carotte : longue, mince, de la grosseur d'un doigt et de couleur rougeâtre. Elle pénètre très profondément dans le sol, là où la chaleur et la sécheresse ne peuvent l'affecter, loin du grignotage des petits rongeurs. La racine du pissenlit vit durant l'hiver et fait pousser de nouvelles feuilles au printemps.*

Grâce à sa racine, le pissenlit est le champion de la régénération. Il se reconstruit aussi vite qu'on le détruit. Si on coupe en cinq une racine de pissenlit, on peut se retrouver avec cinq pissenlits ! Même si on décapite la fleur, la racine vaillante produit rapidement d'autres fleurs. Couper la racine près de la surface ne fait qu'en stimuler la croissance. Cette racine est si tenace que les Chinois l'ont surnommée « clou de terre ».

Cette histoire de regénération m'a fait penser à Mistinguett. D'accord, le vandalisme dans sa boutique avait été un coup dur. D'accord, sa marchandise ne faisait pas fureur au village. Mais tout ça, ce n'était que la fleur. Il fallait l'inciter à mieux s'ancrer dans notre coin de pays, à devenir un clou de terre. Après tout, rien ne l'empêchait de transformer son commerce et de vendre autre chose que des bobettes fluo. En plus de son charme naturel de vendeuse, elle avait ce désir de vivre au Québec. Et Coco en plus. Avec tous ces atouts, elle pouvait sûrement trouver des moyens de se regénérer.

J'ai essayé d'imaginer la conversation entre Coco et Mistinguett. J'ai espéré que mon amie ne m'en voudrait pas d'avoir révélé son secret. J'ai espéré que Coco trouve des arguments assez convaincants pour la dissuader de retourner de l'autre côté de l'océan. J'ai espéré que Sainte-Cunégonde-du-Cap-Perdu l'emporte sur la Ville Lumière.

Le camion de la mort

En descendant à la cuisine prendre une collation, j'ai tout de suite vu le camion dans notre cour. Une autre mauvaise nouvelle allait venir s'ajouter à la pile déjà trop grosse. Ce camion était toujours synonyme de mort chez nous.

J'aurais dû m'y attendre. Léontine ne se levait plus depuis deux semaines. Clovis avait retardé ce moment le plus possible. Il avait soigné Léontine avec acharnement, se levant trois fois par nuit. N'importe quel autre producteur laitier aurait laissé tomber bien avant.

Je ne sais pas pourquoi, mais je suis allée derrière l'étable. Je les ai trouvés tous les deux dans l'enclos de Léontine. Toujours couchée. Clovis serrait les poings. Le récupérateur de carcasses avait l'air embarrassé de celui qui voudrait être ailleurs.

Quand il a posé son fusil sur le front de Léontine, je me suis enfuie. Je ne voulais pas le voir tirer.

Je ne voulais pas voir le visage de mon père devant le cadavre de sa seule et unique vache catégorie « Excellente ».

Chapitre 16

Une fâcheuse disparition

Lundi matin, pour la première fois de ma vie, j'ai séché les cours. Avec toutes ces inquiétudes qui me rongeaient, je savais bien que je perdrais mon temps en classe. Comment rester concentrée sur la géométrie ou sur les règles de la nouvelle orthographe quand une deuxième Catastrophe me pendait au bout du nez ?

J'ai marché jusqu'au Rang 12. Pas pour la cueillette ; simplement par envie de m'entourer de jaune. Je me suis assise près de la talle de pissenlits la plus touffue. Dans l'herbe encore mouillée. J'aurais les fesses trempées. Tant pis. Sur la dernière page de mon cahier de français, j'ai dressé la liste de tout ce qui allait mal dans ma vie :

1- Mon sac poubelle vert disparu.
2- Face-de-Furoncles sur mes talons.
3- Le départ possible de Mistinguett.
4- Alex qui boit trop.
5- Clothilde qui achète trop de statues.
6- Clovis bouleversé d'avoir perdu sa vache la plus précieuse.

Puis, j'ai dressé la liste de ce qui allait bien :

1- Les sourires de Sankara.
2- L'écoute de Sankara.
3 L'enthousiasme de Sankara pour les pissenlits.
4- La main de Sankara sur la mienne.
5- La tignasse frisée de Sankara (qui un jour j'allais toucher).
6- Les lèvres de Sankara (qui un jour j'allais goûter).

Quand j'ai eu assez de ces listes, j'ai déchiré une page de mon cahier et j'ai écrit une lettre au neveu de Coco.

Message #7

Cher Grand Frisé

Assez tourné autour du pot. Appelons un chat un chat. Depuis la première fois que je t'ai vu (ça fait cliché... mais c'est vrai, je te jure), j'ai envie de toucher tes cheveux. En fait, ce que je veux, c'est plonger mes mains dans ta tignasse. Pour en connaître enfin la texture.

Pour être franche, il n'y a pas que tes cheveux que j'aimerais toucher... Je voudrais poser mes mains sur tes joues. Poser mon front contre ton épaule. Coller mon nez dans ton cou. Palper les muscles de ton dos. Mettre tes mains sur mes seins...

M.

J'ai plié soigneusement ma lettre et je l'ai glissée dans mon sac à dos. Il était 10 heures. Je pouvais maintenant me réfugier à la bibliothèque municipale. En me voyant débarquer, Yolande Flipot m'a jeté un regard étonné. Je l'ai ignorée et j'ai filé droit vers la mezzanine. Et là, j'ai eu tout un choc.

Fleurs Sauvages avait disparu de sa tablette habituelle ! Mon livre ! Quelqu'un avait pris *mon* livre ! Je venais de perdre ma boîte aux lettres ! Le pire, c'est qu'il y avait peut-être un mot de Sankara pour moi dans ce bouquin !

J'ai couru à l'ordinateur vérifier dans le catalogue électronique : le livre se trouvait toujours sur la liste. Il se trouvait donc encore dans la bibliothèque. J'ai parcouru tous les rayons de la mezzanine. Je ne l'ai pas trouvé. J'avais envie de frapper. De cracher. De ruer comme Nadine, notre vache la plus colérique.

J'ai questionné Yolande Flipot qui faisait semblant de lire un livre sérieux, derrière le comptoir.

— Je cherche un bouquin qui s'appelle *Fleurs Sauvages* et qui date de 1972. Selon le catalogue, il devrait se trouver dans les rayons. Il n'y est plus.

La bibliothécaire a levé un sourcil.

— Un livre sur les fleurs sauvages ? De 1972 ? Aucune idée. Cependant, je peux te suggérer…

— Je ne veux pas d'un livre plus récent, je veux celui-là !

Mon ton paniqué a piqué sa curiosité. Elle a posé son bouquin.

— Qu'est-ce qu'il a de si spécial ce livre-là ?

— Rien ! Rien. Il n'a rien de spécial. Il me le faut, c'est tout !

Yolande Flipot a enlevé son stylo coincé derrière une oreille :

— Je vais noter la cote et garder un œil ouvert pour ce livre en faisant le classement.

— Vous le faites quand votre classement ?

— Cet après-midi, si j'ai le temps…

À ce moment-là, j'ai un peu perdu les pédales.

— Cet après-midi ? Mais vous pourriez commencer maintenant, plutôt que de lire ce stupide roman Harlequin caché dans votre autre bouquin.

Au lieu de se fâcher, la bibliothécaire a éclaté de rire.

— Eh bien, tu m'as démasquée !

Elle a sorti son Harlequin du livre à couverture rigide et me l'a tendu.

— Lis ça pendant que je cherche ton bouquin. Ça te détendra.

De la mezzanine, j'ai observé Yolande Flipot tandis qu'elle replaçait sur les étagères les livres accumulés sur son chariot. Elle travaillait lentement mais consciencieusement.

J'ai relu lentement et consciencieusement ma lettre à Sankara. N'importe quoi. Du pur délire. Même si *Fleurs Sauvages* avait été à sa place, sur son rayon habituel, j'étais maintenant certaine que je n'y aurais pas laissé cette lettre dangereusement directe. Périlleusement franche. Je m'étais déjà rendue assez vulnérable avec le neveu de Coco, merci.

Après dîner, la bibliothécaire est montée à la mezzanine pour me dire ce que je savais déjà : elle n'avait pas trouvé *Fleurs Sauvages*.

— Parfois, des livres disparaissent pendant des mois avant que je les retrouve par hasard.

— Vous allez continuer de chercher ?

— Bien sûr.

Je lui ai tendu son roman à l'eau de rose qu'elle a repris sans sourciller.

— Tu n'as pas d'école aujourd'hui ?

— Euh… Démasquée.

Elle m'a dit, taquine :

— Je garde ton secret si tu gardes le mien.

Avant de redescendre au rez-de-chaussée, elle m'a demandé :

— Tu n'aimes pas les histoires d'amour ?

Sa question m'a surprise. Je venais à la bibliothèque depuis des années et jamais elle ne s'était intéressée à mes lectures.

— Lire un roman d'amour, je trouve ça aussi excitant que de lire un manuel d'algèbre.

Elle a éclaté d'un rire à faire déguerpir tous les rats de bibliothèque.

— Je ne te crois pas.

Rendue en bas, elle riait encore.

Clothilde étonne encore

En rentrant à la maison, j'ai trouvé une douzaine de statues de la Vierge, alignées devant la porte d'entrée. Comme des soldats qui montent la garde. Quelle nouvelle lubie s'était emparée de Clothilde ?

À l'étage, j'ai trouvé le même arrangement en face de ma chambre. J'ai appelé ma mère. Pas de réponse. J'ai fait le tour de la maison. Personne.

J'ai enfilé mes salopettes et je suis allée rejoindre Clovis à l'étable.

— Où est Clothilde ?

— À la maison je suppose.

— Non.

— Elle doit être allée faire une marche alors, a dit mon père.

— Tu ne trouves pas ça bizarre comment elle a réarrangé ses statues ?

Clovis a haussé les épaules.

Quand nous avons eu fini de traire les vaches, Clothilde n'était toujours pas de retour à la maison.

— Elle était là quand tu es rentré ce midi ? que j'ai demandé à Clovis.

— Je ne suis pas rentré dîner.

Que mon père ne rentre pas manger le midi, après ses longues heures à trimer dans l'étable, n'était pas normal non plus. Mais depuis quelque temps, la routine pépère de la famille Denault se retrouvait cul par-dessus tête…

J'ai sorti des restants du frigo. Clovis s'est posté devant la fenêtre du salon.

À 18 heures, ma mère n'était toujours pas rentrée. J'ai mis le pâté chinois réchauffé sur la table. Clovis n'y a pas touché. À 18h30, il m'a dit :

— Je vais aller faire un tour dans les environs en auto.

— Je viens avec toi.

En passant devant chez Alex, mon père a bifurqué dans son entrée de cour.

— Va lui demander s'il a vu ta mère.

Notre voisin avait dû nous voir arriver car il est sorti de la maison avant même que j'atteigne son perron.

— As-tu vu Clothilde aujourd'hui ?

— Non. Pourquoi ?

— Elle est partie sans laisser de note.

— Elle ne serait pas au village ou chez une amie ?

J'ai levé les yeux au ciel.

— Depuis quand Clothilde a des amies ?

— Si vous ne la trouvez pas d'ici une heure, appelle-moi. Je viendrai vous donner un coup de main. En attendant, je vais ouvrir l'œil.

Avant de nous rendre au village, nous avons sillonné les rangs autour de chez nous. Puis Clovis a conduit jusqu'au cimetière où sont enterrés mes grands-parents. Aucun signe de Clothilde. Il s'est arrêté à la seule et unique épicerie de Sainte-Cunégonde. Aucun signe de Clothilde. On aurait eu de bonnes chances de la trouver à l'église, si le bâtiment n'avait pas été fermé à clé par le curé Barnabé.

J'ai pensé arrêter à *La Jolie Jarretière*, mais je n'avais pas envie que Mistinguett rencontre mon père. Pas tout de suite en tout cas.

Après avoir tourné plus d'une heure autour du village, Clovis a pris le chemin du retour.

— Allons voir si elle est rentrée, a-t-il dit.

Nous mettions les pieds dans la maison lorsque le téléphone a sonné. Clovis a répondu. Il a fait « Oui. Oui. D'accord, j'arrive tout de suite. » Puis il a raccroché.

— Ta mère est au poste de police.

Sans dommages apparents

D'habitude, Clovis conduit aussi vite qu'une tortue arthritique. Ce jour-là, il a dépassé la limite de vitesse d'au moins 30 km/heure ! Si un policier nous avait arrêtés, on aurait pu lui dire qu'on se rendait… au poste de police !

En moins de quinze minutes, nous étions à l'édifice de la Sûreté du Québec. Nous avons trouvé Clothilde assise sur une chaise, à la réception. Clovis s'est précipité vers elle et lui a pris les mains.

— Ça va ?

Elle a fait oui de la tête, calmement. Un sergent, que je n'avais jamais vu, nous a fait entrer tous les trois dans son bureau. Sans préambule, il a lâché sa bombe : Clothilde s'accusait d'avoir fait du vandalisme à la boutique *La Jolie Jarretière*.

Je suis pratiquement tombée en bas de ma chaise. Clovis a secoué la tête d'un air résigné.

— Sergent, il faut que je vous parle. Seul à seul...

Clovis nous a renvoyées, Clothilde et moi, dans la salle d'attente. Je savais trop bien ce qui allait se passer. Clovis allait raconter au policier que ma mère était cinglée-fêlée-toquée. Le sergent montrerait alors qu'il était compréhensif et tolérant, même s'il n'avait pas la moindre idée de ce que ça signifie vraiment de vivre avec une personne atteinte de schizophrénie, cette foutue maladie tordue où il n'y a ni plaies ni bosses.

Dix minutes plus tard, nous étions libres de partir.

Rendu à la maison, j'ai réchauffé de nouveau les restes de pâté chinois et j'ai préparé du thé noir pour Clothilde. Clovis n'a pas touché à son assiette. Assis à la table, il se cachait derrière son journal. Nous avons bouffé sans parler. Incroyable, après ce qui venait de se produire. Des millions de questions se pressaient dans ma tête. Je ne pouvais pas croire que mon père se taisait.

Étonnamment, c'est Clothilde qui a brisé ce silence insoutenable.

— Je l'ai fait pour protéger Manouane.

Clovis a replié son journal et s'est penché vers elle, tout à coup très attentif :

— La protéger de quoi ?

— Du maire Fauchon. C'est de ma faute s'il la menace.

N'étant pas au courant de la récente visite de Face-de-Furoncles, Clovis a trouvé les propos de sa Clothilde incohérents, comme d'habitude. Mais moi, qui comprenais enfin la « logique » de ma mère, j'ai senti une fatigue aussi haute et massive qu'une montagne. Je n'en pouvais plus d'être la mère de ma mère.

— Clothilde, personne ne va croire que c'est toi qui as tout cassé dans la boutique de lingerie fine.

— De quoi tu parles ? a demandé Clovis, qui n'avait eu vent de rien, cloîtré dans son étable.

— Le policier me croit, a répondu Clothilde. Si je n'avais pas laissé le maire entrer dans ta chambre, tu ne serais pas dans le pétrin.

Mon père s'est tourné vers moi, de plus en plus ahuri.

— Le maire Fauchon est allé dans ta chambre ? C'est quoi cette histoire à dormir debout ?

Clothilde est venue se poster derrière ma chaise.

— C'est ma faute si le maire a regardé sous le matelas de Manouane.

Ma mère s'est emparé de mon poignet et l'a serré très fort.

— Une mère doit protéger sa fille. Je ne veux pas que Manouane se retrouve en prison… Et je veux que Manouane m'appelle maman.

Elle s'est mise à sangloter. Tout le haut de son corps tremblait. Clovis a sorti les calmants. Il a réussi à lui faire prendre deux comprimés. Pendant qu'il couchait Clothilde, j'ai déménagé les statues en sentinelle devant ma porte. Je les ai descendues au salon, leur habitat naturel.

J'ai pensé que ma vie serait plus facile si je pouvais arrêter d'aimer ma mère.

Quelques minutes plus tard, Clovis frappait à ma porte de chambre. Avec ses cernes jusqu'au milieu des joues, il avait l'air d'un homme qui n'a pas dormi depuis des siècles.

Il m'a fait signe de descendre. Je l'ai suivi dans la cuisine, où il m'a demandé d'une voix lasse :

— C'est quoi cette histoire de vandalisme ?

— Quelqu'un a défoncé la boutique de lingerie fine au village. Le maire Fauchon pense que je suis mêlée à cette histoire.

— Pourquoi il pense ça ?

— Clothilde l'a laissé entrer dans ma chambre. Sous mon matelas, il a trouvé des dessous qui viennent de *La Jolie Jarretière*.

Clovis s'est gratté la tête.

— Pourquoi ces… sous-vêtements étaient-ils sous ton matelas plutôt que dans un tiroir ?

— Mistinguett me les a donnés. Je ne les ai pas volés. Si tu ne me crois pas, appelle-la.

— C'est qui cette Mistinguett ?

— La propriétaire de *La Jolie Jarretière*. C'est mon amie.

— Je ne savais pas que…

Je l'ai interrompu avant qu'il termine sa phrase.

— Tu ne savais pas que j'avais une amie ? Étonnant n'est-ce pas ? Si tu savais tout ce que tu ne sais pas de moi…

— Je m'en rends compte, a-t-il dit d'une voix amère.

Lorsque Clovis m'a demandé si cette histoire de sous-vêtements avait un lien avec l'histoire du graffiti chez le maire, j'ai menti. J'ai répondu que je n'avais aucune idée pourquoi le maire Fauchon faisait un lien entre les deux. J'ai menti avec une assurance que j'étais loin de ressentir.

La tête entre les mains, Clovis digérait tout ça. Soudain, il a semblé avoir un sursaut d'énergie. Il s'est redressé et m'a dit d'un ton plus ferme :

— Pourquoi tu m'as caché cette visite du maire Fauchon ? Je ne peux pas protéger ta mère si je ne sais pas ce qui se passe.

— La protéger ?! Tu veux la protéger ? Quelle farce ! Comment tu m'as protégée, moi, ces dernières années ? Où étais-tu quand toutes mes amies m'ont tourné le dos ? Quand la bande à Momo me criait des bêtises ? Quand Justine Babin m'appelait la fille de la folle ?

Clovis a posé ses mains à plat sur la table.

— Tu me ramènes de vieilles histoires. Moi je te parle d'aujourd'hui. De maintenant.

J'ai haussé le ton.

— Moi aussi je te parle de maintenant ! Je te dis que le village au complet nous traite comme des lépreux. Et je n'en peux plus !

Clovis a secoué son index dans ma direction. Sa main tremblait, de fatigue ou de colère, je ne sais pas. Lui aussi a levé la voix.

— Je ne sais pas ce que tu manigances, mais je t'avertis, fifille : je ne veux pas avoir ni le maire, ni les policiers, ni les journalistes sur le dos. Alors tu t'arranges pour rester loin du pétrin. As-tu compris ?

Clovis n'avait rien écouté. Sa priorité, c'était de rester sous le radar, de tenir les embêtements à distance. D'avoir la paix, à n'importe quel prix. J'étalais mes tripes sur la table et tout ce que mon père trouvait à répondre : surtout ne fais pas de vagues, fifille.

— As-tu compris Manouane ? a-t-il répété.

Je me suis mise à hurler :

— Tout ce que tu veux, c'est balayer les problèmes sous le tapis ! Tout ce que tu sais faire, c'est imiter la marmotte et courir te cacher dans ton étable au moindre signe de danger ! Pendant que tu te caches, moi, on me crache dessus ! Qu'est-ce que j'ai fait pour mériter une mère cinglée-fêlée-toquée hein ?

Rien! Rien du tout! Et j'en ai assez de ses maudites statues! De tes maudites vaches!

Clovis a reculé de trois pas. Je ne l'avais pas touché, mais il avait l'air d'un homme qu'on vient de bourrer de coups de poing. Je suis sortie en claquant la porte.

Chapitre 17

Une moitié de bobettes

En sortant de la maison, je n'avais qu'une idée : courir jusqu'à une certaine remise humide, où quelqu'un me ferait jouer les concertos de Bach en me servant du chocolat chaud trop sucré. Mais Alex a stoppé mon élan. De son perron, il me faisait de grands signes avec les bras, me forçant à bifurquer. J'ai décidé de lui pardonner son impolitesse de l'autre soir. J'avais trop besoin de lui parler.

J'ai marché lentement jusque chez lui, le temps de me calmer, de chasser la boule de larmes qui se formait dans ma gorge.

— Vous avez retrouvé ta mère ?

— Ouais. Au poste de police.

Il a ouvert la porte et m'a gentiment poussée à l'intérieur.

— Viens me raconter.

Il ne me l'a pas demandé deux fois. J'ai vidé mon sac. J'ai tout raconté. TOUT. Mes graffitis chez la Babin, sur la pancarte de Sainte-Cunégonde, sur l'Église et sur la porte du maire. Le vandalisme chez Mistinguett. Le graffiti qui ressemblait au mien mais qui n'était pas le mien. Les menaces du maire Fauchon. La disparition de mon sac poubelle. Clothilde qui s'accusait du vandalisme chez Mistinguett.

Je ne lui ai pas dit que je venais d'engueuler Clovis. J'avais peur de me mettre à brailler. Ça n'aurait pas été une bonne idée. Les débordements d'émotions mettent Alex mal à l'aise.

Quand j'ai eu fini, il a ouvert son congélateur et a sorti un de ses inévitables gâteaux au chocolat. Il l'a posé sur la table. Il m'a mis une fourchette dans la main.

— Mange, ça va te ravigoter. Pendant que tu te mets du sucre dans le système, je vais te donner de bonnes raisons pour arrêter de te tourmenter.

J'ai pris une bouchée et il a enchaîné :

— Raison numéro 1 : les graffitis. La Sûreté a d'autres chats à fouetter que d'enquêter sur des jeunes qui font des graffitis. Et si jamais on réussissait à prouver que c'est toi, ce dont je doute fort, et que la chose se rendait en cour, tu récolterais une sentence suspendue.

— C'est quoi ça ?

— Tu devrais faire des travaux communautaires. Comme tu es mineure, tu n'aurais pas de dossier judiciaire. Donc, pas de quoi faire de l'insomnie.

— Tu oublies que les policiers vont maintenant faire un lien entre mes graffitis et le vandalisme chez Mistinguett. Beaucoup d'indices pointent dans ma direction : ma mitaine trouvée devant la porte du maire, les sous-vêtements sous mon matelas... Sans compter que le maire a peut-être mis la main sur mon sac poubelle avec les bombes aérosol et mon manteau taché de peinture.

Alex a pris une immense bouchée de gâteau au chocolat, qu'il a mastiqué en réfléchissant.

— Toutes ces « preuves » sont circonstancielles.

— Ça veut dire quoi ?

— Une preuve circonstancielle, c'est quand on peut établir un rapport entre le crime et l'accusé, mais qu'on ne peut pas prouver que l'accusé a bel et bien commis le crime.

— Pas certaine de comprendre…

— Ce n'est pas parce que cette mitaine t'appartient et parce qu'elle a été retrouvée chez le maire que tu as fait ce graffiti. Et ce fameux sac poubelle, que tu as eu l'étourderie de perdre…

— Je ne l'ai pas perdu, je l'avais…

— Laisse-moi finir. Si Fernand Fauchon a pris le sac poubelle dans ton sous-sol, il ne pourra jamais s'en servir comme preuve parce qu'il n'avait pas de mandat de perquisition pour entrer chez toi et fouiller dans tes affaires. S'il avait pris le sac, ce serait « tripoter la preuve ». Même le maire, qui n'a pas inventé le bouton à quatre trous, n'est pas assez abruti pour faire une telle erreur.

Je me suis appuyée contre le dossier de ma chaise et j'ai fermé les yeux. J'avais besoin de temps pour digérer toutes ces informations nouvelles. Et formuler l'hypothèse qui me tracassait le plus :

— Si jamais le maire apprend que Clothilde s'est accusée, il fera tout pour prouver sa culpabilité.

— Fernand Fauchon ne peut quand même pas fabriquer des preuves. Arrête de t'en faire avec ça, Manouane.

— Il va revenir à la maison nous harceler. Il est si agressif, si brutal…

— Si jamais Patinoire-à-Poux se pointe chez vous, tu m'appelles et j'accours. Je sais comment m'y prendre pour qu'il se calme le pompon…

— Comment tu l'appelles ?

— Patinoire-à-Poux. Ça lui va bien non ?

J'ai souri. Mon estomac s'est légèrement décontracté.

Alex a pris sa barquette vide et l'a lancée dans un bac de recyclage.

— Maintenant que je t'ai rassurée un peu sur ton avenir, tu permets que je t'engueule ? Tu les as prises où, tes bombes en aérosol ?

Du coup, je ne savais plus où regarder. Encore moins quoi dire. Surtout que je n'avais pas envie de mentir.

— Euh… Je…

— Je n'ai aucune objection à ce que tu te serves dans mes bacs de recyclage – après tout, ils sont remplis d'objets que j'ai ramassés dans les poubelles –, mais la prochaine fois, j'apprécierais que tu me le dises. D'accord ?

— Oui Alex, que j'ai murmuré.

— Je suis content que tu t'intéresses à l'art, mais pas si c'est pour barbouiller des maisons ou des édifices publics. Alors, fini les graffitis. Compris ?

— J'avais déjà décidé d'arrêter.

— Tant mieux. Veux-tu avoir ton cadeau maintenant ?

— Essaies-tu encore de te faire pardonner de m'avoir chassée en hurlant comme un loup dément ?

— Quand on te tend le calumet de paix, il faut l'accepter…

Il a éteint la lumière.

— Ferme les yeux.

Je l'ai entendu farfouiller dans la pièce d'à côté puis revenir à la cuisine.

— Ouvre les yeux maintenant.

Alex avait posé une sculpture à mes pieds. Grâce aux reflets de la lune qui s'invitaient par les rideaux entrouverts, mon œil a tout de suite capté le triangle vert lime qui reluisait doucement dans le noir. Alex avait transformé un morceau de tronc d'arbre en buste de femme. Pour les bras, il avait collé deux branches minces. Pour la tête, il avait simplement posé une grosse roche grise sur le dessus du tronc, sur laquelle il avait collé l'étoffe limette. J'ai tâté le tissu fluorescent. Pas de doute, c'était des bobettes identiques à celles que Mistinguett m'avait données. Sauf qu'il n'y avait ici qu'une moitié de culotte.

— Tes impressions ? a demandé Alex.

— Très original. Pourquoi tu as coupé les bobettes en deux ?

— Ça, ma chère, c'est le grand défi du recycl'art. On ne sait jamais ce qu'on va trouver en fouillant dans les poubelles. Et dans ce cas-ci, je n'ai repêché qu'une moitié de bobettes.

— Tu les as trouvées où ?

— Tu ne devineras jamais…

— Où ?

— Dans la poubelle de Robert Babin.

Aux pieds de Marie

Je suis partie de chez Alex le cœur plus léger. Devant son assurance et sa logique implacable, les menaces du maire Fauchon me semblaient moins alarmantes. Ma grande inquiétude maintenant, c'était Clothilde. Que signifiait cette histoire de vouloir me protéger ? Soupçonnait-elle que j'avais fait les graffitis ou le vandalisme à *La Jolie Jarretière* ?

En traversant le champ, j'ai vu la lumière allumée au salon. Je ne voulais pas rentrer tant que mon père ne serait pas couché. J'ai cueilli quelques pissenlits que j'ai tressés en collier.

Puis je me suis assise sur le socle d'une statue, le dos appuyé contre les genoux de la Vierge. J'ai contemplé la lune, presque pleine, qui illuminait le ciel. Ça m'a fait penser à une information que je voulais ajouter dans ma Grande Encyclopédie : le pissenlit est la seule fleur qui ressemble à trois astres. Quand il fleurit, jeune et jaune, il imite le soleil. En fin de floraison, quand il se transforme en grosse boule blanche et duveteuse, il rappelle la lune. Et quand ses graines se dispersent, il est à l'image des étoiles...

Dix minutes plus tard, Clovis est sorti de la maison et a marché vers moi en boitant. Il s'est arrêté à quelques pas de la statue :

— Tu ne peux pas passer la nuit dehors, qu'il m'a dit d'une voix éteinte.

Je me suis levée et, sans même lui jeter un regard, je suis rentrée. Sur mon lit, j'ai trouvé une note de Clovis.

Tu peux dormir demain matin. J'ai demandé à Nicolas de venir m'aider à faire le train.

J'ai tourné et retourné la note dans mes mains. Nicolas était un jeune du village qui aimait la routine de la ferme. Clovis demandait parfois son aide quand il se sentait très malade ou qu'il devait s'absenter.

En me déshabillant, j'ai jeté un coup d'œil par la fenêtre. Clovis était assis sur le socle où j'avais posé mes fesses. Il regardait le ciel. À un moment, j'ai cru voir ses épaules bouger. Je me suis demandé s'il pleurait.

Je suis restée debout à ma fenêtre. S'il levait les yeux vers moi, je lui ferais un signe. Mais pendant une demi-heure, mon père est resté assis, aussi immobile que la statue.

Je me suis couchée avec mon collier de pissenlits. Les pétales me chatouillaient le cou. Je n'arrivais pas à m'endormir.

Si j'étais un pissenlit, je ne me tourmenterais pas en me demandant pourquoi mon père avait l'air si accablé, assis dans la nuit aux pieds de Marie.

Cul-de-sac avec Clothilde

Le lendemain matin, je me suis levée glorieusement tard. Huit heures ! Le luxe suprême pour une fille qui vit sur une ferme. En plus, c'était une journée pédagogique et je n'avais pas besoin de sécher les cours encore une fois. Quand je suis descendue, Clothilde m'a dit :

— J'ai fait du pain doré. Ton assiette est au four.

Elle a dit ça d'un ton parfaitement normal. Comme si tout allait pour le mieux dans le meilleur des mondes et que son expédition au poste de police n'avait jamais eu lieu.

De la fenêtre, j'ai vu que le scooter de Nicolas était encore stationné près de l'étable. Quel soulagement de commencer la journée sans avoir à désinfecter des trayons. Ou à esquiver des coups de queue de vache.

J'ai inondé de sirop d'érable mes trois tranches de pain doré et je les ai avalées en un rien de temps. Ma mère chantonnait en réinstallant ses statues autour du salon. Aussi bien profiter de sa bonne humeur pour tenter d'éclaircir la situation.

— Clothilde, pourquoi as-tu aligné tes statues devant la porte d'entrée et devant ma porte de chambre hier ?

— Pour bloquer le maire Fauchon, m'a-t-elle répondu, du ton de celle qui dit une évidence.

— Tu crois vraiment que la Vierge réussira à arrêter le maire ?

— Absolument, a-t-elle dit, convaincue.

J'ai ramassé le journal qui traînait sur le sofa, je l'ai ouvert et j'ai fait semblant de me plonger dans la lecture. Puis, mine de rien, j'ai demandé :

— Pourquoi tu t'accuses d'avoir vandalisé chez Mistinguett ? Tout le monde sait bien que tu ne ferais pas ça.

Ma mère a continué de s'affairer.

— Clothilde, je t'ai posé une question. Pourquoi tu as raconté ce mensonge ?

Elle a poussé un soupir exaspéré.

— Pour toi ! Je l'ai fait pour toi !

— Je ne comprends pas… toi qui ne ferais pas de…

Elle m'a interrompu.

— Je sais, Manouane, je sais. Il y a beaucoup de choses que tu ne comprends pas maintenant. Peut-être que tu comprendras plus tard… Pour le moment, tout ce que je peux faire, c'est de trouver le meilleur endroit pour disposer chaque statue.

Elle est sortie sur le perron pour récupérer les autres Vierge Marie. À voir son dos raide, son air absorbé devant les statues, j'ai compris que je ne pourrais plus rien tirer d'elle. Encore une fois, la conversation avec ma mère aboutissait dans un cul-de-sac. Impossible de démêler les faits et les fantasmes.

Comme une impression
de défaite...

Je suis remontée à ma chambre et j'ai sorti mon Encyclopédie. J'ai travaillé un peu sur le chapitre sur la reproduction du pissenlit mais j'avais la tête ailleurs. Je guettais le bruit du scooter de Nicolas.

Mon collier de pissenlits gisait sur ma table de nuit. J'ai arraché une fleur et je me suis mise à l'effeuiller. À chaque pétale arraché, je répétais : « M'excuse. M'excuse pas. M'excuse. M'excuse pas. » Puis je me suis trouvée ridicule de laisser une fleur dicter ma conduite.

Quand j'ai entendu un moteur pétarader, je suis descendue à l'étable. Pour une fois, Clovis a parlé en premier.

— Qu'est-ce que tu viens faire du côté des maudites vaches ?

Mon père avait posé sa question d'une voix aussi morose que le meuglement de Colombine. J'aurais préféré de l'agressivité plutôt que cette déception résignée. J'ai déclaré très vite, pour en finir :

— Excuse-moi pour hier. Je n'aurais pas dû crier ça...

Il ne réagissait pas, ne me regardait pas. J'ai ravalé ma fierté et j'ai bafouillé :

— Je n'aurais pas dû... dire ce que j'ai dit.

— Tu as dis ce que tu pensais.

Toujours cette voix morne. Toujours cette gêne gluante entre nous. Je sais bien que les excuses ne sont pas des baguettes magiques. Qu'elles n'effacent pas d'emblée l'affront. J'espérais quand même une réaction un peu plus… favorable.

— Viens, m'a ordonné Clovis.

Je l'ai suivi jusqu'à son bureau. Il a ouvert une armoire et a déposé quelque chose sur le sol. Mon sac poubelle ! J'ai bondi dessus et l'ai vidé sur le plancher. Tout y était : la mitaine avec la médaille de la Vierge, le béret, le manteau, les bombes aérosol.

— Tout ce temps-là, c'était toi ?! Tu aurais pu me le dire ! ! ! J'ai perdu des heures à chercher ce sac ! Je me suis inquiétée comme une débile, je…

— Si tu m'avais dit la vérité dès le début, je t'aurais donné le sac tout de suite. Moi aussi, fifille, je m'inquiétais. Et je m'inquiète encore.

Son reproche m'a effleuré, aussi léger qu'une aile de papillon. Face-de-Furoncles n'avait pas trouvé mes bombes ! ! ! J'avais envie de gambader dans l'étable, d'embrasser Amandine, Capucine et même Philippine !

— Vas-tu enfin m'expliquer ?

Cette fois, j'ai compris que mon père n'accepterait pas une vague excuse ou une échappatoire.

— Les graffitis, c'est moi.

Même si Clovis devait s'en douter, ses épaules se sont affaissées un peu plus. Pour le rassurer, j'ai précisé que je n'avais toutefois rien à voir avec le vandalisme chez Mistinguett.

Il m'a observée attentivement, essayant de décider s'il me croyait ou pas. Puis il a soupiré :

— Je te crois... Mais ça ne nous débarrasse pas du maire. Il est convaincu que tu as trempé dans cette histoire.

— D'après Alex, il n'y a rien à craindre. Fernand Fauchon n'a que des preuves circonstancielles. Alex dit aussi que la Sûreté du Québec a d'autres chats à fouetter que de courir après les graffiteurs...

Du bout de sa botte, Clovis a gratté une tache imaginaire sur le plancher.

— Tu as tout raconté à Alex ?

— Il a déjà été policier... je savais qu'il serait de bon conseil.

— Et moi ?

— Quoi, toi ?

— Je suis ton père. Tu aurais pu venir m'en parler.

Il avait l'air tellement vulnérable que je ne pouvais pas l'assommer avec la vérité. J'avais déjà fait assez de dégâts hier. J'ai murmuré :

— Je ne voulais pas t'inquiéter.

Il a rassemblé son courage pour me poser une autre question :

— Tu voulais prouver quoi avec ces graffitis ?

— J'en avais assez de me laisser insulter sans réagir. De me laisser gruger par la honte. Je pensais que ça allait me libérer…

Clovis a eu l'air encore plus accablé. Il m'a dit d'une voix tremblante :

— Tu as raison… J'ai fait la marmotte. Depuis longtemps, je me cache. Donc, c'est moi qui… qui devrais m'excuser.

Il a fermé les yeux, comme si cet aveu l'avait épuisé.

J'avais mon sac vert et Clovis s'excusait. J'aurais dû sentir l'ivresse de la victoire. Mais devant les traits tirés et le dos voûté de mon père, j'avais plutôt une impression de défaite. J'ai avancé d'un pas vers lui, avec la vague idée de lui tapoter l'épaule. Au dernier moment, la maudite gêne m'a bloquée.

— Pas besoin de faire venir Nicolas cet après-midi. Je vais t'aider à faire la traite.

Il n'a pas répondu. Quand je suis sortie, il avait toujours les yeux fermés.

Chapitre 18

M comme Mistinguett
et mystères

Face-de-Furoncles n'avait pas mon sac incriminant ! Yeah ! Triple yeah ! Je ne pouvais pas garder cette bonne nouvelle pour moi. J'ai enfourché ma bicyclette et j'ai roulé jusqu'au village.

En route, je me suis arrêtée deux fois pour admirer les pissenlits dans les champs. Si j'avais eu un milligramme de talent, je me serais installée là, en plein fossé, les deux pieds dans la boue, pour peindre mes fleurs préférées dans toute leur gloire. Cette floraison jaune faisait paraître encore plus brun le brun de la terre dégelée. Encore plus vert le vert des champs. Encore plus bleu le bleu du ciel.

À la cantine, on se préparait pour le repas du midi. Coco frottait le gril, Justine coupait des tomates et Sankara pelait des patates.

— Tu ne vas pas à la polyvalente aujourd'hui ? m'a-t-il demandé.

— Journée pédagogique, que j'ai répondu, comme si c'était la meilleure nouvelle du siècle.

— Je sais qui va déjà prendre une pause alors qu'il vient à peine de commencer à travailler, a déclaré Coco d'un ton coquin.

— Dix minutes, pas plus, a promis Sankara en enlevant son tablier.

Le Grand Frisé m'a entraînée dehors. On s'est assis à la table de pique-nique installée devant le casse-croûte.

— Miss Pissenlit ! Tu souris ?! Un vrai sourire avec les dents découvertes ?! As-tu reçu la visite du père Noël cette nuit ?

J'ai ri. J'ai ri et je lui ai montré encore plus de dents.

— J'ai une bonne nouvelle et deux mauvaises. Je commence par quoi ?

— À voir ton sourire, la bonne nouvelle pèse sûrement plus lourd que les mauvaises.

Quand je lui ai annoncé que j'avais retrouvé mon sac poubelle vert, Sankara a levé les bras au ciel.

— Fabuleux ! Tu vas arrêter de te tourmenter.

— Je ne suis pas encore sortie du bois, mais je commence à penser que je ne finirai pas l'année en prison.

— Et les mauvaises nouvelles ?

Je lui ai raconté la visite de Clothilde à la Sûreté du Québec.

— Je suis à 99 % certaine que Clothilde n'a pas vandalisé chez Mistinguett. Mais il y a ce 1 %, ce minuscule doute qui me tracasse… Ma mère est tellement imprévisible et indéchiffrable…

Sankara grattait une tache de moutarde sur son jeans. Je voyais qu'il avait l'esprit ailleurs.

— Tu critiques beaucoup tes parents. Pourtant, ils viennent tous deux de te donner la preuve qu'ils t'aiment. Ton père a caché le sac compromettant et ta mère s'accuse d'un crime qu'elle n'a pas commis.

— Hum… Disons plutôt qu'en se mêlant de mes affaires, mes parents embrouillent les cartes. Ils m'ont fait plus de tort que de bien.

— D'accord. Mais chacun à sa façon tente de te protéger. C'est déjà beaucoup, non ?

— Je suppose…

— Têtue va !

Il m'a ébouriffé les cheveux. Le sang a afflué à mon visage. Si lui se le permettait, je pouvais moi aussi, non ? Le cœur battant, j'ai levé le bras, tendu ma main vers sa tête... Une voix connue m'a arrêtée en plein mouvement.

— Bonjour le beau Sankara ! Bonjour la belle Manouane !

Mistinguett s'avançait vers nous, perchée sur ses talons hauts, avec sa démarche de pingouin pressé. J'ai retenu un grognement de déception. Arghhhh... Quel mauvais moment pour se pointer !

Mistinguett m'a fait une bise rapide, juste le temps pour moi de sentir son odeur de lilas fané.

— Demande-lui comment avance son nouveau projet, m'a dit Sankara.

Elle lui a fait les gros yeux et a mis un index sur ses lèvres :

— Chut !

— Alors ? Ce nouveau projet ?

Elle m'a tapoté la joue en souriant.

— Pas le temps de bavarder. J'ai une affaire urgente à régler avec Jacques. Dès que ça se précise, je te raconte tout. Promis, m'a-t-elle dit en entrant dans la cantine.

— C'est quoi ce nouveau projet ? que j'ai demandé à Sankara.

— Tu as compris Mistinguett : motus et bouche cousue.

— Mais toi t'es au courant ! Ce n'est pas juste !

— Qui vivra verra ! m'a lancé Sankara, en ouvrant la porte du casse-croûte.

Au même moment, nous avons entendu un grand bruit de vaisselle cassée. Sankara s'est précipité à l'intérieur et je l'ai suivi. Coco et Mistinguett sont sortis en courant de l'arrière-boutique. Justine Babin venait d'échapper un cabaret rempli d'assiettes propres.

— Ça va, Justine, tu ne t'es pas fait mal ? a demandé Sankara.

Elle a secoué la tête en bougonnant. Coco a sorti le balai. Mistinguett s'est penchée et a enlevé un fragment d'assiette sur le pied de Justine. La Babin a glapi :

— Touche-moi pas ! Touche-moi pas !

Il y avait tellement de férocité dans son exclamation que Mistinguett a aussitôt reculé. Coco a réprimandé son employée :

— Calme-toi Justine ! Mistinguett essaie de t'aider.

— Je ne veux pas de son aide !

Elle a roulé son fauteuil vers l'arrière-
boutique, au grand soulagement de tout le
monde. Sankara a apporté une poubelle et je
l'ai aidé à ramasser les plus gros morceaux.
Juste avant que je parte, il m'a demandé quelle
était l'autre mauvaise nouvelle.

— *Fleurs sauvages* a disparu de la
bibliothèque.

— Quoi ?

— D'après le système informatique, personne ne l'a emprunté. Yolande Flipot m'a
promis de le chercher. M'avais-tu laissé une
lettre récemment ?

— Non…

Trois clients sont entrés. Le Grand Frisé
a remis son tablier.

— Les frites m'appellent. On se voit
bientôt ? Tous les jours, vers 17 heures, je me
promène à vélo dans le Rang 12…

Je suis repartie satisfaite. Ça me soulageait
toujours de savoir que j'allais revoir Sankara.

Une question urgente

Je pédalais nonchalamment sur la route
du retour en pensant à ce moment si intense,
devant le casse-croûte. Ce moment où j'avais
été à un cheveu de toucher la tignasse frisée
de Sankara. Soudain, cette pensée agréable a

été interrompue par une image qui m'a frappée aussi fort qu'une tonne de briques.

En fait, ce n'était pas une image, mais plutôt trois visages superposés dans mon esprit. Le visage de Justine Babin, grimaçant et déformé par la rancune. Le visage de Mistinguett, l'air bouleversé, répétant que quelqu'un lui voulait du mal. Et celui d'Alex avec son sourire coquin devant sa sculpture décorée de bobettes fluo.

Je me suis arrêtée sur le bord de la route pour mieux me concentrer. Mon esprit tournait comme une vidéo qu'on rediffuse en boucle. Je cherchais une réponse, une explication. Je n'arrivais pas à mettre clairement le doigt dessus.

Finalement, un nom a explosé dans ma tête. Pas question d'attendre une minute de plus. Il fallait que j'aille immédiatement vérifier mon intuition. J'ai rebroussé chemin et j'ai roulé à pleine vitesse jusqu'à la cantine de Coco Popcorn, en espérant que Mistinguett y soit encore.

En me voyant, Sankara s'est exclamé :

— Tu t'ennuyais déjà de moi ?!

Je lui ai tiré la langue.

— J'ai oublié de poser une question à Mistinguett.

— Elle est retournée chez elle.

— J'y vais alors. Ciao !

— Manouane, attends…

— Je te raconterai plus tard !

J'ai rigolé tout haut. À mon tour de le faire languir avec un secret.

Le rideau noir couvrait toujours la vitrine de *La Jolie Jarretière*. Mais quand j'ai ouvert la porte, le « Txiling ! Txiling ! » a résonné dans mes oreilles. Si la clochette tintinnabulante avait repris du service, c'est que Mistinguett devait se sentir moins démoralisée. Je l'ai trouvée assise au milieu des boîtes, en train de trier des strings pastel.

— J'ai une question urgente !

Mon énervement l'a fait rire.

— Rebonjour Manouane. À voir ta tête, ça doit être crucial.

— As-tu vendu beaucoup de bobettes fluorescentes depuis que tu as ouvert ton magasin ?

Elle n'a pas hésité avant de répondre.

— Pas une seule. Zéro. Même les quelques jeunes qui sont venues dans ma boutique n'ont pas osé.

— Tu es certaine ?

— Certaine. Je vieillis chaque jour mais ma mémoire n'a pas encore commencé à me lâcher.

— Est-ce que Justine Babin est déjà venue ici ?

— Mon Dieu non !

— Et son père, Robert Babin ?

— Il n'y a qu'un seul homme qui ose mettre les pieds dans ma boutique et c'est mon Jacques.

J'ai sautillé sur place en poussant des cris de corneille en délire. Ma théorie se confirmait.

— Pourquoi toutes ces questions ?

— Je n'ai pas le temps de bavarder. J'ai une affaire urgente à régler…

Prouver oui, piéger non

J'ai pédalé si vite que j'étais en sueur en arrivant chez Alex. J'ai cogné à la porte de mon voisin avec mes deux poings. Alex m'a ouvert, les mains pleines de peinture.

— C'est ta mère ? a-t-il aussitôt demandé l'air inquiet.

— Non, non. Clothilde va bien.

J'ai saisi ses bras :

— Je sais qui a vandalisé chez Mistinguett ! Justine Babin ! ! !

Il a plissé le nez d'un air sceptique. Il a fait couler l'eau à l'évier de la cuisine pour se laver les mains. Je l'ai suivi en gesticulant, incapable de me calmer.

— C'est elle! Je le sais. J'en mettrais ma main dans le feu! Plus j'y pense, plus c'est logique. Écoute-moi bien, Alex. Mon premier graffiti, je l'ai fait sur la porte de garage des Babin. J'ai écrit « sac à pisse » et j'ai signé avec un pissenlit. En imitant ma signature dans la boutique de Mistinguett, la Babin faisait d'une pierre deux coups. Elle faisait du mal à Mistinguett et se vengeait de l'auteur du graffiti qui s'est moqué d'elle.

— Continue...

— Justine Babin adore Coco et est follement jalouse de Mistinguett. C'est toi-même qui me l'as fait remarquer, le jour où la Babin a lancé un bol de cornichons contre le mur de la cantine. Eh bien aujourd'hui, imagine-toi donc qu'elle a brisé une pile d'assiettes juste après l'arrivée de Mistinguett! Drôle de hasard quand même, non?

— Ouais... Continue...

— Les vandales ont coupé des tas de sous-vêtements dans la boutique de lingerie fine. Or, la paire de bobettes que tu as trouvées dans la poubelle des Babin était aussi coupée en deux.

— Ah… là tu commences à m'intéresser !

Il a sorti une barquette de gâteau au chocolat congelé.

— Tu en veux ?

— Non merci. Mieux que ça, Mistinguett dit qu'elle n'a pas vendu une seule paire de bobettes fluo depuis qu'elle a ouvert sa boutique ! Il n'y a pas d'autres magasins où l'on peut acheter ce genre de sous-vêtements dans un rayon de soixante-quinze kilomètres, et Mistinguett dit que les Babin n'ont jamais mis les pieds dans son magasin…

La bouche pleine de gâteau au chocolat, Alex a demandé :

— Justine est jalouse de Mistinguett, ça je te l'accorde. Mais comment veux-tu qu'une fille en fauteuil roulant puisse causer autant de dommages ?

— Justine est forte. Je l'ai déjà vu lever à bout de bras une statue de plâtre et la fracasser sur l'asphalte. Mais tu as raison, elle n'a pas pu faire ça toute seule. Surtout qu'elle ne conduit pas. Son père l'a sûrement aidée.

— Robert Babin ? Ce pauvre bougre plus mou que du jello ?

— Justement. Justine le mène par le bout du nez. Il lui décrocherait la Voie lactée si sa fille le lui demandait. Vraiment Alex, mon intuition me dit que ce sont eux les coupables. Il y a trop de signes qui pointent dans leur direction.

— À part ton intuition, que tu sembles croire infaillible, tu n'as pas plus de preuves contre les Babin que le maire Fauchon en a contre toi. En admettant que ce soit eux les coupables, comment pourrais-tu le prouver ?

— Je ne sais pas. Toi, l'ancien policier, tu connais sûrement des façons de piéger les gens ?

— Tu as une belle opinion des policiers…

— S'il te plaît Alex, il faut que tu m'aides. Après, je ne te demanderai plus jamais rien. De toute ma vie. Et je vais t'acheter une douzaine de gâteaux au chocolat.

Il a ri.

— Chère Manouane, même si tu m'offrais une cargaison pleine de gâteaux en barquette, je ne t'aiderais pas à piéger les Babin. Un policier ne travaille pas de cette façon-là.

— Mais tu n'es plus policier.

— Ça ne veut pas dire que je peux – ou que je veux – commettre des actes illégaux.

J'ai haussé les épaules.

— Je comprends. Laisse tomber. Je vais me débrouiller seule.

En fait, je n'avais pas du tout l'intention de régler ça en solo. Et je savais très bien chez qui j'irais chercher de l'aide.

Mieux qu'une boule de cristal

Tout le monde sait que le trèfle à quatre feuilles porte chance. Même si personne n'en trouve jamais. Cependant, rares sont ceux qui savent que le pissenlit est la fleur-qui-dit-tout.

Joli guide météo, le pissenlit annonce le temps qu'il fera. Si sa fleur ne s'ouvre pas le matin, il pleuvra probablement ce jour-là.

Le pissenlit est un allié précieux pour les amoureux, d'où son surnom d'*horloge des fées*. Quand sa fleur arrive à maturité et ressemble à un petit parapluie de soies fines, elle sert de boule magique. Par exemple, pour savoir si son amoureux est fidèle, il suffit de souffler sur le duvet de pissenlit. Si toutes les graines se dispersent au premier coup, on peut faire confiance à son amour. S'il reste quelques graines, c'est que l'amoureux en question regarde ailleurs.

Le pissenlit sert aussi aux femmes qui cherchent un mari. Le nombre de fois qu'elles doivent souffler pour disperser entièrement le duvet indique le nombre d'années qu'elles attendront pour trouver un mari.

J'aimerais que le pissenlit puisse prédire mon avenir. Je n'en demande pas beaucoup. Pas besoin de savoir où je serai dans cinq ou dix ans. Ni le métier que j'exercerai. Je voudrais seulement savoir si les Babin finiront par avouer leur délit. Si je devrai payer pour mes graffitis. Et si Sankara va finir par m'embrasser.

Chapitre 19

La beauté du bluff

Puisque Alex ne voulait pas m'aider, je me suis tournée vers la seule autre personne qui pouvait le faire : Sankara.

On s'est donné rendez-vous à la remise, où je lui ai expliqué ma théorie. Je n'ai pas mis de temps à le convaincre. Il travaille avec Justine depuis des semaines : il sait de quoi elle est capable. Et il a eu tout de suite une idée pour forcer les Babin à avouer.

— On va faire comme au poker ! s'est-il exclamé. On va bluffer ! On va leur monter un grand bateau.

— Comment ?

— Plus têtue qu'un âne, Justine Babin niera jusqu'à la mort. C'est son père le maillon faible. C'est sur lui qu'il faut concentrer nos efforts.

Nous avons passé l'après-midi à développer notre stratégie, qui reposait sur trois éléments. Premier élément : les bobettes fluo. Facile, nous les avions déjà. Deuxième élément : une photo truquée. Pas très compliqué non plus. J'ai fait rouler mon vélo dans une flaque de boue pour simuler les traces d'un fauteuil roulant et Sankara a pris une photo.

Le troisième élément de notre stratégie était facile à préparer. Il exigeait cependant de la patience et je n'en avais pas un milligramme. Devoir attendre près d'une semaine avant d'acculer les Babin au pied du mur m'énervait au plus haut point, mais Sankara m'a assurée que le temps jouait en notre faveur.

D'abord, il fallait déposer une lettre anonyme chez les Babin. Tous les deux jours. Ensuite, laisser Robert Babin mariner dans son angoisse. Quand on se rendrait finalement chez lui pour cueillir ses aveux, il nous tomberait dans la main telle une poire trop mûre.

On a préparé les missives anonymes de la bonne vieille façon : avec des lettres et des mots découpés dans de vieux journaux. Rendue à la troisième lettre, j'avais les mains tachées d'encre d'imprimerie mais j'étais plutôt fière de mes messages.

Tu n'as PAS HONTE de lui obéir au doigt et à l'œil ?

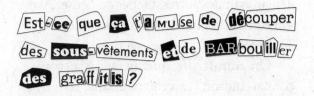

Est-ce que ça t'amuse de découper des sous-vêtements et de BARbouiller des graffitis ?

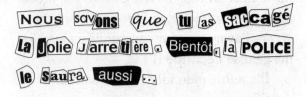

Nous savons que tu as saccagé La Jolie Jarretière. Bientôt, la POLICE le saura aussi ...

Pour la quatrième lettre, je cherchais la révélation coup-de-poing. La phrase qui frappe. Et ça m'a pris deux jours avant de trouver la bonne formule, simple mais efficace…

Quand Clovis change d'idée

Sankara avait livré la troisième lettre anonyme aujourd'hui et je n'en pouvais plus d'attendre. J'avais tellement hâte voir la réaction des Babin. Je ne pensais qu'à ça. Une surprise m'a cependant fait oublier mon impatience…

En entrant dans l'étable pour faire le train de 16 heures, j'ai remarqué un nouvel écriteau accroché à l'ancienne stalle de Léontine. Un carré de carton propre, qui se démarquait des autres, tachés de bouse. Avec son écriture appliquée, mon père avait inscrit : Tampopo.

On aurait dit que la génisse rousse connaissait son nouveau nom. Elle est venue me donner un coup de tête dans le dos. Je suis allée trouver Clovis, qui brossait Honorine.

— J'avais pensé qu'on aurait pu appeler ma génisse Léontine II.

Il a refusé mon idée en secouant la tête.

Silence.

— Tu auras sûrement une autre vache de catégorie « Excellente ».

— Je ne sais pas fifille.

Parler à mon père, c'est comme avancer dans une flaque de mélasse. Ça colle.

— Tu veux vraiment appeler la génisse Tampopo ? Ça ne rime pas avec les Blandine, Faustine, Ernestine…

— Il n'y a que les idiots qui ne changent pas d'idée.

Ses lèvres ont bougé… Je n'ai pas vu ses dents, mais je crois que c'est bien un petit sourire qu'il m'a fait.

Un polar en accéléré

Dimanche matin, j'ai coupé mes bobettes fluo en deux. J'en ai mis une moitié dans un sac de toile. Avec la photo truquée et la dernière lettre anonyme.

À 8 heures, Sankara m'attendait devant la maison. Il voulait se présenter tôt chez les Babin, pour maximiser l'effet de surprise. Je l'ai suivi en traînant les pieds. Toute la semaine, pendant mes cours, en faisant le train, durant les repas, je pensais à ce moment de vérité avec les Babin. On y était enfin à ce moment tant attendu, et voilà que j'avais aussi envie de faire face à mes voisins que d'avoir le canon d'un fusil chargé sur le front.

— Es-tu nerveuse ? m'a demandé Sankara.

— Oui. Et toi ?

— Oui.

Je m'en suis voulu de l'avoir entraîné là-dedans.

— Tu veux qu'on laisse tomber ?

Il a secoué la tête. Il a pris ma main et l'a serrée très fort. Il l'a gardée dans la sienne. C'était incroyable de penser que je marchais main dans la main avec lui. L'énervement m'empêchait d'en profiter. Plus on approchait, plus mon malaise augmentait.

Devant la maison des Babin, j'ai cueilli un pissenlit que j'ai piqué dans la boutonnière de mon manteau. J'espérais que ça nous porterait chance. Avant d'entrer dans leur cour, j'ai posé ma main sur le bras de Sankara.

— Et si je m'étais trompée ?

— Si on n'arrive pas à leur faire cracher le morceau, on s'excusera poliment et on s'en ira. Sans conséquences.

Quand j'ai vu l'inscription « sac à pisse » sur la porte de garage, j'ai essayé de me souvenir de ma rage à l'égard de Justine. De sentir à nouveau le sentiment de contrôle qui m'avait transporté quand j'avais tracé ces lettres. Mais la vue du graffiti m'a plutôt donné envie d'imiter Clovis. Pffft !

Après, tout s'est passé tellement vite que j'ai eu l'impression d'être un personnage secondaire envoyé par erreur dans un polar défilant en accéléré.

Robert Babin a répondu à la porte, la barbe en bataille et des miettes de rôties sur son chandail. Puisque je restais sans voix, Sankara a pris les choses en main :

— Bonjour M. Babin, est-ce qu'on peut vous dire deux mots ?

Étonné, il nous a fait entrer dans la cuisine, où Justine, encore en robe de chambre, trônait à table.

— Salut Justine, a dit Sankara.

Elle n'a pas daigné répondre. Je suis restée debout près de la porte, évitant de regarder qui que ce soit.

Sankara a aussitôt plongé dans le vif du sujet.

— Mon oncle Coco s'inquiète du vandalisme commis dans la boutique de sa copine française…

Il parlait avec politesse et assurance. Sa grande taille et son accent français lui donnait une crédibilité que je n'aurais jamais eue. Il a sorti la photo du sac de toile et l'a posée sur la table.

— Le lendemain de la nuit où la boutique de Mistinguett a été saccagée, j'ai trouvé ces traces près de la porte arrière de *La Jolie Jarretière*.

Les deux Babin ont examiné la photo. Justine n'a pas bronché mais son père a blêmi d'un seul coup. Sankara a poursuivi, toujours aussi calme. Il mentait avec autant de facilité qu'un escroc aguerri.

— Il y a deux semaines, en faisant sa tournée des poubelles, Alex a trouvé ceci dans la vôtre.

Il a posé la moitié de bobettes fluo sur la table. Robert Babin s'est laissé tomber sur une chaise.

— Cette histoire n'a rien à voir avec nous, a déclaré Justine, en plein contrôle d'elle-même.

Malgré moi, j'ai admiré son sang-froid. Elle aussi pouvait mentir sans rougir.

Finalement, Sankara a sorti notre troisième et dernière ronde de munition.

— Manouane a aussi trouvé ce message dans sa boîte aux lettres.

Il a tendu le papier à Robert Babin, qui l'a pris d'une main tremblante. C'est moi qui avais découpé les lettres. Je savais donc exactement ce que le message disait :

Robert et Justine Babin ont VANDALISÉ La Jolie Jarretière.

La Babin a roulé jusqu'à son père et lui a arraché le papier des mains. Elle y a jeté un coup d'œil puis l'a lancé sur le sol.

— Encore des commérages imbéciles !

— Vous savez qu'Alex est un ancien policier, a déclaré Sankara. Nous avons parlé de ces « coïncidences » avec lui. Il a encore des amis à la Sûreté du Québec et a proposé de leur transmettre ces informations qui pourraient servir à leur enquête.

Robert Babin s'est accoudé à la table et a enfoui la tête dans ses mains. Sankara s'est adressé directement à lui :

— Entrée par effraction et méfait, c'est assez sérieux comme infractions. Si vous admettez votre culpabilité, la sentence sera moins sévère.

— De quoi tu parles ??! On n'a rien fait de mal ! a jappé Sac-à-Pisse.

— J'ai appris que la Sûreté avait relevé des empreintes digitales dans la boutique. Vous ferez quoi si on vous demande de venir au poste prendre vos empreintes ?

Cette déclaration m'a surprise. Sankara poussait son bluff pas mal loin. Robert Babin a relevé la tête et bafouillé :

— Euh… je…

— Tais-toi papa ! TAIS-TOI ! a crié Justine.

Sankara a enfoncé le dernier clou.

— Une personne trouvée coupable d'entrée par effraction et de méfait peut récolter deux ans de prison et peut-être plus, dépendamment du juge.

Robert Babin a bondi.

— C'est moi ! C'est moi le coupable ! Ce n'est pas Justine !

La Babin a poussé un hurlement de rage. Elle a empoigné le pot de miel et l'a lancé contre le mur. D'un grand geste du bras, elle a balayé tout ce qu'il y avait sur la table : le pain, le beurre, les assiettes et les ustensiles du déjeuner se sont retrouvés sur le plancher.

— Il n'a fait que défoncer la serrure ! qu'elle a crié. Tout le reste, c'est moi ! Moi ! Moi ! Moi ! J'ai eu tellement de plaisir à déchirer et découper ces sous-vêtements débiles ! Je voulais faire peur à l'étrangère. Pour qu'elle quitte Sainte-Cunégonde ! Qu'elle nous fiche la paix !

En appuyant ses mains sur les accoudoirs, la Babin s'est soulevée légèrement dans son fauteuil.

— Vous trouvez ça laid, hein ? C'est pas joli la jalousie !

Elle a roulé son fauteuil devant Sankara, qui n'avait pas l'air triomphant du tout.

— Ce n'est pas juste. Elle a ses jambes et pas moi. Elle rit tout le temps et moi, depuis l'accident, je ne trouve plus rien de drôle. Et en plus, elle m'a volé Coco !

Elle a fermé les yeux un instant avant d'ajouter tout bas, presque en chuchotant :

— Je suis paralysée des jambes, mais pas du cœur. J'ai vingt ans et je n'ai jamais embrassé personne...

Quand j'ai vu Robert Babin pleurer, je me suis rendu compte que les larmes roulaient aussi sur mes joues.

Sankara est sorti sans dire un mot de plus. Avant de le suivre, j'ai enlevé le pissenlit piqué dans ma boutonnière et je l'ai posé sur la table. Je n'avais rien de mieux à offrir.

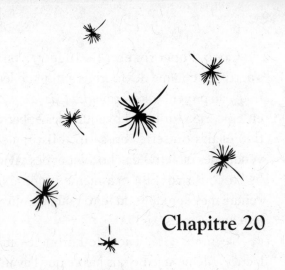

Chapitre 20

Quelques certitudes

Effet étrange et inexplicable, notre visite chez les Babin avait déclenché une série de changements dans le village. Durant les jours qui ont suivi, un vent de renouveau a soufflé sur Sainte-Cunégonde-du-Cap-Perdu. Je ne savais pas d'où il venait mais je n'allais certainement pas m'en plaindre.

Les Babin se sont rendus à la Sûreté du Québec pour avouer leur méfait. D'après Alex, puisqu'ils n'ont jamais eu d'ennuis avec la loi, le père et la fille s'en tireront probablement avec une absolution conditionnelle ou six mois de probation.

Coco Popcorn et Mistinguett, eux, s'activent comme des fourmis autour de leur nouveau projet : transformer *La Jolie Jarretière* en épicerie. Au lieu de vendre des bobettes fluo et des nuisettes en satin, Mistinguett vendra des tablettes de chocolat et des raviolis en conserve. Elle m'a même proposé de vendre mes «produits du terroir au pissenlit» ! Je n'en revenais pas !

De mon côté, Face-de-Furoncles m'a lâchée. Même si je ne sais pas ce que l'avenir me réserve, j'ai tout de même quelques certitudes pour les prochains mois.

Premièrement : je vais terminer ma Grande Encyclopédie du Pissenlit.

Deuxièmement : je vais acheter un nouveau parfum à Mistinguett.

Troisièmement : je vais tresser des couronnes de pissenlits pour les statues de la Vierge. Juste pour le plaisir de voir l'air étonné de Clothilde.

Quatrièmement : je vais brosser Tampopo. Juste pour le plaisir de voir l'air étonné de Clovis.

Et finalement : je vais porter mon soutien-gorge en soie caméléon. Juste pour le plaisir de voir l'air étonné de Sankara.

Sauvé d'une mort certaine

Hier, j'ai pique-niqué avec Sankara dans le Rang 12. J'avais apporté des biscuits au pissenlit et Sankara des croissants au chocolat. Il m'avait aussi apporté un cadeau emballé dans du papier de soie. Sur le dessus, il avait collé un bouquet de pissenlits en guise de boucle.

— Ce n'est pas ma fête.

— Je prends de l'avance, m'a-t-il répondu, du sourire plein les yeux.

J'ai décollé le bouquet de pissenlits, puis j'ai déchiré un coin de l'emballage. C'était *Fleurs sauvages*.

— C'est toi qui l'avais pris !?

Il riait tellement que ses épaules tressautaient.

— Mais c'est du vol !

— Techniquement, oui. Dans les faits, pas vraiment... Ce bouquin dépassé était condamné au recyclage. Je l'ai sauvé d'une mort certaine.

J'ai caressé la couverture. Je n'étais pas mécontente de retrouver mon cher vieux livre jauni.

— Regarde à la page du pissenlit, m'a dit Sankara.

J'ai ouvert le livre à ma page préférée pour y trouver une superbe photo en noir et blanc. J'ai tout de suite reconnu le champ du Rang 12, par la profusion de pissenlits et la clôture en troncs d'arbres.

— Tu as vraiment du talent pour la photo.

— J'ai dû attendre une heure pour avoir cette lumière et un alignement parfait des nuages.

À l'endos de la photo, Sankara avait inscrit une citation :

« Il y a des peintres qui transforment le soleil en une tache jaune, mais il y en a d'autres qui, grâce à leur art et à leur intelligence, transforment une tache jaune en soleil. »

Pablo Picasso.

— Tu aimes les citations de Picasso, toi.

— On dirait qu'il les a écrites en pensant à toi.

— Merci. Merci pour tout.

J'ai approché mon visage du sien. J'ai collé ma joue contre la sienne. Il n'a pas bougé. Moi non plus. C'était doux. J'ai commencé à compter… 1, 2, 3… À 10, je tourne ma tête et je l'embrasse…

À 6, le moteur pétaradant d'une motocyclette sur la route nous a fait sursauter. Occasion ratée. Sankara s'est levé d'un bond et m'a tendu la main.

— Viens voir notre nouvelle boîte aux lettres.

Il m'a entraînée à l'autre bout du champ, près d'un vieux chêne. L'arbre avait une longue fente à la base du tronc. On pouvait facilement y glisser un gros livre, à l'abri des intempéries.

— Cette boîte aux lettres a l'avantage d'être accessible en tout temps, m'a fait remarquer Sankara. Pas besoin d'attendre les heures d'ouverture de la bibliothèque.

Il s'est approché. Il a mis ses mains sur mes épaules. Doucement. Il s'est penché. Je n'avais plus besoin de compter…

Après, quand mes lèvres ont frissonné d'avoir perdu la chaleur des siennes, j'ai pensé au message #7, toujours enfoui au fond de mon sac à dos… Aurais-je un jour le courage de venir le déposer dans le cœur du vieux chêne ?

Aussi tenace que le pissenlit

Quand il fait chaud l'été, le duvet de la fleur du pissenlit s'élève dans les airs, porté par une brise serviable. Semblables à de petits parachutes de soie, ces graines voyagent parfois pendant des jours, tantôt à hauteur d'épaule, tantôt à hauteur de gratte-ciel. D'autres fois, les graines frappent un mur ou atterrissent dans la cour du voisin. Peu importe où elles atterrissent, elles font toujours d'autres fleurs.

Je vais voyager moi aussi. Parfois très haut, parfois très bas. Je frapperai sans doute quelques murs. J'atterrirai parfois sur l'asphalte, parfois en montagne. Mais comme je suis aussi tenace que le pissenlit, je ne laisserai jamais plus personne m'écraser.

Remerciements

Merci au Conseil des arts et des lettres du Québec pour la bourse d'écriture.

Merci à la Bibliothèque municipale de Gatineau, dont la bourse « Écrivain en résidence » m'a permis de réviser et peaufiner ce manuscrit.

J'éprouve une profonde gratitude envers mon éditrice, Marie-Josée Lacharité, qui a fait un époustouflant travail de direction littéraire en me guidant de façon très judicieuse et très diplomate à travers les différentes versions de ce manuscrit. J'ai aussi bénéficié, pour l'une des dernières versions, des suggestions pertinentes de William Messier.

Mes remerciements très chaleureux à Nicholas et Robert Dessaint, qui ont répondu si patiemment à toutes mes questions sur les vaches, la mammite et la production laitière.

Merci à tous mes lecteurs, jeunes et moins jeunes, qui ont lu et commenté le manuscrit, avec délicatesse, humour et perspicacité : Catherine Bérubé, Simon Brassard, Louise Desautels, Frédérique Filiatrault, Mariluc Gagnon-Poulin, Sophie Kurler, Marie Lanoue, Josée Lanoue-Poulin, Julie Lepage, Neale MacMillan, Julianne Peters, Martine Peters, Roy Peters, Charlotte Poulin-MacMillan, Dominique Poulin, Pauline Poulin, Paule Saint-Pierre-Charbonneau, Simone Saint-Pierre et Kim Trudel.